以生动的故事讲出深刻道理、丰富哲理，
从故事中读懂中国的昨天、今天、明天。

倪鑫 / 编著

温暖人心的力量
新时代故事集
Wennuan Renxin
De Liliang

大连出版社
DALIAN PUBLISHING HOUSE

© 倪鑫 2023

图书在版编目（CIP）数据

温暖人心的力量：新时代故事集 / 倪鑫编著. — 大连：大连出版社，2023.9
ISBN 978-7-5505-1892-6

Ⅰ.①温… Ⅱ.①倪… Ⅲ.①故事—作品集—中国—当代 Ⅳ.①I247.81

中国国家版本馆CIP数据核字(2023)第061574号

WENNUAN RENXIN DE LILIANG:XINSHIDAI GUSHI JI
温暖人心的力量：新时代故事集

策划编辑：卢　锋
责任编辑：卢　锋　郑雪楠
封面设计：林　洋
责任校对：安晓雪　乔　丽
责任印制：刘正兴

出版发行者：大连出版社
地　　址：大连市高新园区亿阳路6号三丰大厦A座18层
邮　　编：116023
电　　话：0411-83620573 / 83620245
传　　真：0411-83610391
网　　址：http://www.dlmpm.com
邮　　箱：dlcbs@dlmpm.com
印 刷 者：辽宁一诺广告印务有限公司

幅面尺寸：170mm×240mm
印　　张：19.5
字　　数：210千字
出版时间：2023年9月第1版
印刷时间：2023年9月第1次印刷
书　　号：ISBN 978-7-5505-1892-6
定　　价：98.00元

版权所有　侵权必究
如有印装质量问题，请与印厂联系调换。电话：024-24859415

前 言

通过讲故事的方式讲道理，能够使道理更亲和、更有魅力、更有效果。讲好故事能滋润心灵，引发思考，鼓舞人心，坚定信仰，给人希望和力量，还能让人在思想和感情上产生双重共鸣。

本书作为教育部 2021年度高校思想政治理论课教师研究专项（项目名称：高校思政课讲好新时代故事的有效表达研究，申报编号：21SZK12843001，该出版项目获 2021年度高校思想政治理论课教师研究专项资助）的配套成果，聚焦讲好新时代故事这一基本要求，坚持以习近平总书记关于讲好中国故事的一系列重要论述为指导，立足新时代的场域，贯彻唯物史观的立场、观点和方法，集中选取了一批具有典型意义的新时代故事。本书希冀以讲故事的方式说好"新时代的话"、讲清"新时代的理"、走好"新时代的路"、宣传"新时代的道"，形成对习近平新时代中国特色社会主义思想多维度、多视角的协同阐释，让广大人民群众不断增进对这一伟大思想的政治认同、思想认同、理论认同、情感认同，不断沿着这一思想指引的正确方向奋进新时代，开创新的历史伟业。

首先，新时代故事是历史展开的一个窗口。从构词的风格看，新时代故事是一个复合型的词语，是"新时代"+"故事"的组合。但要想把握新时代故事，绝对不能简单地从构词上去理解，而应从历史、哲学的视野来把握其本质，即新时代故事是以实践为本质，是创造性活动的产物。"新时代"不是标定时间的抽象化标签，而是标识社会实践发展的具体尺度；"故事"也不是一种抽象化的以语言塑造的虚假存在，而是真实的历史存在，具有鲜明的实践本质。因此，新时代故事是置于新时代的时空方位下，以反映新时代社会实践为主题的故事，它既是新时代社会实践的一部分，又具体地、历史性地参与并影响了新时代的塑造。本书所选取的故事都是以新时代历史时空为基本发生场域，立足当代中国社会实践所处的历史方位，构建对宏大历史主题的故事叙事，以故事讲述"活历史"。新时代故事所具有的历史典型性，成为标识新时代的一个窗口。廖俊波、黄文秀、李保国等先进人物，都是中国共产党领导的脱贫攻坚事业中涌现出的先进典型，他们的故事都体现了中国共产党在新时代的奋斗主题、奋斗目标和价值立场，生动展示了习近平新时代中国特色社会主义思想的伟大实践。

其次，新时代故事是对科学真理的生动诠释。故事不是凭空产生的，它是从现实的土壤和火热的社会实践中产生的，是社会实践的印记，是理论的载体，具有鲜活性、生动性的特点，并以阐释道理、表达理论、传递思想为基本使命。新时代故事就是以讲故事的方式，实现对中国理论与中国实践的"小切口"展示，它既贯通马克思主义的科学真理，又生动具体地阐述了"中国理论源于中国实践，中国实践彰显中国理论"的辩证统一性。本书选取的典型事迹与先进人物，无论是近几年涌现出来的"逆行者"、平凡英雄，还是从革命岗位退下来的老革命、老功臣，无论是土生土长的大陆人，还是来自中国港台地区的爱国人士，他们要么深受马克思主义的滋养，要么深受中华优秀传统文化的哺育，是在实践中不断成长的，能经受时间检验的，可信可学、拿得出、立得住的典型。这些故事展示出先进人物所具有的崇高的人生追求、强烈的家国情怀、良好的道德品质，彰显了科学理论指导实践的巨大威力，不断显示出中国化、时代化的马克思主义的科学真理性，推动群众性理论武装走向深入，进而凝聚全社会的思想共识与价值共识。

再次，新时代故事具有温暖人心的情感力量。新时代故事来源于社会历史，以历史真实为根基，承载着阐释道理和传递思想的使命，肩负着以生动故事感染人、激励人、塑造人的价值功能。要想有效地将新时代故事所蕴含的思想、价值挖掘出来并传递出去，发挥影响人、带动人、感染人的作用，必须不断对故事进行精简、设计与加工，使故事主题更加能彰显社会主流价值观，使故事内容、情节更具思想张力，使故事蕴含的情感意蕴更能直抵人心，使故事的语言表达更富艺术感染力，并且确保新时代故事始终紧紧围绕"现实的人"这个历史主体来展开，以"人"为阐释对象，以现实生活中的"人"为激励对象，旗帜鲜明地讲清楚"提倡什么、鼓励什么、反对什么"的人民立场，发挥出以故事教育人、促进人之成长的价值旨归。本书突出了对这方面故事题材的选取，比如，《信念的颜色是中国红》《"当代愚公"毛相林》《优秀科技特派员李保国》《"党徽大叔"阿布都加帕尔·猛德》《一个纯粹的"90后"》等，都具有极富感染力的故事主题、故事情节。这些故事以小见大，以平凡彰显伟岸的人物形象，并紧紧抓住细节，碰触人心柔软的部分，淋漓尽致地发挥出新时代故事的价值共鸣与催人奋进的效果。

最后，新时代故事是奋进新征程的激昂号角。走过百年征程，中国共产党和中国人民以英勇顽强的奋斗向世界庄严宣告，中华民族迎来了从站起来、富起来到强起来的伟大飞跃，实现中华民族伟大复兴进入了不可逆转的历史进程。讲新时代故事不是漫无目的，也不是无病呻吟，更不是脱离时代主题的孤芳自赏，而是有着强烈的问题意识、现实指向和深刻的社会责任感。新时代故事能以故事启人心智、开拓思路，着力回答当下实践中所遇到的具体问题。新时代故事超越了语境这一单向维度，深度进入历史场域之中，形成了语言外壳与实践内核的"共谋"、故事历史与当下现实的"转进"；超越了传统的故事叙事，更多地依赖语言艺术的抽象风格，深入新时代的实践进程之中；避免了将故事阐释限定在语言层面，既看不到语言自身的实践性，又难以把握故事本身的历史性，陷入单纯的文学反映与文学批判，最终弱化故事效果，甚至还可能引发读者对故事真实性的质疑与否定。

人们常说，一个故事胜过一打道理。从对外交往的角度上看，讲好属于中国的新时代故事意义重大。中国的发展故事，能为世界注入动力；中国的人民故事，能为世界带来启迪；中国的团结故事，能为世界送去温暖。还有中国的生态故事、奋进故事、合作故事……每一个生动的新时代故事都是榜样的展示，面向实实在在的人和实实在在的事。因此，本书在成稿过程中高度重视讲新时代故事的实践指向，聚焦迈向新征程、实现中华民族伟大复兴的时代主题，通过讲新时代故事，展示思想的伟力、人民群众的精气神以及未来美好的愿景，激发出大家强烈的革命意识、斗争精神、奋进力量，共同致力于推进新时代的伟大征程。

有哲人说，谁会讲故事，谁就能赢得受众，谁就拥有话语权。无疑，讲好故事不能仅仅定义为一种简单的语言表达、思想沟通，它还为我们推开了一扇认识真理、阐释真理和掌握真理的大门，帮助我们更好地用真理武装群众。

习近平总书记在党的二十大报告中强调，要建设具有强大凝聚力和引领力的社会主义意识形态，广泛践行社会主义核心价值观，提高全社会文明程度，繁荣发展文化事业和文化产业，增强中华文明传播力影响力。讲好新时代故事，是本书的写作初衷。本书通过创新理论阐释方式，讲述新时代中国社会先进人物和集体的故事，揭示其成就背后的理论逻辑和制度优势，有助于深入学习宣传贯彻党的二十大精神。

希望此书能为大家讲好故事、讲好中国故事、讲好新时代故事，为客观真实地读懂中国提供更多的素材和可供借鉴的思路及方法，从而使大家讲的故事愈来愈精彩，愈来愈生动，愈来愈有感染力，也让广大读者更好地从故事中了解多面的中国，读懂中国的昨天、今天、明天。

倪 鑫

潍坊科技学院马克思主义学院

目录

001　大国之脊梁

- 001　"杂交水稻之父"袁隆平
- 009　"燃灯校长"张桂梅
- 016　倒在"战位"上的罗阳
- 023　海归教授黄大年

029　党的好儿女

- 029　"绿化将军"张连印
- 036　党的好干部廖俊波
- 042　"大山的女儿"黄文秀
- 048　"我们的伯祥书记"
- 054　"小巷总理"林丹
- 059　"党徽大叔"阿布都加帕尔·猛德

063　奋斗者的身姿

063　"当代愚公"毛相林

069　优秀科技特派员李保国

074　"网红校长"王树国

081　永不言败的江梦南

087　当代青年的奋斗故事

096　英雄的中国航天人

104　24年磨一剑的航天员

113　"寒门贵子"庞众望

121　道德的楷模

121　一个纯粹的"90后"

127　温暖人心的力量

132　最崇高的捐助

139　"抗癌厨房"的故事

150　"中国好人"李培生、胡晓春

160　鸿星尔克"破产式"捐款

168　祖国在心中

168　信念的颜色是中国红

173　"守岛英雄"王继才

183　"为国护海模范"王书茂

191　守卫边疆的姐妹花

198　站在爱国一线的陈百祥

204　"台湾表妹"李乔昕

212　平凡的英雄

212　"英雄机长"刘传健

224　"孤勇者"归来

230　"逆行者"的身影

237　留"遗言"的故事

242　文化的力量

242　"钉子户"的文化坚守

250　蓝天野的双重人生

257　敦煌女儿

265　三大英雄史诗的故事

272　北京冬奥会里的文化故事

278　一只掉队的"小鸽子"

282　"诚信奶奶"陈金英

287　回家的路

296　后记

大国之脊梁

"杂交水稻之父"袁隆平

2021年5月22日13点07分,功勋卓著的中国工程院院士袁隆平在湖南长沙逝世,享年91岁。

消息传来,举国悲恸,人们纷纷以各种方式哀悼这位让亿万人吃饱饭的袁爷爷。不少国外媒体、国际组织对袁隆平的一生给予高度评价,称赞其对人类粮食安全做出的重要贡献。其中,颇具代表性的是伊朗驻华大使馆对袁隆平所做的评价:"中国的禾下土里有您的汗水,世界的稻花香里有您的笑颜。将一生奉献于'让天下人都吃饱饭'的袁隆平院士,属于中国,也属于世界。"

袁隆平是杂交水稻研究领域的开创者和带头人。很多人都知道他老人家曾经说过的一个梦——"禾下乘凉梦"。为了这个梦,袁隆平奋斗了一生。我国14亿多张嘴要吃饭,吃不饱饭曾经是困扰我们的一大难题,而由袁隆平院士带领的科研团队,把追求高产、更高产作为永恒的主题，使超级杂交水稻研究不断取得突破性进展。

2019年9月29日，袁隆平院士在人民大会堂获得"共和国勋章"，他在接受媒体采访时说："明天，我第一个动作就是到田里去。晚上睡觉的时候就想，我那超级稻长得怎么样，有没有新的发现……"超级稻让袁隆平功成名就，也让14亿多中国人的粮食问题得到了解决。

为了老百姓不再忍饥挨饿

袁隆平出生于1930年9月7日，是家中第二个孩子，父亲袁兴烈毕业于国立东南大学中文系，母亲华静曾在英文教会学校读书。抗日战争全面爆发后，袁隆平一家颠沛流离。年少的袁隆平每每看到沿路举家逃难、面如菜色的国人，看到满目疮痍的国土，他的内心深处总会泛起一阵阵痛楚。年少的他渐渐地明白了一个道理：一个民族要想不受屈辱，除了强大别无选择。

袁隆平报考大学时，想起幼年向往的田园生活，他不顾父母反对，报考了农学院。他进入西南农学院（今西南大学）农学系农作物专业，成为新中国成立后的第一批大学生之一。可到了学校，袁隆平才意识到"田园之美"纯属臆想。后来，他回忆起当时的情形，不禁感慨："我天性自由散漫，向往的全是田园美、农艺美，一看到那个资本家的园艺场那么漂亮，就以为以后能在里面工作，真正学了农，才知道种地是多么艰辛。"

面对学农之苦，袁隆平并没有后悔自己的选择，他决心为这个国家的农民做点事。"你们年轻人不知道，肚子饿起来真难受。"袁隆平说。他经历过苦日子，大饥荒让他饱受饥寒。冬天挨饿时，他将手脚烤热了钻进冰冷的被子，第二天起来身上依旧冰冷。他喜欢游泳，当时却饿到游不动。他见过饿殍惨状，听过无数次"金元宝比不上两个馒头"。这些经历将他的田园愿景生生地拉回了现实，也让袁隆平立下了一个远大的、终生奋斗的目标：一定要解决粮食增产问题，不让老百姓忍饥挨饿！

"人就像种子，要做一粒好种子"

"人就像种子，要做一粒好种子。"这是袁隆平生前常挂在嘴边的一句话，他一生都在用行动阐释这句话。为了这"一粒好种子"，他不畏学术权威和传统学术观点的桎梏，一心扑在杂交水稻研究上，成功选育了世界上第一个实用且高产的杂交水稻品种，并于1976年起，在全国广泛推广应用杂交水稻研究成果，使水稻的单产和总产都得到了大幅度提高。几十年如一日，袁隆平带领团队在超级杂交水稻领域辛勤耕耘、攻坚克难，为我国水稻研究翻开里程碑式的一页，他被尊称为"杂交水稻之父"。

20世纪50年代至60年代初，杂交水稻是世界性的科技难题，在没有经费、没有设备，更没有科研团队的情况下，袁隆平发誓要啃下这块"硬骨头"。然而，当时农学界的权威们普遍认为水稻没有杂交优势，流传着"三系三系，三代人搞不成器"的说法。袁隆平"捂住耳朵",排除万难,和助手们先后进行了3000多次水稻杂交试验。1961年7月,袁隆平在学校试验田选种,发现一株形态特优的稻株,籽粒竟有230个。通过比例推算,袁隆平发现,如果用它育苗,水稻亩产量会达上千斤,而当时高产水稻亩产量也不过五六百斤。他花了一年的时间培育,但最后的收成不尽如人意。虽然产量没上去,但袁隆平有了一个大胆的想法:培育这种雄性不育稻的种子,让它们与正常的优势常规水稻授粉,产生大规模的杂交水稻种子。

说干就干。1964年盛夏,袁隆平冒着酷暑钻进稻田,开始了漫长的寻稻之旅。经过半个多月的苦寻,他终于从洞庭早籼品种中发现了一株雄性不育株。第二年,他又在1.4万多株稻穗中找到6株不育株。这让他得出了"水稻亦有杂交优势"的推论,三系法猜想被证实。时间一晃过去了3年,以袁隆平为首的"水稻雄性不育科研小组"成立,但与当时的主流"结实"研究相比,这个小组的"不育"研究颇令人费解。

一时间,"袁隆平是地地道道的科技骗子""雄性不育实验搞不下去了"等言论不绝于耳。袁隆平培育的秧苗不止一次被人为损坏。但无论遭遇什么样的阻挠和破坏,袁隆平仍然坚定地走上了研究杂交水稻之路,并在这条路上奋斗不息。1972年,杂交水稻被列为国家重点科研项目,袁隆平选育的不育系"二九南1号"培育成功,成为第一个应用于生产的不育系水稻品种。1973年,袁隆平及其团队首次育出三系杂交水稻"南优1号",让水稻亩产量从300公斤提高到500公斤以上，成功实现了"三系配套"，杂交水稻研究取得重大突破。

袁隆平总结这段经历时说："杂交水稻就是利用水稻的杂种优势。杂种优势是生物界的普遍现象，动物、植物、微生物，小到细菌大到人类都有这个现象，水稻也不例外。两个品种一杂交，中间的就是杂交品种，左边的是母本品种，右边的是父本品种。地下部分我们看到杂交稻根系特别发达，地上穗子也很大，比父本、母本要大，产量很高。杂种优势只存在于杂种一代，二代就没有优势了，所以每年生产第一代杂交水稻种子。利用水稻雄性不育系，就可以大量生产第一代杂交水稻种子。"

1976年，籼型杂交水稻进入大面积推广种植阶段。随后几年，杂交水稻的产量不断增长，中国人手里有了更多的粮食，长期以来对饥饿的恐惧感逐渐得到缓解。

一生浸在稻田里

每年11月、12月，袁隆平都会离开长沙的家，到海南研究水稻育种。在访谈节目《面对面》中，记者问他："到底是什么动力让您这样不断攻克难关，一次次提高了产量，您不觉得累吗？"

"追求事业就是乐在苦中。农业科技工作是很苦的，整天在太阳底下晒、在泥田中踩。因为有希望，会出好品种，所以乐在苦中。如果没有希望，茫无目的，就不会有乐趣。"袁隆平的回答充满着哲理与智慧。

2017年，袁隆平团队选育的超级杂交水稻品种"湘两优900（超优千号）"，在河北省硅谷农业科学研究院超级杂交稻示范基地通过了测产验收，平均亩产1149.02公斤，创造了世界水稻单产的最新、最高纪录。

2021年5月9日，袁隆平团队研发的超级杂交水稻"超优千号"在海南省三亚市国家水稻公园示范点测产验收，测得平均亩产达1004.83公斤，较设计预测亩产量的900公斤多了100余公斤，极大地提振了大家再上新台阶的信心。

除继续在杂交水稻上冲刺之外，袁隆平团队又盯上我国面积达15亿亩的盐碱地，通过研发海水稻，不断增加粮食的总产量。经过多年的努力，2017年，我国海水稻的最高产量达到了每亩620.95公斤，实现了历史性的重大突破。袁隆平主导的这项科技创新，进一步夯实了国家粮食安全的基础。

2017年，袁隆平回到母校西南大学参加庆典，并捐献20万元设立西南大学"袁隆平奖学金"，用于奖励农业学科相关的品学兼优的学生，鼓励学生"深入基层，扎根农田，为我国的农业事业做出贡献"。

如今，袁隆平培养的几代年轻科学家，已经担当起振兴中国种业的重担。袁隆平鼓励学生们下田搞科研，他自己即使80多岁高龄，依然坚持每天下田。对他而言，下田劳作是头等大事。皮肤黝黑的他，看上去不像一位科学家，更像一个普通农民。贵为"国宝级"人物，袁隆平却从没什么架子。

2000年，当中国第一个以科学家的名字命名的股票"隆平高科"上市时，央视前主持人杨澜问袁隆平："听说您现在身价高达一千多个亿，您回去跟太太说这些事时，她是什么感觉？"袁隆平摆摆手道："在家里我们从来不会谈这些事，我多半时间都花在研究上了，不太喜欢在这些事上费心思。"2016年，袁隆平获得首届"吕志和奖"，奖金高达1700多万元人民币（2000万港元），他全部拿去支持农业发展。

袁隆平把一生浸在稻田里，把功勋写在了大地上。他一生获得过众多的荣誉，如2001年获得2000年度国家最高科学技术奖，2018年被授予"改革先锋"称号，2019年被授予共和国勋章等。

"禾下乘凉梦"

袁隆平的成就是因为他的一生都惦念着中国人的饭碗，一生都在跟"米"打交道，都在为实现"禾下乘凉梦"而孜孜不倦地探索着。他并未因一时的得失而停住前进的步伐，他毕生的梦想就是让所有人远离饥饿，即使已到鲐背之年，也依然不满足于眼前的成就，一心要为祖国和人民继续奋斗。

袁隆平曾寄语追求梦想的年轻人，告诫他们要为了理想而努力奋斗，不要被不好的现象所影响。"年轻人应该有理想，为国家、为社会做出贡献的理想。君子爱财取之有道，你不能为了钱去努力奋斗，要为实现理想去奋斗，你真正努力奋斗了，自然会有这个回报的。"我们生活在不被温饱所困扰的年代，应该珍惜今天来之不易的幸福生活。

坚定理想和追求，用一丝不苟、实事求是的态度冲破理论的桎梏并付诸行动，是袁隆平一生永攀科技高峰的生动写照。

2022年9月2日，袁隆平院士去世一年多后，湖南长沙隆平稻作公园的工作人员展示了巨型稻的实拍视频：几名女性农业人员站在稻田中举起手臂，水稻比她们伸直手臂的高度还要高，这些水稻正进入成熟期，株高最高可达2.2米。这不禁使人想起袁隆平院士的"禾下乘凉梦"："我曾梦见杂交水稻的茎秆像高粱一样高，穗子像扫帚一样大，籽粒像花生米一样大。我和助手们一块在稻田里散步，在稻穗下乘凉。"

"燃灯校长"张桂梅

张桂梅，这是一个感动亿万国人的普通名字，这是一个燃尽自己、照亮时代的无私的人。

2022年6月7日，全国高考正式拉开帷幕，丽江华坪女子高级中学校长张桂梅像往常一样，于早晨5点出现在教学楼。她步履蹒跚地爬上一层层楼梯，将五层教学楼的楼道灯一一点亮。她用这种方式护送全体高三学生"出征"，迎接人生"大考"。这个仪式她已经坚持了12年，为大山的孩子打开了一扇奔向未来的大门。

张桂梅，1957年6月出生于黑龙江省牡丹江市的一个满族农民家庭。在张桂梅很小的时候，母亲就病逝了，10多岁的小桂梅跟随姐姐到了云南省中甸县（今香格里拉市），支援边疆建设。1975年12月，张桂梅年满18岁，在当地参加工作，成为中甸县林业局办公室的工作人员。1983年，她被借调到当地的子弟学校当中学教师，这段经历为她以后的从教生涯打下了很好的基础。工作后的张桂梅在学习上不断追求进步。1988年，她以优异的成绩考入了丽江教育学院（今丽江师范高等专科学校）中文系，在这里，她不仅学到了知识、提升了学历，还找到了自己的人生伴侣。

1990年，从丽江教育学院毕业后，张桂梅被调到大理白族自治州喜洲镇第一中学任教，在这里，她步入了婚姻的殿堂，实现了事业家庭的"双丰收"。正当她憧憬着人生的美好未来时，却又一次遭遇人生的重击——恩爱的丈夫于1996年不幸去世。陷入无比悲痛的张桂梅从大理来到丽江的华坪县教书，离开了伤心之地。

山里女孩儿的命运让她有了办学的想法

初到华坪的张桂梅，虽然有着充分的思想准备，但山里的贫困程度还是远远超出她的想象。每到学期初交学费时，有的家长带着一包钢镚儿和一张张撅起来的角票到校；每到中午吃饭时，有的学生只吃饭不吃菜，还有的学生干脆把大米放进暖水瓶泡烂当作午餐。除了生活条件艰苦外，还有一个问题深深地刺痛了张桂梅，那就是不少女孩子读着读着就辍学了。山里的家庭大都比较穷，没有钱供更多的孩子读书，他们一般会把有限的教育机会留给男孩儿，而山里女孩儿大都是早早嫁人生子、干农活。然后，她们生下的女孩儿，在教育上依然不被重视，不少女孩儿继续重复着母亲的命运，面对这无奈的命运，她们无能为力。

张桂梅意识到，一个受教育的女性能阻断贫困的代际传递，改变三代人的命运。于是，创办一所学校，让贫困山区的女孩儿免费接受高中教育的想法在张桂梅的心中萌生。

可现实是残酷的，在贫困山区办一所免费的高中，在许多人眼里简直就是痴心妄想。但为了改变这片贫困土地上女孩儿的命运，再难也要试试。从2002年起，张桂梅便开始行动，她先把自己获得的所有奖状、证书都打印出来，摆在昆明的街头搞"募捐"。她当时的想法特别单纯：云南有那么多人，每个人捐5元、10元，一个人献一份爱心，建学校的钱就有了。但现实却根本不是她想的那样，在募捐的过程中竟有人把她当成骗子，往她脸上吐口水，甚至还有人放狗咬她。靠着这种方式，5年过去了，张桂梅只筹集到1万多元钱，这一点钱杯水车薪，根本解决不了问题。不过，这也让更多的人开始认识和了解张桂梅。

办学的梦想迎来了机遇

2007年，张桂梅作为党的十七大代表到北京开会，这位来自大山里的老师的破旧穿着引起了一位女记者的关注。散会后，张桂梅向这位记者讲述了自己的梦想。很快，一篇《"我有一个梦想"——访云南省丽江市华坪县民族中学教师张桂梅代表》的报道发表出来，引起了社会广泛关注。随后，丽江市政府、华坪县政府各拿出100万元，帮助张桂梅办学校。

经过不懈的努力，2008年，中国第一所免费女子高级中学——丽江华坪女子高级中学（简称华坪女高）成立，专门供贫困家庭的女孩儿读书。华坪女高的学生除了生活费，其余费用全免。张桂梅的梦想终于变成了现实。

学校建成后，首届招进了100名学生。虽然学校建成了，也招生了，但学校后续的运行依然面临着难以想象的困难。学校只有一栋教学楼，连围墙和厕所都没有，学生吃饭要到旁边的民族中学。老师们的宿舍是用几间教室临时改的，大家睡的是大通铺。

没多久，17名教师就走了9个，剩下的8个人里有6个是党员。张桂梅把这些党员喊到一起，对他们说："我们是党员，这块阵地是党扶贫的一块阵地，我们丢还是不丢？"张桂梅执着地相信，哪怕剩一个党员，阵地都不会丢，而这里有6个党员，阵地更不能丢。老师们都深深地被张桂梅的执着所感动，纷纷表态："你说怎么干，我们就怎么干！"

为了把华坪女高的党员凝聚成一个团结的集体，她和其他5名党员在学校二楼画了一面党旗，把入党誓词写在上面。大家站在这面党旗前，举起右手宣誓："人在，教育扶贫的阵地就在！"

10多年来，每周开展一次理论学习，重温一次入党誓词的组织生活，成了华坪女高党支部几乎雷打不动的制度。无论遇到多大的困难，党旗始终高高飘扬在这个校园里，激励着党员在学校各项工作中处处发挥先锋模范作用。

严厉的面孔里有最深沉的爱

2016年，华坪女高的建设全部完成。学校终于有了食堂、宿舍、塑胶运动场，在校学生达到460多人。

张桂梅管理下的华坪女高有着近乎严苛的纪律，硬起"铁腕"来抓学习。每天，学生们5点30分起床，晨起5分钟后洗漱完毕，跑步上下楼梯，课间出操1分钟站好队，从下课铃响到跑进食堂排队、打饭再吃完，10分钟内完成。这看似不近人情的管理背后，是张桂梅对学生的一腔热爱。只有严格的管理才能让孩子们挤出更多的时间来学习。

在学校里，张桂梅始终是最早起、最晚睡的"擎灯人"。她一天的工作从清晨的教学楼巡视开始。早晨5点钟，天还没亮，她就打着手电筒，将五层教学楼的楼道一一点亮。据张桂梅讲，早些年因为学校没有院墙，诸如蛇等各种小动物会进入学校，低飞的蝙蝠会划破学生的脸，巡视教学楼是为了保护学生的安全。巡视完一圈后，张桂梅就站在二楼，手持喇叭，催促学生跑步进教室。

在孩子们面前，张桂梅总是隐藏起自己脆弱的一面，把严厉的一面展现给她们，可谁都知道，这才是最深的爱！尽管已经60多岁了，但从建校至今，10多年来，张桂梅几乎没有好好休息过一天。岁月、劳累和辛苦的付出在她身上留下了太多病痛的印记。她患有肺气肿、肺纤维化、小脑萎缩等10多种疾病。媒体镜头中的她，让人心疼不已。她几乎每一根手指上都缠着膏药，但正是这双手，托起了山里女孩儿们的希望和未来。

现在的张桂梅上下楼梯都要扶着扶手一点一点挪动，因为稍微用力就可能碰到胳膊上的包块骨刺。可是即使这样，张桂梅依然凭借着顽强的毅力拖着病体工作着。每天，她总是第一个出现在校园里，至少巡校、查课3次。

把自己的一切奉献给教育、奉献给孩子们

张桂梅一生没有子女，也没有财产，一直和学生一起住在学校的女生宿舍里。有人可能会产生疑问，身为教师是有工资等收入的，她的钱都去哪儿啦？也许从下面的支出情况中能得到答案。

张桂梅每个月领到工资，只留给自己100元生活费，其余全部用来接济学生、做慈善。从2001年起，她义务担任华坪儿童之家的院长，管理着50多名孤儿的衣食住行。张桂梅还有一部分收入，就是获得的奖金。迄今，她获奖不下20次，获得的奖金，有的捐给了灾区，有的捐给了遇到困难的人，还有的被她提前交了党费。比如，她获得云南省"兴滇人才奖"，奖金30万元，她全部捐给了政府，用于帮助贫困山区建学校。这些年，张桂梅把全部奖金和大部分工资累计100万余元捐献给了山区的孩子和其他需要的人。

有付出就有回报，在张桂梅和全校师生家长的共同努力下，华坪女高取得了丰硕的成果。2011年，第一届毕业生参加高考，96名考生中有69人的成绩上了本科线，本科上线率达到70%以上。2020年，159名考生中有150人的成绩上了本科线，本科上线率达到90%以上。

华坪女高建校至今，张桂梅把近2000个山里的女孩儿送进大学，让她们走出大山，改变命运。

说起为啥想要办学校，张桂梅说，是因为山里的女孩子太穷

了、太苦了，自己想帮帮她们，让她们走出大山，打开人生新的大门。

荣誉越来越多，名气越来越大，张桂梅也面临着不少的质疑。"有人说我爱岗敬业，有人说我疯了，有人说我为了荣誉。也有人不理解，一个人浑身有病，为啥还比正常人苦得起？"张桂梅解释说："我心里始终有一股劲：你豁出命改变她们的命，值！人生老病死都正常，豁出去一点，怕什么！"

捧着一颗心为山区教育无悔付出的张桂梅感动了全中国。2021年6月，张桂梅被党中央授予"七一勋章"，体现了党和人民对她的高度肯定。

2022年，张桂梅光荣当选为党的二十大代表，在接受采访时，她动情地说："'燃灯校长'不是我一个人，有社会的支持，我才燃得起来！"她一如既往地纯粹、无私，能被选为党代表，她名副其实，当之无愧！

张桂梅是学生的师长，是人民教师的楷模。她具有当代中国社会前进中不可缺少的道德力量和奋进新时代的精神力量，她以无私奉献的大爱诠释了共产党员的初心使命。正如"感动中国2020年度人物颁奖盛典"上的颁奖词所说：烂漫的山花中，我们发现你。自然击你以风雪，你报之以歌唱。命运置你于危崖，你馈人间以芬芳。不惧碾作尘，无意苦争春，以怒放的生命，向世界表达倔强。你是崖畔的桂，雪中的梅。

倒在"战位"上的罗阳

1999年，我国从乌克兰购买了苏联时期尚未完工的"瓦良格"号航空母舰。历经千辛万苦的改装，2012年9月25日，更名为"辽宁舰"的航空母舰正式交付中国人民解放军海军。它是中国的第一艘航母，但拥有了航母，不等于拥有了航母的强大力量，因为航母的真正威慑力在于其强大的舰载机进攻能力。

如果解决不了航母舰载机的研制、起降、联合作战等问题，航母就是"一只没有牙齿的老虎"，发挥不出实战能力。为推进航母舰载机的研制与使用，尽快让航母形成战力，航空人付出了大量心血与汗水，有人甚至为此献出了宝贵生命。倒在航母舰载机"战位"上的罗阳，就是我国航母发展史上不能忘记的英雄。

坚持航空报国是罗阳的奋斗目标

罗阳，1961年6月29日出生于辽宁省沈阳市，父母都是军人。罗阳从小性格谦和宽容，对人友善，是个人见人爱的"孩子王"。他打小聪明伶俐，逻辑思维能力强，喜欢对不明白的问题打破砂锅问到底，比如，看到其他小朋友玩滑轮车，他就思考能不能再给滑轮车装上方向盘。父亲看他动手能力强，就指导他学习组装收音机等，有意识地培养他的兴趣爱好。

1978年，17岁的罗阳以优异的成绩考入北京航空学院（今北京航空航天大学），所学的专业是飞行器设计与应用力学系高空设备专业。大学期间，罗阳勤奋刻苦，学习成绩等各方面表现都非常优秀。提起罗阳，他的大学老师郑彦良教授自豪地说，罗阳是最让他骄傲的学生。郑教授从事教学工作12年，培养了1000多名学生，而罗阳是他最看好的三个学生之一。

1982年，罗阳本科毕业，当时正赶上国家以经济建设为中心，实施改革开放战略，大力发展社会生产力，推进社会主义现代化建设。随后，我国裁军百万，并不断缩减军费开支，支援地方经济建设。在多重冲击之下，当时的军工行业整体不景气，军工研究院所的许多科研人员都忙着跳槽或下海经商。

在市场经济的大潮下，罗阳始终能够稳住心神，抵住诱惑，守住本心，坚守在沈阳飞机设计研究所这个科研重地，一干就是20年。

2002年7月，罗阳因工作能力出色，被组织调到沈阳飞机工业（集团）有限公司（简称沈飞集团）工作，担任党委书记、副董事长等重要职务。5年后，罗阳成为沈飞集团的董事长、总经理。

沈飞集团是中国重要的飞机研制生产基地，在罗阳担任沈飞集团董事长、总经理期间，实现了多个型号飞机的首飞。在罗阳等一大批航空人的努力下，中国航空工业取得了举世瞩目的成就。

从核心技术受制于人，到形成完整的自主研发、制造、试飞产业链条；主要机型从屈指可数，到形成多品种、跨时代的产品谱系……这一系列奇迹的背后，有罗阳这样千千万万的航空人的执着与坚守、热情与梦想。

面对成绩，罗阳却表现得异常低调。他既不追名也不逐利，甚至在同学聚会上见过多次面的同学，既不知道他是沈飞集团的董事长和多个重要机型的设计牵头人，也不知道他曾经获得过"航空报国金奖"等航空领域内的大奖。

以透支生命的代价推动航母舰载机的研发

环顾世界，一个真正的大国离不开一支强大的海军，一支强大的海军离不开先进的航母战斗群，先进的航母战斗群离不开一流的舰载机。

歼-15舰载机是为满足在航母上使用而研制的一种远程、重型、超声速、高机动性的固定翼舰载多用途战斗机，具备昼夜起降和综合攻防能力，是我国航母的"牙齿"和"利刃"。当然，拥有一款这么优秀的航母舰载机，并不代表着航母已经形成战力并具备强大的威慑力，关键是要尽快地实现着舰起降，实现舰载机的综合作战效能。

2012年11月23日，随着一阵巨大的轰鸣声，歼-15舰载机——我国第一代多用途舰载战斗机——成功降落在辽宁舰的甲板上。航母上所有人为之欢呼雀跃，激动地相互拥抱，有的技术人员拿掉眼镜擦拭自己的泪水。舰载机成功着舰，这是中国航母发展历程中的一个标志性事件，国人对这一天的到来期盼已久。

歼-15舰载机研发项目总负责人罗阳脸上露出了笑容，从当年受领这一任务就开始紧张不安的心，此刻终于平静了下来。这一刻，罗阳已期盼了多年，这一刻，也引领着他奋斗了多年。

辽宁舰服役仅两个月，歼-15舰载机就成功实现在航母上起降，这一消息引起了西方的极大关注，此前西方媒体普遍预测中国舰载机的成功运用至少需要一年半的时间。

舰机融合需要自主创新，核心技术是买不来的，面对国外技术封锁，我国的航空人走上了自主研发这一条路。没有经验，我们就自己摸索；没有现成的关键技术，我们就自己来研发。

从舰载机项目的立项，到飞机装配、整机试验、可靠性试验、飞行试验等全部过程，罗阳都亲临一线，一丝不苟，他与团队成员一起打磨整改，确保不出任何问题。从设计到新机下线，舰载机的研制周期大大缩短，堪称中国航空史上的奇迹。

奇迹背后，是罗阳对自己生命的透支。在罗阳去世的前两年，他一直坚守在工作一线。每周工作7天，每天工作11个小时，这是他工作的常态。在最后冲刺的一个月内，罗阳的工作强度达到了顶点，每天工作近20个小时，工作节奏从"711"变成"720"，他像在以冲刺的速度跑马拉松。

在生命的最后阶段，罗阳时常挂在嘴边的，是航空人爱说的那句话："既做航空人，就知责任重；既做新装备，就得多辛苦。"

功成之时，他却倒在了"战位"上

2012年11月25日上午，胜利完成首次舰载机着舰任务的辽宁舰慢慢驶入大连港。沈飞集团的部分工作人员闻讯纷纷赶到港口祝贺，每个人脸上都洋溢着胜利的喜悦。沈阳黎明航空发动机（集团）有限责任公司董事长孟军在辽宁舰上向码头望去，激动地对罗阳说："你快过来看，沈飞的伙计们在向你招手呢！"罗阳倚靠在窗边，手捂着胸口，脸色苍白，轻声地说道："算了，我有点不舒服。"

孟军看他状态有问题，不禁担心地问："要不要找医生看一下？"罗阳摇摇头说："没事，下舰再说吧。"

辽宁舰靠岸后，罗阳慢慢走下舷梯，他强忍着身体的不适，跟前来迎接的一整排人挨个握手。谁也不曾想到，这竟是他们与罗阳的最后一次握手。

一个多小时后，急救车风驰电掣般载着晕倒的罗阳奔向大连友谊医院。在离急诊部不到100米的地方，罗阳的心脏停止了跳动。

罗阳的妻子王希利悲痛地呼喊："罗阳，你太累了！"在场者闻之无不动容，人们实在无法接受他就这样匆匆地走了。罗阳去世的消息传开后，千万网民纷纷通过各种方式表达对他的深切哀悼……

罗阳因公殉职的第二天，习近平总书记就做出了重要批示：

"罗阳同志秉持航空报国的志向,为我国航空事业发展做出了突出贡献,他的英年早逝是党和国家的一个重大损失。要很好地总结和宣传罗阳同志的先进事迹,广大党员、干部要学习罗阳同志的优秀品质和可贵精神。"一时间,全国上下迅速掀起学习、宣传、赞颂英雄罗阳的热潮,媒体饱含深情地报道他的事迹,网民自发为他点燃悼念的烛光,更多人向他投去致敬的目光。

为表彰罗阳的先进事迹,2012年11月30日,国务院决定追授罗阳同志"航空工业英模"荣誉称号。2013年9月,罗阳被评为第四届全国道德模范"全国敬业奉献模范"。2018年12月,党中央、国务院授予罗阳同志"改革先锋"称号,颁授改革先锋奖章。2019年9月,罗阳被评选为"最美奋斗者"。

那些为民族和国家做出贡献的奋斗者、开拓者、奠基者,祖国和人民不吝赞美,也永远不会忘记!

激励航空人投身到航空强国的实践中去

罗阳立志以身许国,投身航空事业30年,战斗至生命的最后一刻。他锐意改革创新,不断推进企业经营模式创新和技术升级,在飞机研制方面取得了多项重大成果,有力地促进了我国国防建设的发展。罗阳把自己全部精力和聪明智慧都奉献给祖国的航空事业,真正以生命践行了航空报国的远大志向。

罗阳同志的一生是航空报国的一生。歼-15舰载机研制现场总指挥罗阳走了,英雄谢幕海天间。罗阳的溘然长逝,因中国航母舰载机的成功起降而显得更加悲壮。有人问，中国航母舰载机为什么能在如此短的时间内实现现场起降？我们从罗阳的身上就可以找到答案。

中华民族是有着强烈的民族自尊心、自信心、自豪感的伟大民族，有着自强不息、艰苦奋斗的伟大精神。当年，在极端困难的条件下，我们的先辈靠着自力更生、艰苦奋斗，成功研制出"两弹一星"，铸就了伟大的"两弹一星"精神，奠定了今天我国在国际上的大国地位。今天，同样在我国的国防科技工业战线上，有无数像罗阳一样的奉献者，他们无怨无悔、不求名利，把全部的聪明才智都倾注到党和国家的事业中，把国防工业发展和国家安全扛在肩上。他们是时代的奋斗者和开拓者！

今天，罗阳精神成为激励航空人奋发图强、勇攀科技高峰的一面旗帜。沈飞集团的青年员工们自发组成"罗阳青年突击队"，继承罗阳烈士的遗志，在各项急难险重任务中打头阵、当先锋，立志为建设航空强国贡献自己的一切。

罗阳的事迹告诉我们，千千万万中国人只要在中国共产党的领导下，坚持正确的前进方向，乘风破浪不迷航，脚踏实地不幻想，面对挑战迎难上，中华民族伟大复兴就一定能实现。

海归教授黄大年

2017年，教育部在全国高校启动了"黄大年式教师团队"创建活动。至2022年，全国共有401所高校建立了"黄大年式教师团队"。"黄大年式"教师成为新时代高校优秀教师的"品牌"，争当"黄大年式"好教师成为高校教师的自觉行动。

不少人可能会问，黄大年作为一位高校教师，究竟有什么样的先进事迹，能获得如此高的荣誉，成为大家学习的榜样？

一次普通招考奠定了一生的学术追求

黄大年（1958—2017）是我国著名的地球物理学家，生前担任吉林大学地球探测科学与技术学院教授、博士生导师。

黄大年出生在广西壮族自治区南宁市的一个知识分子家庭。"文化大革命"中，年仅8岁的黄大年随父母被下放到广西大山里一个偏僻的小山村，在那里度过了少年时光。1975年10月，17岁的黄大年通过参加招考进入广西第六地质队，主要从事航空物探操作员的工作。在这里，他首次接触到航空地球物理这一特殊的领域，不仅充满了好奇，并且越干越着迷。

从专业属性看，地球物理勘探是一项技术性很强的工作，如果不进行专业系统的学习，仅靠自己摸索，或仅靠"师傅带徒弟"式的培养是远远不够的。1977年，恰逢高考恢复，黄大年考入长春地质学院（今吉林大学地球探测科学与技术学院）应用地球物理系。黄大年非常珍惜这难得的学习机会，他勤奋刻苦，像一块吮吸水分的海绵，在自己喜欢的领域如饥似渴地吸纳着知识的养分。研究生毕业后，他因成绩优异留校任教。

求学求知从无止境，机会总是眷顾有准备的人。1992年，黄大年因教学科研等方面的出色表现，得到了全国仅有的30个公派出国名额中的一个。在"中英友好奖学金项目"的全额资助下，黄大年到英国利兹大学攻读博士学位。4年后，黄大年以专业排名第一的优异成绩获得了利兹大学地球物理学博士学位。1996年，黄大年回国，不久出国工作，从事针对水下隐伏目标和深水油气的高精度探测技术研究，并出任英国剑桥ARKeX航空地球物理公司高级研究员（由于此工作需要，他加入了英国国籍），到一线参与研发最新技术。

身在国外，心系家国

2004年3月的一个晚上，正在大西洋的深水试验现场进行技术攻关的黄大年接到了病重父亲的电话，他强忍住心里的悲痛与父亲通话。父亲理解儿子的工作，在电话里反复嘱咐黄大年要记住自己的祖国，不求为父母尽孝，但一定要为祖国尽忠。2006年，黄大年又接到病重母亲的电话。此前，母亲谆谆嘱咐他，好好做研究，尽量早点回国，为祖国多做事。虽身在国外，但父母的殷切嘱咐让原本就有着强烈家国情怀的黄大年更加惦记祖国。他希望早日回到祖国，以自己的所学报效国家。

2009年，51岁的黄大年已成为国际航空重力学研究、深地探测领域的知名科学家。同时，他也迎来了祖国的召唤。一边是英伦风情，洋房名望，优厚待遇；一边是祖国召唤，从头开始，任重道远。有的人不免担心，在国外过着优越生活，已经功成名就的黄大年还能回来吗？

"他肯定会回来。"熟悉黄大年的亲友无不如是说，因为他们知道祖国在黄大年心中的分量。

在家国面前，在义与利的选择面前，黄大年义无反顾。他以最短时间辞职，售卖别墅，办回国手续，带着经验、技术、理想和追求回到祖国。

以只争朝夕的拼搏精神，让中国技术追上去

黄大年回国后的第六天，就与吉林大学签下全职教授合同，开始组建吉林大学暨吉林省"移动平台探测技术中心"重点实验室，并担任主任。同时，他还被选为深地探测装备研发项目和科技部高精度对地探测装备研发项目首席科学家。

黄大年重点攻关的是国家急需的地球深部探测仪器，研究"移动深地探测技术"，这种技术究竟有多重要呢？原来在英国ARKeX航空地球物理公司任职的时候，黄大年就领导着一支拥

有多名世界顶级科研人员的团队，运用飞机、舰船等对地球深部进行穿透式精确探测，人们形象地称移动深地探测为"给地球做CT"。这项技术具有极高的应用价值，通过该技术得到的结果不仅可以用于石油、天然气、海底矿产等自然资源的勘探，还可以直接用于军事，如潜艇攻防和穿透侦察。

20世纪90年代，美英等西方军事强国已经将这项技术广泛应用于军民领域，并取得了技术上的垄断地位，而中国在深地、深海探测方面还落后于西方一大截。

黄大年回国后，仅用5年时间就取得了发达国家20多年才取得的成就，一举打破欧美国家对中国形成的技术垄断优势。他以只争朝夕的拼搏精神，把时间掰开用，带领着科研团队协同攻关，为中国"巡天探地潜海"填补了多项技术空白；在移动深地探测技术等关键领域取得重大成就，创造了多项国际专利，为我国深地探测和国防安全做出了突出贡献，不仅让中国的移动深地探测技术达到国际一流水平，还一举成为该领域的翘楚，打破了欧美国家长期以来的垄断地位，真正让中国实现了该技术领域的"弯道超车"。

这方面的成绩单可以列出一长串，足以让国人扬眉吐气，无比自豪。比如，黄大年主持研发的"地壳一号"万米大陆科学钻机，我国拥有完全的自主知识产权，该项发明让中国一跃成为全世界第三个掌握地下万米钻探技术的国家。国外某学术杂志惊呼，中国已经进入真正的"深地时代"。

倾心教学，为国培育专业栋梁

黄大年在搞科研攻关的同时，还怀着一腔热情培养青年人才。在担任吉林大学全职教授期间，他拿出大块时间带博士生、硕士生。回国7年，他先后指导了40多名硕博研究生，还以名师身份担任"李四光实验班"班主任，主动为本科生授课，帮助学生规划好研究方向。

在教学生时，他心无旁骛、竭尽全力，即使重病躺在病床上，仍然给学生布置作业、修改报告、制定科研方向。为了开阔学生和团队成员的视野，他努力创造条件，让学生们接触世界最前沿的科技，时刻关注国外的竞争对手，既以他们为榜样，又努力追赶并超越他们。黄大年经常叮嘱学生，一定要走出去，出去了一定要回来；一定要有出息，出息了一定要报国！

正因有着这样的爱国心、报国志、育人情，黄大年长年累月处在"拼命"的工作模式中。在他回国工作的这段时间里，他几乎每天都在加班，长期得不到休息，工作严重地透支了他的身体健康。

2016年11月，黄大年在北京飞往成都的航班上晕倒，晕倒时还紧紧地抱着存储着大量科研数据的笔记本电脑。就在黄大年做癌症手术前一天的凌晨时分，他依然记挂着为学生推荐读博的事，专门发微信告诉学生，他已经给剑桥大学发送了推荐邮件。2017年1月8日，黄大年因胆管癌不幸去世，年仅58岁。带着种种不舍，这位战略科学家永远地离开了他深爱的祖国和亲人，离开了他为之奋斗的事业。

黄大年的先进事迹经媒体报道后，深深地感动了亿万国人。他被评为2017年度"感动中国十大人物"之一。"感动中国2017年度人物颁奖盛典"给黄大年的颁奖词这样写道：作别康河的水草，归来做祖国的栋梁，天妒英才，你就在这七年中争分夺秒，透支自己，也要让人生发光，地质宫五楼的灯，源自前辈的薪传，永不熄灭。

这段话恰如其分地概括了黄大年为了祖国科技事业发展鞠躬尽瘁、死而后已的崇高风范，他把自己生命最绚丽的部分奉献给了他所钟情的事业、深爱的祖国和人民。他是新时期归国留学人员中爱国报国的先进楷模，是高校教书育人的榜样。

学习黄大年同志，就要学习他心有大我、至诚报国的爱国情怀，教书育人、淡泊名利的敬业精神，潜心治学、勇攀科技高峰的奋斗精神，以及对祖国科技教育事业的责任与担当。

黄大年虽然离开了，但他留下的精神财富正在被继承与不断弘扬。从黄大年到"黄大年式教师团队"，各高校不断涌现"黄大年式"好教师，他们正像黄大年那样，将成绩写在中国大地上，将毕生精力倾注于为党育才、为国育人的伟大事业中，不断为中华民族伟大复兴贡献自己的力量，培育更多可堪大用的高素质人才。

党的好儿女

"绿化将军"张连印

一位从军队退休的老人坚持了18年，将家乡光秃秃的山头变成了郁郁葱葱的林海。绿树成荫，功成之时，他将林权无偿捐赠给集体。不为名，不为利，只为子孙后代，这究竟是一个什么样的人呢？让我们一起走近被誉为"绿化将军"的张连印。

张连印出生在山西省左云县的张家场村，这个地方一年四季黄沙肆虐，尘土飞扬。当地有首民谣非常形象："一年一场风，从春刮到冬。白天点油灯，晚上堵门风。"恶劣的自然环境拖慢了乡亲们奔向好日子的脚步，让张家场村人吃尽了苦头。

"穷娃子"惦念着养育自己的父老乡亲

张连印的成长经历非常坎坷，4岁丧父，6岁时母亲改嫁，抚养他长大的爷爷奶奶在他13岁和16岁时相继去世。1964年，19岁的张连印得到一个参军名额，他永远都记得自己离开张家场村时的情景：乡亲们把炒好的瓜子、煮熟的鸡蛋塞满他的口袋，男女老少聚集在村口为他送行，嘱咐他到了部队好好干，给张家场村人争气。

入伍后的张连印在部队里表现突出，入伍第一年就获得"五好战士""技术能手"的荣誉称号，入伍第二年就光荣地加入了中国共产党。经过部队的摔打与淬炼，张连印从一名排长一步一步干到了副军长，之后转任河北省军区副司令员，由原来吃百家饭的"穷娃子"，成长为军队的高级干部，一位名副其实的将军。

但是，张连印从没忘记过从小生活的张家场村。他说："吃百家饭、穿百家衣，我才能长大，乡亲们对我的恩情一辈子也忘不了。"

在近40年的军旅生涯即将结束之际，张连印回家乡探亲。他看到了家乡发生的巨大变化，乡亲们住上了砖瓦房，开上了摩托车，物质生活有了极大的改善，他打心眼里感到高兴。但放眼望去，家乡四周却看不到绿色，山还是黢黑的秃头样，风沙还是如儿时一样不时地拍得窗户啪啪响。恶劣的自然环境，让张连印的心里高兴不起来，没有好的自然环境，谈不上幸福生活。

用种树改善生态环境，回报父老乡亲

怎样才能改善这恶劣的自然环境呢？一个"回乡种树，防风治沙，让家乡的荒坡变成青山"的念头，突然闪现在张连印的脑海中,他默默规划起自己的退休生活。

退休后,张连印开了一次家庭会议。他跟子女们说:"我是一名党员,现在退休了,就想为社会、为家乡做点事,我准备回老家植树造林。"

得知张连印要回家乡义务种树,老伴儿和子女们都有很多顾虑。家人们劝他不要折腾了,在部队辛苦奉献了一辈子,该好好休息休息、安享晚年了。张家场村的乡亲们得知后,很多人也不理解。一时间,村里议论纷纷:"退休了没事儿干,来这儿弄块地玩玩。""我看也就是做做样子,干不了多长时间。"甚至有家乡的亲人专门来劝他赶快打消这个念头。面对质疑和好意规劝,张连印回乡种树的念头却没有半点动摇。

军人的作风就是雷厉风行,"作战决心"已定,说干就干。2003年,张连印带着当兵近40年的30万元积蓄,和老伴儿一起回到了家乡张家场村,承包了家乡3000多亩荒山。签合同那天,当着乡亲们的面,他立下了"军令状":"植树造林、防风治沙,是咱们国家的一项战略工程,作为一个退休的老兵,我想把植树造林作为自己退休后的最后一个战场。我一不要林权,二不要地权,30年后无偿交还集体。"

此"军令状"一出,乡亲们无不动容。不为名、不图利,说到底还不是为了张家场村的乡亲们吗?至今讲起此事,乡亲们都竖起大拇指,纷纷称赞张连印的境界高。

种树就像打仗，不到功成不罢手

2004年一开春，张连印的种树工作就按计划陆续展开。修路、通电、打井、修渠、平整土地……一环套一环，一件事接着一件事干。

有些事计划的时候很容易，但真正做起来就知道其中的困难了。在荒山上种树，一切都是从零起步，处处都需要花钱，张连印带回来的30多万元积蓄很快就花光了。万般无奈下，一辈子不爱求人的张连印向子女们求援了，好在子女们都理解老父亲的心思，掏出钱来支持父亲种树。大女儿贷款20万元交给父亲，小女儿将3万元转业费和订婚时公婆给的2万元交给父亲，儿子也拿出10万元支持父亲。就这样，一家人临时凑的钱解了张连印的燃眉之急。

在山上种树可真是一件辛苦事，张连印风餐露宿、含辛茹苦，与村民们同吃、同住、同劳动，在一片荒滩上建起了十几间平房安营扎寨。最初的几年，他每天早上5点准时起床，抱着树苗就上山，一干就是一天，午饭就在山上解决，吃的是捎带的凉饭。晚上回到住处，浑身上下都是泥水，耳朵、鼻孔里灌的都是沙子。干事情向来认真的张连印，俨然把植树造林当成了人生的又一个战场。

张家场村的自然条件差，地处风沙漫天的毛乌素沙地边缘，土地有17754亩，耕地却只有6346亩，其余11000多亩都是荒山荒坡，对树木的成活和生长极为不利。种树前得先把石头挖走换上土，种树后得勤浇水。张连印带兵是内行，种树却是外行，虽然付出了很多努力，吃了不少苦，但由于经验不足，第一年栽下的树苗成活率很低。

为了提高树苗的成活率，张连印订阅了大量的专业报纸杂志，还积极地请教技术专家，并且外出考察，学习人家的种树经验，不断地总结经验教训。功夫不负有心人，这些努力与付出终见成效，树苗成活率提上来了。善于总结的张连印结合自己的种树实践，开始思考并梳理种树、养树的科学方法，逐渐摸索出了一套适合家乡气候和土壤的植树方法。

功夫不负有心人。4年多的时间过去，村里荒山秃岭终于披上了新绿。随着3000多亩荒山披上了绿植，张家场村变美了，风沙小了，生态环境变好了，村民们的呼吸顺畅了，多年不见的黄鹂、杜鹃、狼和黄羊出现了。人与自然和谐共处，使这里呈现出一派生机盎然的美好景象。2020年，张家场村被评为"山西省生态园林示范村"。

张连印不仅自己身体力行，开荒种树，还把总结的成功种树经验在全县推广，指导大家种树，想方设法带动乡亲们脱贫致富。在他的带动下，当地的荒山绿化队伍越来越大，"种树绿化家乡，以生态带动发家致富"的理念越来越深入人心。

身入更要心入，张连印回到养育自己的乡亲们中间

回到家乡的张连印，不仅带着大伙种树，平时还积极融入乡亲们中间，参与乡村的全面建设。村里的大事小情他都积极参与，把乡亲们的冷暖记在心上。逢年过节，张连印不忘村里的高龄老人和困难村民，给他们送去慰问金和生活物资。张连印为人和善，又当过军人、见过世面，村民们都很尊重他，把他当亲人看，村里邻里之间、家庭内部等发生磕磕碰碰的小摩擦时，经常请他出面进行调解。

老百姓是最感性也是最真实的，谁对他们好，他们就对谁好。为了感谢张连印为家乡做出的贡献，村民们自发捐款，在张连印植树的一个小山头修建了凉亭，取名"将军台"。张连印的奉献与付出也获得了来自组织、社会层面的高度认可，收获了各种荣誉。他先后被评为"全国离退休干部先进个人""全军先进退休干部"。2021年10月，张连印被中宣部授予"时代楷模"称号。

张连印从军报国近40年，退休后为报答组织培养之恩和乡亲养育之情，毅然舍弃城市舒适生活，扎根荒山秃岭18载，植树造林，治理风沙，再造绿水青山。这样的先进事迹深深地感动了全国人民。

张连印是新时代共产党员的榜样。作为一名有着50多年党龄的老党员，一名党培养起来的高级领导干部，张连印感党情、报党恩，把对党的忠诚转化为造福家乡人民的实际行动，诠释了一名老

共产党员来自人民、服务人民的政治品格。

张连印是新时代革命军人的标杆。他把军人"一不怕苦、二不怕死"的战斗作风刻在脑海里，落到行动中，以军人敢于斗争、一往无前的勇气和毅力披荆斩棘，始终战斗在拓荒植树、防风治沙的最前线。即便身患肺癌，他依然斗志不减，不顾家人反对，坚持重返造林一线。张连印用生命书写了革命军人不负韶华、不辱使命、不怕牺牲的拼搏底色。

张连印是新时代党员干部的楷模。干，为了乡亲们干，带着乡亲们一起干。他从军报国，返乡种树，始终与人民群众休戚与共。为了种树，他动员家人解囊拼凑启动资金；功成之时，他不要林权，不要地权，承诺30年后无偿交还集体。他的无私奉献生动诠释了一名党员坚守初心使命、不懈奋斗奉献的境界、情怀和高风亮节。他的行为昭示了共产党的干部，无论当多大官，都是人民的勤务员！

这样的党员干部，人们永远感激他，敬仰他！

党的好干部廖俊波

古往今来，老百姓拥护好的社会制度，也拥戴好干部。对中国共产党人来说，怎样才算是好干部？简单归纳起来就是一句话：不忘初心，牢记使命，全心全意为人民服务。廖俊波就是这样一位深受老百姓爱戴的党的好干部，他先后被评为全国优秀县委书记、全国优秀共产党员、第六届全国道德模范"全国敬业奉献模范"、2017年度"感动中国十大人物"之一。

2017年3月，廖俊波在出差途中不幸遭遇车祸，因公殉职，年仅48岁。这正是一个年富力强、干事创业的好年纪，他却走了，走得那么匆忙。他走了，留下了党和人民的一片赞誉，留下了一个好口碑。

由"教"入"仕"，当上了一名干部

廖俊波，1968年出生于福建省浦城县一个普通的农村家庭。他自幼学习成绩优异，1988年考入南平师专物理系。从师专毕业后，廖俊波到福建省邵武市的一所初中担任物理老师。任教期间，廖俊波是一位好老师，他的教学方法新颖，课堂氛围活跃，很受学生喜欢，他所任教的班级成绩突出。

因乡政府缺人手，廖俊波凭借自身过硬的综合素质，被推荐去了乡政府工作，开始了由教师到行政人员的身份转换。岗位的变化，没有让廖俊波产生身份上的优越感，反而更加激发了他干事创业、担当作为的潜能和闯劲。

1998年，廖俊波被任命为邵武市拿口镇的党委副书记、镇长。拿口镇地处偏远，农民收入很低。为了尽快提高农民的收入，他提出了在乡镇创办工业园的大胆想法，这种想法在当时的拿口镇是前所未有的。但年轻的廖俊波有一股闯劲，敢于担当作为，敢于打破陈规，工作中经常以大胆创新打开局面。在他的努力下，拿口镇大刀阔斧地干起来，短短几年的时间，镇上的工业园就发展起来了，不光农民实现了增收，腰包慢慢鼓起来了，拿口镇也成为全市的经济强镇。

廖俊波突出的能力和工作成绩得到了组织的充分肯定。2004年，他被任命为邵武市副市长。2006年，又调任南平市政府副秘书长。此时的南平市准备在荣华山建工业园，而廖俊波有建工业园的丰富经验，遂被任命为荣华山产业组团管委会主任，主抓工业园的建设。在这个工作岗位上，廖俊波一干就是4年，付出了常人想象不到的心血和汗水，取得了很大的成绩，使曾经的荒山野岭变成了金山银山。

攻坚克难敢于担当，又一副重担压给他

刚刚在工业园建设中取得好成绩，廖俊波甚至来不及喘口

气，组织就任命他为政和县的县委书记。显然，这又是一副重担。政和县地处福建省北部闽浙交界处，是典型的农业县，工业基础很薄弱，经济在福建省排名倒数第一，戴着"贫困县"的帽子，是全省的扶贫开发重点县。

面对组织的信任和当地干部群众对脱贫的期盼，如何让政和县尽快甩掉"贫困县"的帽子成了廖俊波时时牵挂的"心病"。经过充分的调研与思考，再结合政和县的实际，廖俊波为政和县"量身打造"了新的发展之路：发展工业、旅游业等"四大经济"。

有了目标，接下来就是让全县的党员干部都行动起来。廖俊波身先士卒，把敢于担当放在第一位，领着全县的党员干部撸起袖子大干起来，加班熬夜工作是他的常态，老百姓称他为"铁人""工作狂"。正是凭着这股干劲，在廖俊波主持政和县工作的4年多时间里，政和县老百姓最关心的医疗、教育等民生事业都发生了脱胎换骨的蜕变。全县财政总收入从2011年的1.6亿元上升到2016年的4.5亿元，连续三年进入全省县域经济发展"十佳"，全县贫困人口减少3万多人，脱贫率达69.1%，实现了贫困县脱胎换骨的蜕变。数据是最有力的事实论据，毫无疑问，这些成绩的取得与廖俊波这位全国优秀县委书记的努力工作是分不开的，他的付出赢得了政和县百姓的交口称赞。

"爱在政和"——来自人民的朴素表达

廖俊波因公殉职后，政和县的老百姓在街头立起了一块石头，上面刻着四个大字：爱在政和。这也是廖俊波曾写在笔记本上的四个字，老百姓用最朴素的情感表达方式来怀念他们的好书记。

对共产党的干部来说，勤政、廉政从来都是缺一不可的。廖俊波当干部之初就把"肝胆干事、干净做人"作为自己的座右铭。他经常提醒身边的党员干部要廉洁自律，他自己更是身体力行，严格遵守党员干部廉洁自律的要求，清清白白做人，干干净净做事，从不因公徇私，从不搞特殊，从不给自己的亲朋好友开小灶、谋私利。

领导干部的交往圈折射其人格修为，也考验其作风纪律。在日常的与人交往中，廖俊波始终坚持着一条原则：只要朋友关系，不要利益关系。他的爱人在教学一线工作27年，至今仍坚守岗位；他家里的住房是普通的居民楼，房子的装修和屋内陈设都很简单。他在生活上求简、求低调，但在工作中，却始终坚持高标准、严要求，脚踏实地，一步一个脚印。

廖俊波带给政和县满满的正能量。在他任政和县委书记期间，没有发生党员干部严重违法犯罪案件，他带领全县的党员干部创造了"政和速度""政和质量"。

2015年，廖俊波任南平市副市长并分管武夷新区，于2016年

10月起任南平市委常委、副市长兼武夷新区党工委书记。南平市行政中心准备搬迁到武夷新区，身为副市长的他沉到一线开展工作，保证了武夷新区的建设速度。提起廖俊波的工作效率，同事们纷纷竖起大拇指，他曾用69天的时间拿下别的地方一整年都拿不下的项目。

2017年3月18日，南平市降暴雨，廖俊波在赶往武夷新区开会途中发生车祸，抢救无效，因公殉职，年仅48岁。廖俊波的猝然离世让当地干部群众心痛不已，短短几天的时间内，有40多万群众在网上发文悼念。在廖俊波工作过的地方，面对记者的采访，群众提起他都忍不住流下热泪。

习近平总书记对廖俊波同志先进事迹做出重要指示，号召广大党员干部向廖俊波同志学习，不忘初心、扎实工作、廉洁奉公，身体力行把党的方针政策落实到基层和群众中去，真心实意为人民造福。

老百姓喜欢廖俊波，在于他始终牢记党的宗旨，不忘初心使命，把人民放在心中最高的位置。不管是在乡里、县里还是市里工作，他都心系群众，真心实意地为群众办实事、解难题，把"让群众满意"作为第一标准，用实际行动诠释了一名共产党员的人生追求。

廖俊波干的都是重活累活，要付出比别人多几倍的艰辛和努力才能取得成绩，但他从来没有抱怨过苦和累，不论在什么岗位都认真对待，工作上精益求精，全神贯注，在工作中总有使不完的劲。廖俊波经常说:"周末不周末,关键看有没有事,有事就没有周末。"

有人说廖俊波像一位为大家服务的"砍柴人",如同他的微信昵称"樵夫"一样。虽然他没有惊天动地的壮举,也没有气壮山河的豪言,但他做的却是事关群众利益的实事,解决的是社会关注的难事、挠头事。他为民造福,为民谋利,就像樵夫砍树一样,一斧头接着一斧头砍,久久为功,善作善成。还有人说廖俊波像一位画家,扳着指头历数他曾经工作过的地方,可谓走到哪里,哪里就会大变样,经济实现了发展,老百姓得到了实惠。

廖俊波就是这样一位为人民干事的党员干部,这样一位老百姓心中喜爱的官。他以"背石头上山"的劲头,以自己的实际行动践行了共产党人的初心使命,用奉献和担当书写了为官从政之道,用生命塑造了一名党的好干部的光辉形象。

"大山的女儿"黄文秀

"小康不小康，关键看老乡"，党的十八大以来，以习近平同志为核心的党中央把脱贫攻坚摆在治国理政的突出位置，组织开展了气壮山河的脱贫攻坚战，无数党员干部以创造性的实践和无私奉献精神参与其中，涌现出很多可歌可泣的事迹。2022年，电视剧《大山的女儿》开播，无数人观后泪奔。这部剧就是根据黄文秀的先进事迹改编而成，她是一位投身脱贫事业、奉献青春和生命的"时代楷模"。

说到黄文秀，大家可能并不陌生，她是2021年"七一勋章"的获得者。她的先进事迹感人泪下，催人奋进。大学毕业后，黄文秀响应国家号召，主动放弃大城市的工作机会，只身来到贫困村担任驻村第一书记，为党的脱贫攻坚事业、为农民奔小康而无私奉献，倾注了全部的心血和汗水。在同一批29名"七一勋章"获得者中，黄文秀是最年轻的一位。

走出家乡是为了更好地回到家乡

黄文秀是一个壮族姑娘，1989年4月出生在一个贫困的农民家庭。由于父母亲的身体不好，家庭负担比较重，这位自立自强的壮族女孩儿从小就努力上进，立志要到外地求学，接受更优质的教育。这样的信念支撑着黄文秀，她勤奋好学，从广西壮族自治区百色市田阳区的巴别乡一路考入了北京师范大学。由于家境贫寒，她的大学学业是在国家助学政策的帮助下完成的。

2011年，22岁的黄文秀加入了党组织，成为一名光荣的共产党员。2016年，黄文秀从北京师范大学硕士研究生毕业。她的同学们基本选择去大城市工作，毕竟大城市的条件比一般城市的条件更优越一些。一般从农村出来的孩子，好不容易考上大学，脱离了农村，毕业后几乎没有人会选择再回到家乡去，但黄文秀偏偏成了一个"逆行者"。她选择了一条回到家乡、振兴乡村的奋斗之路。对黄文秀的选择，同学们不理解，亲人们也不理解。面对种种的不理解，她坚定地回答："很多人从农村走了出去就不想再回去了，但总是要有人回来的，我就是要回来的人。"

就这样，走出大山的女儿又回到了大山。不过，她这次回来不是因为在外面待不下去，而是带着改变家乡、服务乡亲们的志向与使命回来的。

义无反顾地投身脱贫攻坚的伟大事业

回到家乡的黄文秀考取了选调生，被分配到百色市委宣传部，这是一个令很多人羡慕的岗位。可是她又一次出人意料，主动申请到国家扶贫开发工作重点县乐业县担任百坭村第一书记。

黄文秀担任驻村第一书记的百色市乐业县新化镇百坭村自然

条件恶劣，石山林立，是个深度贫困村，也是广西脱贫攻坚的主战场之一。全村有11个自然屯，分布很分散，有好几个屯距离村委会10公里以外。由于村屯分散，村里的基础设施落后，一遇大雨，村民出行十分困难，产业发展短板突出。黄文秀刚驻村时，全村尚有103户473人没有脱贫，贫困发生率达22.88%。

担任驻村第一书记的黄文秀，刚到村里就碰了一个"钉子"。面对一个讲普通话的年轻姑娘，村民们议论纷纷："我们穷了这么多年，你一个女娃真的能让我们脱贫吗？"听到这样的议论与质疑，黄文秀一下子感受到了工作的难度。但黄文秀没有退缩，她时刻牢记党的嘱托，立下脱贫攻坚任务"不获全胜、决不收兵"的铿锵誓言。

用真心、真情、真干赢得百姓心

怎么才能尽快打开工作局面呢？晚上回到宿舍后，黄文秀整夜睡不着，冥思苦想。终于，一条思路在她脑海中越来越清晰：要开展工作就必须先取得群众的信任。只有和群众打成一片，从内心里把群众当亲人，为群众着想，群众才会接纳你、信任你。渐渐摸到工作门道的黄文秀从深入群众、访贫问苦开始，为了全面掌握村里贫困户的状况，黄文秀特意向有驻村经验的同事取经，挨家挨户走访贫困户。她从不怕脏累，经常脱下外套帮着老百姓扫院子、摘砂糖橘、种油茶等，边干活边学当地的方言，跟老百姓唠家常。

晚上回到村委会，黄文秀就着手研究脱贫方案，制订工作计划。由于百坭村的贫困户基数大，黄文秀的周末休息时间大都用在了走访贫困户上。为了掌握情况、方便开展工作，细心的她还在笔记本上绘制了全村贫困户的分布图，详细标注每户的家庭住址和家庭基本状况等。驻村两个月，黄文秀就开着车访遍了全村的贫困户。2019年3月26日，黄文秀驻村满一年，汽车行驶里程约2.5万公里，当天她发了一条微信朋友圈："我心中的长征。"

村里的产业是黄文秀最牵挂的事情，因为只有推动脱贫地区实现产业振兴才能从根本上铲断"穷根"。于是，她带领大家想点子、找路子，想办法改善村里的条件，并根据村里现有的条件，因地制宜地发展种植杉木、砂糖橘、八角等特色产业，同时还积极探索电商业，为农产品寻找适销的路子。

在黄文秀驻村的一年多时间里，百坭村的贫困率直线下降，全村88户418人先后脱贫，全村集体经济收入大幅增加。谁真心实意地对自己好，乡亲们的心里跟明镜一样，他们从内心里接纳黄文秀，打心眼里喜欢她、敬重她。

年轻的生命定格在脱贫攻坚路上

正当黄文秀带着村民们在脱贫攻坚的路上干得热火朝天时，不幸发生了。2019年6月16日，那是一个周末，黄文秀回家看望刚做完手术不久的父亲，不料天气突变，她看了看天气预报，非常担心百坭村会受灾，就准备告别父亲回村。病床上的父亲看到天色已晚，又下着大雨，觉得回村不安全，劝她第二天早上再走。

但当天晚上，黄文秀不顾风雨，告别父亲，开车回村了。她担心村里的灌溉水渠被冲毁，影响老百姓的耕作，她担心……夜幕下，黄文秀返程途中雷声轰隆，雨越下越大，她还在用电话提醒大家做好灾情防范。

然而，山路被突如其来的山洪吞没，黄文秀不幸因公殉职，在脱贫攻坚的路上献出了年仅30岁的宝贵生命。

习近平总书记对黄文秀同志的先进事迹做出重要指示：黄文秀同志研究生毕业后，放弃大城市的工作机会，毅然回到家乡，在脱贫攻坚第一线倾情投入、奉献自我，用美好青春诠释了共产党人的初心使命，谱写了新时代的青春之歌。广大党员干部和青年同志要以黄文秀同志为榜样，不忘初心、牢记使命，勇于担当、甘于奉献，在新时代的长征路上做出新的更大贡献。

这是党对黄文秀这位优秀共产党员的充分肯定。2019年，黄文秀被追授"时代楷模""全国优秀共产党员"称号；2021年2月，她被授予"全国脱贫攻坚楷模"荣誉称号。

2021年"七一"前夕，黄文秀的父亲黄忠杰眼含热泪，代女儿领取了"七一勋章"。望着女儿获得的荣誉，他哽咽着说："我为她感到骄傲，因为党培养了她，她为党的事业、为老百姓做出了贡献。"黄文秀的姐姐黄爱娟抚摸着沉甸甸的勋章说："文秀只是1800多位牺牲在脱贫攻坚战场的英雄中的一个，在祖国最需要的时候，他们贡献了光和热。"

党的好儿女，人民永不忘

黄文秀在脱贫路上一心为党、一心为民、一心为公的表现，风雨之夜的勇敢与担当，让无数人感动。可谁又能想到，这个美丽善良、一心扑在脱贫攻坚一线的姑娘，自己家也不过刚刚脱贫了两三年而已！

在黄文秀精神的感召下，百坭村的年轻人以黄文秀为榜样返乡创业，投身乡村建设中，争取在新的长征路上做出更大的贡献，大家努力用实实在在的成绩去告慰黄文秀。现在的百坭村早已脱贫，老百姓的生活越来越好，全村都铺上了水泥路，高速公路和二级公路也已经贯通，老百姓出行的路不再泥泞。

在百坭村，一提到黄文秀，村民们都竖起大拇指，对这个小姑娘都有很高的评价，村里的一些老人提起她时仍止不住地抹眼泪。百坭村支部书记说："文秀书记虽然年轻，但工作非常认真，充满干劲，带队下屯入户，忙到晚上是家常便饭。"

黄文秀曾说："只有扎根泥土，才能懂得人民。"她不忘初心，坚定信念，把小我融入祖国大我之中，把生命奉献给了脱贫攻坚事业。

人民需要这样青春激扬、忘我奉献的优秀党员，党需要这样敢于冲锋陷阵、不怕牺牲的优秀党员！

"我们的伯祥书记"

寿光，山东省一座有百万人口的县级市，有着"中国蔬菜之乡"的美称，因其能满足亿万国人的蔬菜消费需求，甚至能影响全球各地的餐桌。

看着今天寿光的高光时刻，谁又能想到，30多年前，寿光还是一个有名的贫困县（1993年撤县设市）。当时的县委书记王伯祥带领寿光县农民发展蔬菜产业，建设蔬菜交易市场，找到了一条让寿光县摘掉"穷帽子"、让寿光老百姓发家致富的新路子，终于把这片土地变成了全国的"菜篮子"。在实践中，寿光蹚出了一个引领农村经济社会发展的新模式，这一模式被习近平总书记形象地归纳为"寿光模式"。作为打造"寿光蔬菜"品牌并推动农业产业化的典型代表，王伯祥是这一模式的构建者和有力推动者。

2009年12月31日，王伯祥同志先进事迹报告会在北京人民大会堂举行。2018年12月18日，在庆祝改革开放40周年大会上，党中央、国务院对100名为改革开放做出杰出贡献的人员进行了表彰，寿光县原县委书记王伯祥作为其中一员，被授予"改革先锋"光荣称号。这是一项崇高的荣誉，体现了党对这位改革者的充分肯定，对王伯祥本人和整个寿光都是一个莫大的激励。

党和人民从来不会忘记，也不会吝啬对改革者的赞誉。每每提及这位曾经的县委书记，寿光的人民群众都竖起大拇指，连连称赞，并亲切地称呼王伯祥为"我们的伯祥书记"。这是人民对这位引领他们走上致富路、幸福路的强县富民好书记最大的肯定！

蔬菜交易市场横空出世

1986年，王伯祥出任寿光县委书记，寿光县当时还是给山东省的经济发展拖后腿的贫困县。王伯祥任县委书记时说："为官一任就要造福一方，老百姓没钱，咱得想办法。"上任之后，他一直思考如何把寿光县的经济发展起来，撑起寿光县人民走向富裕的一片天。经过不断走访调研，王伯祥发现寿光县有一个特殊现象：马路边会自发地形成蔬菜集散市场。老百姓在这些市场自发地摆摊，并形成了一定的规模。

原来，这与寿光县的地理区位有很大关系。王伯祥注意到，寿光县的西北角有一个胜利油田，油田周围无法种植庄稼，更没有蔬菜，但是这个地方却有三四十万名工人，粮食和蔬菜需求量很大。寿光县有蔬菜供应的条件，所以两地很自然地形成了一种交易市场。

在王伯祥看来，这种"野生"的蔬菜集散市场并不是一种完全意义上的蔬菜交易市场，但在这种思路的启发下，他决定创办一种更加精细化的蔬菜交易市场，并以此为切入点，带动寿光县蔬菜产业的发展和进步。

细微之处见真章。王伯祥的领导素养和敏锐思维体现在他善于从现象看本质，从细微处想点子。建蔬菜交易市场的想法有了，但由于受计划经济的局限，建市场在当时还是一个非常敏感的话题。王伯祥顶住重重压力和外界的非议，在寿光县南部建立起了专业化蔬菜交易市场。同时，为吸引客流量，寿光县还集中完成了"十横十纵"干路建设，以保证"村村连市场，晴雨都通车"。

王伯祥提出的口号"五渠通天下，四海集一市"，吸引了全国的商贩来寿光县做蔬菜交易。把地扩出来之后，小商小贩就满满当当的了，山南的、海北的人都来了，买菜的、卖菜的也都来了，很快，乌泱乌泱的人就把地方占满了，所以第二年再扩大，第三年又继续扩大，连续五六年，蔬菜交易市场就形成了。从1986年开始，寿光蔬菜批发市场经三次扩建，从占地20亩扩大到600亩，常年上市蔬菜有120多个品种，辐射全国，并出口日、韩、俄等10多个国家和地区。如今，寿光市已建成亚洲最大的综合性农产品物流园，"买全国，卖全国，大买大卖，大进大出"已成为寿光物流园进行蔬菜交易的常态。

用蔬菜大棚种出寿光县自己的菜

抓好了蔬菜交易市场这个"火车头"，王伯祥又把眼光放到了更长远的地方，有了市场还要种出本地的菜。1988年春节前夕，他听说外省一个叫韩永山的农民冬天在大棚里不用生炉子就种出了黄瓜，立即安排三元朱村党支部书记王乐义"三闯关东"，把"连姐夫都不肯教"的韩永山请到了寿光县。1989年，三元朱村在韩永山的指导下，初步建起了17个"冬暖式"蔬菜大棚，一下子开创了新的种菜模式。

王伯祥后来回忆道："当时我在寿光正好干县委书记，就推王乐义和韩师傅这个大棚，推广任务每个乡镇必须落实。"刚开始在乡镇推广蔬菜大棚困难重重，一是没资金，二是缺技术，大家的积极性和热情都不高。王伯祥看到这个情况很着急。为了使老百姓增收，说服不了，那就下达命令，各个乡镇将建设蔬菜大棚的任务落实落细，次第展开。从那时起，"冬暖式"蔬菜大棚在寿光县如雨后春笋般发展起来。短短几年，寿光就成了全国知名的蔬菜集散点，如今的寿光已是赫赫有名的"中国蔬菜之乡"。

2011年，寿光市成功发布了"中国寿光蔬菜价格指数"，成为全国的蔬菜集散中心、价格形成中心和信息交流枢纽，也成为全国蔬菜价格走向的"风向标"和"晴雨表"。

因地制宜开发寿光县北部

正当人们沉浸在蔬菜大丰收、收入大增长带来的喜悦中，王伯祥却眉头紧锁，因为寿光县南部蔬菜发展如火如荼，但该县北部地处沿海，有120万亩难以开发利用的土地，寸草不生，那里"种粮粮不收，植树树不长"，不彻底改变盐碱荒滩的贫瘠面貌，即使南部发展得再好，整个县也只能富一半穷一半。于是，王伯祥下定决心改变发展不平衡的状况，向寿光县北部的盐碱滩涂下了"宣战书"。

王伯祥后来总结说，南部富起来了，但是寿南和寿北差距太大了，到底该怎么样解决寿北的问题？养虾、晒盐、种棉花这三项都有典型，在综合考量当时北部发展状况以后，他立即下了决心，用三五年的时间把养虾、晒盐、种棉花这三项技术推广到全县。

1987年10月8日，在王伯祥的带领下，寿光县组织20余万群众展开了寿北开发"大会战"。现场车如潮涌，小推车、马车和多达820台的机动车见首不见尾，像这样规模的开发连续搞了5年。60万亩荒碱地被改造成了高标准棉田，40万亩潮间带被开发成了高标准盐田，20万亩滩涂地变成了高标准养虾塘，这三项技术的推广保证了每年高达16亿元的收入来源。

王伯祥说："当时我左一个会右一个会，开的大大小小的会议就是在宣传养虾、晒盐、种棉花，这三项事把当时各村镇的党委书记累得够呛。那时每个人都特别忙，我就说，明年一年的时间，最多到后年就要做到收尾工作，把寿北的土地都利用起来，帮助寿北富起来。寿南、寿北都富起来了，那么寿光县的致富任务就完成了。"

王伯祥就这样把富民强县的重任扛在肩上，把为人民服务的原则记在心里并落在行动中，真正做到心中有党、心中有民、心中有责、心中有戒，被誉为"焦裕禄式的县委书记"。从推进蔬菜产业化到建立起全国最大的蔬菜交易市场，并让"冬暖式"大棚走向全国，再到组织寿北开发致富，王伯祥硬是把占全县总面积60%的不毛之地变成了全县的"粮仓"和"银山"。王伯祥还壮大骨干企业，让大家的"口袋"鼓起来。他的发展思路一个接一个，实干精神点燃了每一个人，把寿光县从一个贫穷的农业县带进了全国百强县行列。

作为中国改革开放40多年的建设者和亲历者，王伯祥带领寿光县人民用敢于创新的勇气、兢兢业业的勤奋和"根除"贫穷的责任担当，改写了寿光县乃至全国"菜篮子"的发展历史。2021年5月27日，王伯祥同志先进事迹报告会在潍坊市举行。报告会指出"王伯祥精神的核心是为民、奉献、实干和思想解放"，提倡党员干部大力学习弘扬王伯祥同志刻在骨子里的为民情怀，大力学习弘扬王伯祥同志的实干精神、奉献精神，大力学习弘扬王伯祥同志解放思想、创新开拓的精神，抖擞精神，鼓起劲来，在累中、苦中、付出中享受奉献的乐趣。王伯祥精神以改革创新为内核，是用之不尽的精神财富，是寿光前进路上的精神标杆。

《礼记·大学》有言，"苟日新，日日新，又日新"。王伯祥精神正结合新时代的寿光实践，被不断赋予新的时代内涵，激励着当地党政干部和广大群众奋发图强、大干快干，推动经济迈上新台阶，再上发展的新起点。

"小巷总理"林丹

人们常用"上面千条线，基层一根针"来比喻基层工作之重要、琐碎、具体。社区是社会的细胞，是城市中人们生产生活的共同体，也是推进城市治理的基本单元。在新冠肺炎疫情的防控中，社区在限制人员流动、进行数据流调、组织后勤保障等方面都发挥了不可替代的重要作用，是政府联系人民群众最直接的纽带和桥梁。

让我们走近一位社区书记——林丹。林丹出生于1948年12月，1985年8月入党，是福建省福州市鼓楼区东街街道军门社区的党委书记，先后当选党的十七大、十八大、二十大代表，荣获"全国优秀共产党员""全国三八红旗手"等称号。作为一名优秀的社区工作者，林丹无怨无悔地扎根社区、服务社区50多年，真正把服务社区、服务群众当作事业，尽心竭力干到极致，获得上下一致的肯定与认同，被大家亲切地赞誉为"小巷总理"。

帮忙帮出了一辈子的事业

1972年，林丹作为返乡知青回城待业，在等待组织分配工作时，当时居委会的老主任请她临时去帮帮忙，结果谁都没想到，这个忙一帮就帮了50多年。在这50多年里，林丹始终铆在社区的岗位上，兢兢业业、任劳任怨，坚持为民爱民、人民至上，把党的声音与关怀传递到基层的千家万户，把群众的疾苦冷暖、现实需求收集上来，反映上去，自觉当好党的"传声筒"、群众的"服务员"，脚踏实地做好社区的每一项工作，提升了人民群众的满意度。

在工作中，林丹带着使命与责任，从不看轻自己的岗位与职责，自觉把个人工作与党的事业紧密联系起来。其实，这中间林丹有几次调离社区到街道上班的机会，也有一些民营企业希望高薪聘请她去工作，但都被林丹一一拒绝了，用她自己的话讲："我爱上了社区的工作，不舍得离开。"

凡事只要有爱心、有兴趣，就能用心尽心。在林丹看来，社区工作说到底还是党服务人民群众的工作。她在工作中坚持以党建为引领，不断探索、创新新时代的社区治理模式。比如，推行"一趟不用跑、最多跑一趟"服务，不断提高党政服务效率；设立居民恳谈日，及时梳理、解决居民的现实需求；建立居家养老服务中心，努力化解群众的"急难愁盼"问题。她真正把党的工作做到人民群众心坎上，赢得了人民群众普遍赞誉，为党员干部树立了好形象、好口碑。

创新工作模式，把百姓的事当成大事

2007年，党的十七大在人民大会堂隆重开幕，作为党代表的林丹见到了时任国务院副总理的吴仪，她在向吴仪副总理做自我介绍时形象生动地形容自己的工作是"上管天，下管地，中间还得管空气"。吴仪副总理听后风趣地说："你是'小巷总理'，真正的'总理'。"

从此，"小巷总理"的称呼就传开了。在林丹所在的军门社区，大家都知道，遇到困难就去找"小巷总理"解决。林丹成了军门社区的"代言人"、群众的"贴心人"，而"小巷总理"也成了军门社区的一张宣传名片。

回顾军门社区这些年的变化，林丹深有感触。她回忆起自己刚到军门社区工作时，军门社区里的很多办公用房都是木板房，墙壁上裱糊着报纸，社区人员办公的地方只有十几平方米，办公空间十分拥挤狭窄，设施十分简陋。然而，硬件设施的破旧并没有影响林丹与军门社区工作人员服务群众、干事创业的积极性。在林丹的带领下，军门社区不断创新社区治理模式，通过搭建服务平台，充分发挥党的组织优势、群众优势，推行"13335"工作法，推行"党员义务十大员"、党员"三必访"活动、"党员服务代理制"、"民情日记"、"社区大党委兼职委员制"等有效做法，服务群众的实效不断得到提升，使基层党组织真正深入到居民一线，与广大人民群众的心紧紧贴在一起。

说到做好社区工作的真谛与秘诀，林丹不无感慨地说："做好社区工作，就要把居民的琐事难事烦心事，件件都当作自己的大事。"

如今，军门社区的硬件设施得到极大提升，现有公共空间达到了3700多平方米，服务群众的基本功能进一步拓展，涵盖居家养老照料服务中心、小学生托管中心、文化服务站、科普工作站、再就业一条街等。军门社区真正给了群众家的温暖。同时，军门社区还注重信息化的提升，通过积极运用信息化技术手段，大幅提升了管理的效率。军门社区里有自助报警灯杆、人脸识别门禁系统、智能垃圾分类箱、智能鼠类检测仪……这些都有效地对接并提升了当下居民信息化的生活方式。

当好居民的"服务员"

社区和谐是社会和谐的基础。在林丹看来，社区是党和政府走近群众、联系群众、服务群众的"最后一米"，也是党和政府联系群众的桥梁、服务群众的窗口。

在中国共产党成立100周年之际，林丹被授予"七一勋章"。面对这项崇高的荣誉，林丹淡然待之，她深情地讲道："鲜花掌声也好，红地毯也罢，在居民需要时，永远当好'服务员'，这才是我最大的人生价值。"这就是一个城市基层社区书记的觉悟与担当。

林丹曾说："社区干部不是官，就是服务员，你如果把自己当作官就糟糕了。因为社区是党和政府走近群众、联系群众、服务群众的'最后一米'。"

新冠肺炎疫情暴发，广大社区处在疫情防控的一线，是"外防输入、内防扩散"最有效的阵地。从疫情防控的值守路口、出入登记、测量体温到入户排查、宣传防控、消毒杀菌，从水电气热等的日常维护到蔬菜、肉蛋奶、粮食等生活必需品的供应，社区里的党员干部、志愿者群体以及物业工作人员等社会基层群体构建起了庞大的疫情防控体系，为保证社区的运转发挥了不可替代的重要作用。

"治大国如烹小鲜"，尤其在我国，基层治理的任务极其繁重又无比琐碎，同时又极端重要，是社会运转、国家运行的基础，也是获取宝贵民心的重要途径。民心是最大的政治，"民惟邦本，本固邦宁"，百姓顺则基层顺，基层稳则天下稳。稳定的社会秩序依赖科学有效的基层治理，基层治理也呼唤着更多像林丹一样的"小巷总理"。

"党徽大叔"阿布都加帕尔·猛德

2022年元旦假期，抖音平台的一则短视频让大家感动不已，纷纷留言，短短两三天时间就收获几千万的点击量。

视频中，一位名叫阿布都加帕尔·猛德的新疆大叔，一手掀开外衣，另一只手指着里面衣服的胸口位置，一枚鲜红的党徽露出来。这一幕让无数人一下子破防了，网友纷纷点赞："大叔亮党徽的那一刻，真的帅炸了！"于是，网友亲切地送给他一个外号——"党徽大叔"。

党徽的背后是永远不变的初心

2021年7月2日，几名来自内地的游客自驾去新疆旅游，当车子行驶到木吉乡（新疆维吾尔自治区克孜勒苏柯尔克孜自治州阿克陶县下辖乡）时，不幸陷入泥潭而无法前行，他们尝试了很多办法都失败了。正当他们一筹莫展之时，阿布都加帕尔·猛德和朋友恰巧骑摩托车路过，看到游客受困，他二话没说将摩托车停到一边上前来帮忙。阿布都加帕尔·猛德先往车轮下垫石头，但车陷得太深，还是一动不动，他就招呼朋友一起与这几名游客在泥地里徒手推车。虽然此时已是夏天，但高海拔地区的室外气温仍然很低，他们一伙人的双脚陷入冰冷的泥潭里，前前后后反复多次，终于将车从泥潭中推出来了。

阿布都加帕尔·猛德和朋友被溅得满身都是泥。几名游客对他俩的热心帮助非常感激，为了表示感谢想给他们一些现金，阿布都加帕尔·猛德听到后赶忙推辞。这位朴实憨厚的新疆大叔操着一口不太流利的汉语说："不要钱，不要钱。"可能怕游客听不懂自己的话，情急之下，他一把掀开了外套，自豪地亮出胸前佩戴的鲜红的党徽。阿布都加帕尔·猛德谢绝回报时的坚定眼神和展示党徽时那自豪的面容，刹那间俘获了几名游客的心，他们将录制的视频传到网上。

这段"党徽大叔"帮助游客脱困的视频，以特有的思想主题被各大平台、自媒体竞相转播，新疆大叔阿布都加帕尔·猛德那鲜亮的党员形象火遍了媒体网络。后来，有媒体记者专门找到这位入党20多年的新疆大叔，向他了解当天的情形。这位朴实无华的老党员讲了这样一句话："我是一名中国共产党党员，做实事、做好事是我作为党员的职责与义务，为群众、为家乡、为祖国去做更多的事情，也是我的心愿！"

小小一枚党徽，蕴含着对人民的庄严承诺，亮的是身份，树的是形象，展示的是力量。素不相识，在危难时刻施以援手；分文不取，只因自己是共产党员。短短几十秒的视频中，阿布都加帕尔·猛德的那种党员自觉，让人心生温暖，也令人肃然起敬。从他热心助人的行动、清澈无私的眼神中，我们真切地感受到共产党员的初心所在，体会到党全心全意为人民服务的根本宗旨。

细微之处见境界

　　一个人的境界高不高，关键看他坚守什么样的价值观念以及为此付诸什么样的行动。面对别人有困难，阿布都加帕尔·猛德帮得那么自然，那么天经地义，这是因为他已经把党员的标准和要求融入自己的日常生活。

　　在现实生活中，阿布都加帕尔·猛德常把一句话挂在嘴边："不管啥时候，'公家的事'都是第一位的。"他曾主动要求与移民管理警察一起戍守平均海拔超过4000米的木吉乡边境。每年七八月份雨季时，他都会主动帮助移民管理警察救援那些因不熟悉地形而被困沼泽的游客。他也曾义务照看派出所的军马，尤其是遇到极端天气，补给无法及时运上来，他就用自家有限的草料优先保障军马。

　　凡事出于公心，阿布都加帕尔·猛德念兹在兹的是党和人民的利益，他身上体现了一名共产党员博大宽广的胸怀和无私奉献的高贵品格。

　　党的十八大之后，党中央"打虎""拍蝇"，强力推进党的作风建设。党员干部的作风形象为之一振，党员的好样子又回来了，干群关系得到极大加强。"党徽大叔"的故事就是党作风建设的一个缩影。单从故事的情节看，故事很小，但从故事蕴含的主题看，故事又是极大的，因为这个故事与信仰有关，透着家国情怀。数以万计的网民在视频后面留言："人民有信仰，国家有力量""这就是信仰的力量"。

每一名党员都是党的代言人

不论是汉族还是少数民族，不论在内地还是在边疆，党培养并成就了我们每一个人，使各民族亲如兄弟，一方有难，八方支援。阿布都加帕尔·猛德说："我只是一名牧民、一名普通的共产党员，希望大家都能记住，我们现在所拥有的一切，都是中国共产党、伟大的祖国给予的，我们不能忘记。"

阿布都加帕尔·猛德是万千党员中的一员，他对党的信仰忠诚而坚定，对人民真诚而热忱！

一直想到北京瞻仰人民英雄纪念碑的阿布都加帕尔·猛德，终于在2022年的这个夏天圆了他今生最大的梦。8月5日，阿布都加帕尔·猛德在天安门广场现场观看了升旗仪式，在庄严的国歌声中，在五星红旗升起的那一刻，他流下了激动的泪水，这一画面被记者捕捉进镜头中，他的神情是那么严肃，那么庄重！

奋斗者的身姿

"当代愚公"毛相林

  2022年春节前,重庆市巫山县竹贤乡下庄村党支部书记、村委会主任毛相林带领村民拍了一张迟到18年的"团圆照",纪念当年开山修路的历史。可这张"团圆照"前排却赫然摆下了6把空椅子,这究竟有着什么特殊的意义呢?

  原来,这是一个新时代愚公移山的故事。故事发生在一个叫下庄村的地方,这个村子位于秦巴山区腹地,又被称为"天坑村"。"天坑村"从坑沿到坑底的距离达1100多米,四周高山绝壁合围,几乎与世隔绝,是个自然条件极为恶劣的小村庄。

崖壁隔开了下庄人与外面的世界

  在下庄村流传着一首民谣:"下庄像口井,井有万丈深,来回走一趟,眼花头又昏。"全村4个社、96户,近400口人就这样世代住在"井"底，过着苦种薄收、坐"井"观天的日子。

进村需要从1300米的山顶下到200米的谷底，这就是下庄村"下"字的由来，语言刻画虽然很生动，但进出村子却艰难无比。村民们要走出这巨大的"天坑村"，唯有徒步攀爬上一条挂在绝壁上，号称有"108道拐"的羊肠小路，这条路一面是陡直的崖壁，一面是万丈的深渊，村民外出来回一趟需要一天时间，有的村民甚至一辈子都没有出过村。

在下庄村村民的印象里，村里好几个老太太不到20岁就嫁到了这里，但至死再未出过山。村民们对《环球人物》的采访记者说："她们出嫁之时，和娘家就是永别。"

守着这样的村子，下庄人就甘心过一辈子吗？原来，他们也曾努力抗争过。下庄村之前的老支书想修一条比较近的人行便道以打通与外面的联系，但是人行便道修了两年就不得不停工了。村民们说在悬崖上走路都很悬，修路更是悬之又悬，大家都没有那个胆子在悬崖上修路。就这样，修路的计划夭折了。

拔掉"穷根"，只有横下一条心

事情的转机出现在1997年，毛相林当选为村支书后，参加了党校组织的一次培训。与兄弟村的横向对比，让毛相林深受震撼。原来培训期间，毛相林看到之前同样住草房子、睡烂席子的七星村，因为修了一条路而发展起来。七星村的村民不仅住上了水泥房子，也用上了洗衣机和冰箱，而这些电器对于下庄村来说简直难以想象。而且,当毛相林和其他村支书坐在同一间会议室里开会时,他发现别人穿的是白衬衫黑皮鞋,只有他自己穿的是一双有破洞的解放鞋。这两件事让毛相林内心感到很不是滋味,也受到深深的刺激。毛相林盘算着,如果下庄村也有一条路的话,村里的农产品就能够运出去,加之其质量又好,一定能带领下庄村的百姓富起来,改变村子贫穷落后的面貌。

晚上,有了想法的毛相林翻来覆去睡不着,一直琢磨修路的事。可等回村后,毛相林与大家商量修路时,有的村民又搬出以往的经历,说在悬崖上修路不可能成功,还有的村民直接说毛相林在唱高调。

为了说服大家,毛相林多次召开群众动员大会和村组干部会,从思想上发动党员,与大伙一起挖一挖"穷根",全面分析下庄村贫穷落后的根源。但即使这样,到最后也只有一半的群众支持毛相林修路。

毛相林看到这种情况,明白"思想不通,干事不成"。他反复跟村民讲道理,"山凿一尺宽一尺,路修一丈长一丈,就算我们这代人穷十年苦十年,也一定要让下辈人过上好日子"。这些发自肺腑的话,不就是愚公移山故事中愚公与智叟的对话吗?

对下庄村来说,为什么穷?因为没有路。为什么要修路?因为穷。在这样的逻辑中,毛相林的思想工作终于发挥了作用,历经8次群众动员大会后,修路一事终于达成共识。

用巨大的牺牲攻克"拦路虎"

想在悬崖上修路可真不是一件容易的事，不是光有想法就行，钱、工具、劳动力、技术等缺一不可。为了筹集修路资金，毛相林首先拿出了母亲的700元养老钱作为第一笔修路启动资金，村民们知道后也纷纷凑钱，一共凑了4000多元，可这些钱还是远远不够。后来，毛相林又以个人名义在信用社贷款了1万多元。有了这笔资金，燃眉之急暂时解除，可是还需要专业的修路工具。于是，毛相林就给上级政府写申请，寻求帮助，上级政府也表态积极支持，并给他们提供了炸药、绳子、钢钎和大锤。

当毛相林带领村民准备用这些工具凿山时，又遇到了难题。因为大家都不是专业人员，面对陡立的悬崖峭壁，该怎么凿，从哪儿凿，一时间，大家就像"老虎啃天"，不知该从何处下嘴。

最后，县交通局派技术员为他们进行技术指导。技术员告诉他们，要想在悬崖绝壁上凿山，需要两人通力合作，首先要用绳子拴住腰吊在空中，然后一人用炮钎凿，一人放炸药，放不了炮的地方就由人用铁镐和钢钎一点点敲、一点点抠。

毛相林和村民们就这样冒着生命危险，每天攀爬在悬崖绝壁上又凿又挖。在历时7年的修路过程中，下庄村先后有6位村民献出了自己宝贵的生命。就这样，勤劳朴实、不怕牺牲的下庄村人以愚公移山的精神，一镐一锹一钎地凿，一点一点地掘进，在2004年，终于打通了这条悬崖路。这是毛相林与乡亲们冒着生命危险凿出的一条8公里的"生命线"。

故事开头讲的那张"团圆照"前排摆的6把空椅子，就是特意留给因修路献出宝贵生命的6位兄弟。一个村为了修一条路，先后6人献出生命，这是巨大的牺牲，反映了下庄村村民决心改变贫穷落后、走向幸福新生活的坚定意志——即使付出再大的牺牲，也要打通这条"天路"！

生命路连着致富路，打通了幸福路

这条"天路"打通了下庄村与外面世界的联系，也让下庄村的父老乡亲真正见识了外面世界的繁华，他们的思想受到了强烈震撼，一股搞市场经济、发家致富的风吹润了乡亲们不甘贫穷的心。于是，毛相林又带领乡亲们打响了下庄村的第二大战役：向着贫穷"开战"！

交通便利后，毛相林开始寻找下庄村的致富之路。2015年，下庄村靠种植业在全县率先实现整村脱贫，逐步形成了橙色（柑橘）、绿色（西瓜）、蓝色（劳务输出）的"三色"产业体系。毛相林与村民因地制宜，利用村里的资源开起了农家乐，搞起了乡村旅游，真正把绿水青山变成了金山银山，乡亲们很快走上了致富路，过上了幸福的生活。

作为致富路上的"主心骨"和"领头羊"，毛相林的事迹被村民竞相传颂。谈及毛相林，大家都啧啧称赞，有的说，"我们下庄村很穷，他没给我们修路之前是个鸟不拉屎的地方"；有的说，

"我们下庄的老百姓准确地来说，很苦寒。他对下庄村老百姓们大公无私"；还有的说，"他对我们这些群众是很负责任的，我希望他能把这个村支书长久地干下去"。群众的眼睛是雪亮的，只要真心实意地为群众做贡献，老百姓永远会记住他的好，把他放在心里。

2020年11月，因为贡献突出，毛相林被授予"时代楷模"称号。2021年2月，毛相林被授予"全国脱贫攻坚楷模"荣誉称号。

脱贫之路布满荆棘与泥泞，但这一路不乏千千万万不忘初心的时代带头人。"当代愚公"毛相林坚守偏远山村40多年，用最原始的方式凿石修路，用坚韧毅力谱写"当代愚公"精神，带领乡亲们在绝壁上开出一条"通天之路"。

"山凿一尺宽一尺，路修一丈长一丈"，毛相林的修路梦，从最初的无人支持到犹豫不决，再到最后坚定不移，这段修路历程展现出了中华儿女知难而进、艰苦奋斗、愈是艰险愈向前的新时代愚公移山精神。

幸福都是奋斗出来的，在毛相林身上，我们看到了农村基层党员干部的伟岸身影。时光更替中，亘古如一的是奋斗者的身姿；岁月年轮上，始终清晰的是奋斗者的足迹。历史总会眷顾坚定者、奋进者、搏击者，而不会等待犹豫者、懈怠者、畏难者。

在新时代，我们要以毛相林为榜样，大力弘扬艰苦奋斗的实干精神，以起步就是冲刺的姿态，不懈怠，不犹豫，不徘徊，只争朝夕，奋力跑好手中的这一棒，为实现中华民族伟大复兴的历史伟业贡献自己的青春与力量！

优秀科技特派员李保国

巍峨太行山，金秋美如画。每年在瓜果飘香的季节，太行山区的乡亲们总会想起一个人，他就是河北农业大学教授、"人民楷模"国家荣誉称号获得者、被誉为开创山区扶贫新路的"太行山上的新愚公"李保国。

李保国35年如一日扎根太行山，扑下身子为群众脱贫想点子、觅出路，用毕生的付出让昔日的荒山披满绿装，用科技的力量为当地老百姓打开了一扇脱贫致富的大门，引领乡亲们走上了一条通往幸福生活的社会主义康庄大道。

强烈的为农情怀让李保国走进了太行山

李保国，1958年出生于河北省衡水市武邑县的一个农村家庭。作为恢复高考后的第一届大学生，1981年，他从河北林业专科学校（今河北农业大学林学院）毕业后留校任教。恰逢学校响应国家推进科技转化助农的号召，决定在太行山区建立产学研基地，李保国作为首批课题攻关组中最年轻的成员，走进了太行山，搞起了山区开发研究。李保国说："我是农民的儿子，看不得农民受苦……太行人民为中国革命做出了巨大贡献，作为一名党员，有责任、有义务为太行人民脱贫致富做实事。"

就这样，李保国与太行山结下了一辈子的不解之缘，把自己的科研与当地群众的脱贫、增收紧紧地联系在一起，真正践行了一名科技工作者的初心使命。李保国常说："我是农村长大的，过去家里很穷，见不得老百姓穷。我是国家恢复高考后培养的第一届大学生，学农林专业，该用学到的知识为农民做点什么。"在他心里，自己是农民的儿子，为农民服务是他的最大职责。这种植根于心底的意识，推动着李保国负重前行。

用科学研究助力百姓脱贫致富

当时的太行山区作为革命老区，自然灾害频发，交通设施极其落后，大部分地区群众的年人均收入还不足50元，属于极度贫困地区。1982年，24岁的李保国跟随河北农业大学山区小流域治理课题组来到这里，考察一圈之后，他们将沟壑纵横、缺土少水、环境恶劣的河北省邢台市前南峪村作为开发试点，发扬愚公移山的精神，跟石头山较起了劲，力争通过自己的研究让荒山结出"丰收果"，长出"金疙瘩"。

前南峪村的荒山秃岭经李保国和同事们十几年的开发治理，变成了"山顶洋槐戴帽、山中果树缠腰、山底梯田抱脚"的"太行山最绿的地方"之一。树木栽植成活率从原来的10%一跃达到了90%，林木覆盖率达90.7%，植被覆盖率达94.6%，一派绿意丛生、生机盎然的景象。

为引领太行山区百姓脱贫致富，李保国又全身心投入到山区开发治理和经济林栽培技术研究中，为了研究水土治理和果树栽培，更方便就近指导，李保国把家安在了前南峪村山坡上两间简陋的石板房里，他们一家三口和岳母在这里生活了13年。

这些年，李保国先后完成山区开发研究成果28项。他在太行山区推广林业技术36项，建立了太行山板栗集约栽培、优质无公害苹果栽培、绿色核桃栽培等技术体系，带动了全省板栗、苹果、核桃产业发展。累计增加农业产值35亿元，纯增收28.5亿元，让140万亩荒山披绿，带领10万农民甩掉了"穷帽子"。多年来，在完成学校安排的教学任务的同时，李保国还举办不同层次的培训班800余次，培训人员达到9万余人，力争把更多的知识传递到需要的果农那里。这些数字的背后，是李保国多年的坚守与付出，是他对科学技术的不断探索与突破，是他对农民兄弟的一腔热爱之情。

既是科技助农的大教授，更是农民的好兄弟

在李保国的技术"传帮带"下，许多果农都成了"技术把式"，改变了以往靠经验种果树的老传统。在林业技术推广上，李保国有求必应，毫无保留，他从未收过农民一分课时费，从未拿过一点企业股份。李保国说："只有不为名来、不为利去，一个心眼为百姓，农民才信你，才听你。"李保国扎根太行山脉，追求的不是功名利禄，而是让贫瘠的太行山变成沃土，让生活在那里的农民

脱贫致富，早日过上幸福生活。

从风华正茂到两鬓斑白，李保国把自己奉献给了太行山区。在与太行山区的父老乡亲们朝夕相处的30多年中，李保国与他们肩并肩地战斗，用朴实的语言与乡亲们聊天，向他们传播新技术，与他们结下了金子般深厚的情谊。这些朴实的农民从不生分地把他当成大教授，而是用自己特有的方式回馈、感动着李保国。每逢正月到村里，这些农民兄弟们都争相邀请李保国到自家来做客、吃饭。有一次，李保国着急赶回学校去给学生上课，在村子里遭遇交通堵塞，村民二话不说，拆掉自家院墙，为他"开路"。这种感情显然不是用金钱、物质可以衡量的，它是以情换情、将心比心的结果。

李保国说："为了农民兄弟的真心实意，我愿把知识和能力全部贡献出来。"他是这样说的，也是这样做的。无论何时何地，只要是农民提出的各种问题，他总是不厌其烦地耐心解答。对那些前来咨询的农民，李保国不管自己认识不认识，不管对方来自哪里，从来不慢待。

"看到乡亲们渴求技术和知识的那种眼神，我真舍不得离开。"这就是李保国，一位新时代的共产党员、一位优秀的科技工作者的爱民情怀！

由于长期在艰苦地区夜以继日地操劳，李保国透支了身体，抵抗力下降，个人的健康状况每况愈下。1998年，他患上了重度糖尿病，2007年，又检查出重度疲劳性心脏病。在这些疾病的折磨、重压之下，2016年4月10日，李保国因心脏病突发抢救无效，永远告别了他一生为之牵挂、奋斗的太行山区。

消息传来，乡亲们无不悲痛，他们从太行山区的四面八方赶来，自发地来送一送让他们脱贫致富的自家好兄弟，大家请走了李保国的部分骨灰。乡亲们动情地说，要让教授看着八百里太行山更绿、果更香，不断去创造一个又一个乡村振兴的奇迹。

作为一名党员、一位科技工作者，李保国把满腔的爱都播撒到了太行山区，用自己的知识改变了当地农民贫穷落后的状况，使之过上了幸福美满的生活，他是新时代科技工作者的楷模，真正践行了"把论文写在中国大地上"的初心使命。

又是一年霜降时，太行山的苹果红了，漫山遍野，灿若云霞，无比迷人、漂亮。清早，山路上挤满了络绎不绝的村民，他们提着一篮篮从自家果园精挑细选的苹果，向李保国教授汇报丰收的消息。

为民者，民恒爱之，民恒敬之。

"网红校长"王树国

2022年高考成绩刚公布，不少大学就通过各种社交媒体发布招生简章，发起抢生源大战，都想把最优秀的人才揽到自己手里。作为"双一流"名校的西安交通大学（简称西安交大），推出了由校长王树国亲自拍摄的视频版招生简章，成为宣介学校、弘扬家国情怀、激励青年学生知识报国的最好宣传广告。

环顾2022年的高校招生攻势，"双一流"大学校长亲自打出招生广告是极少的。正如很多人的跟帖评论，这样的校长就是这所"双一流"高校最硬核的广告和最靓丽的名片，拥有这样校长的百年名校焉能不让莘莘学子动心呢？

一位爱国的"网红校长"

大多数人都是从网上认识王校长的，他充满爱国励志精神的讲话视频迅速在网络上走红，他讲话风格慢条斯理、娓娓道来，洋溢着激情与力量，常给听者以强烈的心理共鸣，网民们纷纷点赞，名牌大学的校长就应该有这样的思想境界、大家风度和讲话魅力。

王校长个子不高，头发花白，给人一种文人的柔弱感，说话声音虽不高但中气十足。如果仅从外形看，王校长更多地给人一种儒雅的学者风度，很难与人气爆棚的"网红"联系在一起。不过，当你听过他讲话，尤其是一些不用稿子的即席发言，你就不能不为其博学，为其小个子里所充盈的爱国主义正能量而叹服。

1987年，王树国被公派到法国留学，初到法国的他一下子震惊了。他说自己拎着一个大箱子，怀揣着10美元，从戴高乐机场出来的那一刹那，深深地震撼于法国的发达程度，以及当时我们国家与西方国家发展的巨大差距。这种鲜明的对比带给王树国的不是羡慕，而是为了国家而拼命地去学习、奋斗的压力。留学法国的那段时间，王树国每天都在实验室不分昼夜地学习，掐着点赶最后一趟地铁回到住处……

作为一位著名高校的校长，他深知爱国应该是新时代大学生首要的品质。培养高素质的人才，首要就是让他们热爱自己的国家，使其具有强烈的家国情怀。结合西安交大的历史文化、光荣传统，王树国用西迁精神来教育学生、立德树人。他对学生们讲，西迁精神的核心就是爱国主义，无论什么时候都不可以忘却祖国。

大学生作为有知识、有朝气、有闯劲的高素质人才群体，代表着国家和民族的未来。加强新时代大学生的爱国主义教育，是新时代高校教育担负的历史使命。王树国这些劝学、劝诫的话语，思想深刻，充盈着饱满的情感，连同他本人的爱国行为示范，不仅包含着通俗易懂的做人、做事道理，还透着谆谆教诲，汇聚成一堂极具感染力的爱国主义教育思政大课。

一位拥有硬核治学实力的校长

很多人认识王树国，是因为他是西安交大的校长。在很多人眼中，作为一名副部级大学的校长，这可是一个名副其实的"大官"。但也有人心里嘀咕，作为名校的校长，讲话讲得好，很重要，但不是真本事，相比于讲话水平，不知道这位校长的学术能力怎么样，能不能配上名校校长的头衔，毕竟这才是他的主业。

让我们一起来"扒一扒"这位"网红校长"的学术经历，看看他的学术"功力"。

1958年出生的王树国，是高考恢复的直接受益者，他以优异的成绩考入哈尔滨工业大学机械工程系。此后，在这所具有军工背景的著名学府里，王树国先后获得学士、硕士和博士学位。博士毕业的王树国，并没有停下求学上进的步伐，而是以优异的成绩考取了国家公派留学资格，远赴法国留学深造，在自己的研究领域不断发起新的冲击。学成回国后，王树国回到母校哈尔滨工业大学任职，全身心地投入到教科研工作中。由于学术成果丰硕、科研成绩突出，1993年，年仅35岁的王树国就被破格提升为教授，这样的成长速度在当时是极为少见的。

在哈尔滨工业大学，王树国瞄准智能机器人这个高精尖研究方向，聚焦医疗、空间探测、生物医学工程等领域，取得了丰硕的研究成果。比如，他主持研制了世界第一只创伤康复仿生手，以及国内第一个人脑解剖电子图谱、腹腔微创介入手术机器人系统等。王树国成为智能机器人领域的领军人物，而且，其研究成果直接用于绕月探测工程等国家重点研究工程。王树国因此获得了"国家级有突出贡献的中青年专家"称号。可见，这是一位名副其实的学术"大咖"。

在做好科研项目的同时，王树国也因为突出的领导素质、管理才能，逐渐走上了行政岗位。2002年，他出任哈尔滨工业大学校长。在王树国任职校长的这些年，哈尔滨工业大学在国内高校综合排行榜的位次不断提升，国内外的影响力不断增强。2014年，王树国任西安交大校长，来到西北的一所著名高校，去开拓高等教育的又一番新天地。

作为学术领军人物的"硬核"校长，王树国不仅自己治学严谨，也把抓学生的学习作为治校治教治学的重点，花大精力引导学生努力学习。他曾经跟学生讲起自己在大学求学时的事，他说自己刚进大学时自以为成绩很好，但实际上跟其他同学相比，专业知识非常薄弱，结果在随后举行的第一次摸底考试中考了全班倒数第二。这样一个惨淡的大学学习生活的开局，不仅没让王树国深受挫折，反而更加激发了他的学习劲头。为了把学习成绩尽快赶上来，他成为早上最早一个进教室，晚上最后一个离开教室的人。通过自己的不懈努力，王树国的大学学习成绩突飞猛进。王树国用自己的亲身求学经历来鼓励学生们好好学习，给那些入学时底子薄的学生鼓劲、打气。

当好一名合格的校长

在中国高等教育领域，如果问哪个高校联盟是顶尖的，C9联盟可谓当仁不让。C9联盟成员包括北京大学、清华大学、哈尔滨工业大学、复旦大学、上海交通大学、南京大学、浙江大学、中国科学技术大学、西安交通大学，共9所高校，都是国家首批"985工程"重点建设的一流大学。然而，受制于地域及高校管理原因，C9联盟成员的发展却千差万别。作为C9联盟成员的西安交大，由于地处经济落后的西部，综合排名持续走低。2014年，王树国出任西安交大校长，担负起带领学校走出发展困境的重任。

在一次央视节目中，现场观众问王树国当校长的感受。他动情地说："当校长就要做好与自己岗位职责相适应的工作，就要全身心地投入，经常走到学生中间去了解学情。作为一个校长、作为一个领航者，做好一个校长不容易，做不好一个校长却很容易；把一所大学做好不容易，把一所大学搞坏很容易，就几年的事。"在王树国眼中，当校长就必须要倾心竭力地办好教育。这些朴实无华的话语所蕴含的深刻道理，所展示出的强烈责任感和使命担当意识让现场听众动容。

王树国看问题很犀利，讲话也大胆直率，比如，他批评近年大学的发展势头不足时，强调大学本应是文化的引领者、技术的引领者，现在社会走在了大学前面，他认为大学只有主动融入社会，才能引领社会。

在常人眼中，王校长不仅是一位和蔼可亲的校长、学者，更是一位奋勇开拓的改革者。2020年年底，时任西安交大党委书记的张迈曾退休时与王树国校长相拥大哭的一幕，让人感慨万千。这是共同奋战7年的好战友和好搭档之间惺惺相惜、依依不舍的动人画面。回望7年肩并肩作战，这对铁搭档相互鼓励、相互支撑，对西安交大的发展可谓是竭尽所能，使这所名校重新焕发出勃勃生机。其中，最让人记忆犹新的就是他们党政合力在学校推行大刀阔斧式的改革，一次性将6名副校长全部换掉，强力推进学校的人事制度改革，用这种办法激活了"一池春水"，使西安交大在国内高校的综合排名由2014年的第十八名上升到了2021年的第十名。

作为改革者、实干家的王树国，让人津津乐道的还有一件事，就是他参与了中国西部科技创新港（教育部与陕西省人民政府合作共建、西安交大与西咸新区联建，创新服务国家战略及地方发展的国家重点项目）的创建，从而将西安交大的发展同国家的创新战略紧密联系在一起，以国家战略牵引大学发展，又以大学的创新发展推动国家战略实施。这一历史性举措不仅体现了王树国校长的爱国情怀、社会责任、敢想敢干的实干精神，更体现了他作为学校领头人的战略智慧与清醒头脑。王树国表示，中国西部科技创新港是一个全新的大学形态，更像美国的硅谷，没有围墙，是一个学镇。在这个学镇聚集高素质的人才，但他们不孤立，和社会有紧密的联系。目前，创新港已经引起了学术机构、银行、企业等的高度重视，现在很多国际顶级学术机构、大企业纷纷进入陕西、进入西安来寻求和创新港的合作。

王树国说，西安交大坚持学术导向和国家目标，加强与"一带一路"战略中国家目标高度契合的学科专业基础建设，努力使学校处于国际学术和区域经济社会发展的前沿阵地，积极为破解国家面临的科学技术创新瓶颈做出应有贡献。与这几年西安交大在国内大学榜排名上升相对应的是，学校发展的基础更加扎实，一些困扰学校建设发展的结构性问题得到破解，可以说蓄势待发、迈向世界一流大学的劲头更足了。

火车跑得快，全凭车头带！一位好校长就是一所学校的领头人，对一所学校的发展起着关键作用。对于担负着直接为国家输送高素质人才使命的高校来说，好校长能够准确洞悉时代方位，深刻把握国家发展的现实需求和未来趋向，从而把党和国家的需要与大学的使命有机统一起来，兢兢业业为国家、为民族造就可堪大用的人才。他们有着大师般的学术素养、丰厚的人文情怀、强烈的育才使命感，能够把握教育规律、人才成长规律、学科建设规律，能够有效激活学术与育人，让大学担当起"为党育人、为国育才"的主要任务，赢得师生热爱与社会的赞誉。

王树国就是这样一位好校长！

永不言败的江梦南

现实中经常有这样的矛盾错位：有的人拥有强健的体魄，高大威猛，内心却孱弱毫无斗志；有的人外表柔弱，甚至有躯体残疾，却拥有强大的内心，有着与不公命运和世间不平事抗争的强大力量。

江梦南，一个很有诗情画意的名字。这位外表柔美的姑娘，却演绎了一个人生强者的励志故事。江梦南出生于1992年，是湖南省郴州市宜章县人。她的童年是不幸的，半岁时因一次肺炎误用药物导致失聪。这场飞来的横祸让江梦南在人生刚刚开启之时就蒙上了一层阴影，但这并没有"冰封"住这个自强不息的小姑娘。选择不低头、不妥协的她，在父母的帮助下通过读唇语，终于学会了"听"和"说"，实现了由"失聪失语"到"能听能说"的巨大跨越，为后来不一样的人生之路打下了坚实的基础。

学生时期的江梦南，凭借多年不懈的努力学习，考上吉林大学，并顺利完成本科和硕士研究生学业。勤奋的她并没有就此止步，而是在求学路上一路高歌。2018年5月，江梦南被清华大学生命科学学院录取为博士研究生。2022年3月，她被评选为2021年度"感动中国十大人物"之一。

清华失聪女博士江梦南的故事一时间为各大媒体热议，感动了无数人。江梦南终于用自己的奋斗改写了命运的不幸，书写出了绚丽的人生华章。

"不放弃"的倔强与自强

1992年的一天，年仅半岁的江梦南因突发急性肺炎误用治疗药物导致左耳听力损伤高达95分贝，右耳听力则完全丧失，被诊断为极重度的神经性耳聋。一下子，小梦南的世界变成了无声世界，儿时的江梦南多么渴望自己能像其他孩子一样听到外界的声音。

1岁那年，为了让江梦南听到声音，父母带她到医院配了助听器，但听障问题并未得到解决，因为"听得见"并不意味着"听得清"，助听器只能传输低频声音，高频声音依旧无法传输。同时，由于助听器本身容易受到电流、电波等杂声的干扰，因此，虽然配上了助听器，但由于声音时断时续，根本无法流畅地传输信息。"上课"对江梦南而言仍十分吃力，她根本听不清老师讲的课。看到这个结果，小梦南和父母都很着急。为了让小梦南适应学校的教学方式，尽快赶上学习进度，父母就抱着她坐在镜子前，对着镜子指导小梦南仔细观察别人和自己说话时的口型，并尝试进行发音模仿，一遍遍地训练、一遍遍地纠错。

江梦南曾讲起自己学习读唇语的过程："一个字，念一万遍我能学会，父母都已经很开心了。可能有一些口型非常像的音，如花、瓜，就要把我的手放在他们的嘴巴附近感受这些气流。花，有气流，瓜，没有。需要很多遍才可以慢慢练成肌肉记忆。"任何一个健全人都没有这方面的烦恼，所以也无法想象在无声的世界里，小梦南是如何通过海量的重复与练习，学会读唇语的。这对一个小小年纪的女孩子来说，意味着多么大的挑战，我们无法想象。

江梦南从没有上过一天特殊教育学校，父母坚持让她像健全的孩子一样去普通公立小学读书，就是怕她一旦上了特殊教育学校，从心理上就接受了自己的残缺，消磨了进取的意志。父母的想法是好的，但因为江梦南的实际情况，一开始没有一所普通小学肯接收她，以至于到了上学年龄，无学可上的小梦南又多上了一年学前班。江梦南说："父母安慰我，告诉我，听不见是既定的事实，与其怨天尤人，还不如用自己最大的努力去克服这点。"面对逆境，家人的关爱与开导成了江梦南克服各种困难的强大支撑。

从无声到有声，享受世界的精彩

奋斗的时间从来都过得飞快。江梦南靠着自己的勤奋努力和用心，终于练成了读唇语的本领。不用佩戴助听器，单靠观察对方的口型，她便能知晓其说话内容。当然，这中间也会遇到一些不确定的地方，这时她都会模仿对方的口型，自己复述一遍，以求证于对方。课堂上，别的学生是靠眼看、耳听、心记，而江梦南则是靠坐在教室前排，读老师的口型"听课"，她一边看着黑板，一边看老师的口型去理解老师讲什么。就是凭借这样惊人的努力和记忆力，江梦南的学习成绩一直名列前茅，最终凭借优异成绩考上了吉林大学，后来又考上了清华大学生命科学学院。

走得越远，她越渴望与有声的世界进行交流；学得越多，她越希望读懂这复杂的世界。江梦南对这一点深有感触："交流真的很重要，人和人的互动，如果做好了，将得到更多机会、看到更多可能性。"

2018年，在江梦南26岁的时候，她决定植入人工耳蜗，以便与别人进行交流。人工耳蜗可以有效提升交流效率，但是植入人工耳蜗的手术存在着风险，为此她有过恐惧与挣扎，因为她看到过因植入人工耳蜗手术失败导致面瘫的新闻，担心自己是那"1%的失败率"。甚至，她试着说服自己，想着反正现在的状况已经挺好了，要不就放弃这种冒险的想法吧。

幸运的是，江梦南遇到了一位不仅医术精湛而且非常负责任的耳鼻喉专家。这位专家给她做了很多思想工作，说服她接受手术，因为他觉得，这么优秀的孩子理应得到听力上的补偿。最终，江梦南下定做手术的决心。整个手术非常顺利。

当人工耳蜗开机那一刻，江梦南形容当时她的第一反应："我终于能听清歌曲的词了。"各种声音如期而至，闯入这位不幸又那么幸运的女孩儿的生活之中。她享受听到的各种"奇怪"声音，如类似"布谷布谷"的音调，她甚至有些难以置信，心脏怦怦直跳，不断地追问自己："这就是鸟叫声吗？还是我产生幻觉啦？"

优化交流不止步，人生逆势再起航

如今，江梦南已逐渐摆脱对读唇语的依赖，适应了依靠人工耳蜗来听音，但为了提高听音的准确度，她依然坚持听觉的康复训练。2021年，她开始在某应用程序上，通过腾讯会议接受远程听觉康复训练，让自己更熟悉从人工耳蜗里听到的声音，争取更快、更准确地建立与文字之间的联系。这个应用程序是腾讯"天籁行动"推出的首个集成"听力测试+AI辅听+远程听力康复服务"的平台，依托音频AI技术，帮助听障人士提升单音节识别率达66%，极大地提升听识的准确度。

由于自己的遭遇，江梦南从小就立志从事与治病有关的职业，其求学的目标很明确，本科选择了药学专业，博士的研究方向是和免疫相关的机器学习建模课题，她希望通过自己学的知识解决生命健康的难题。

在中国，有许多像江梦南这样怀抱梦想的听障患者，他们都有融入社会、享受更好生活的诉求，有追求目标、实现梦想的人生规划，而实现这些诉求和人生规划，需要得到全社会的关心与帮助。江梦南的成长经历，除了有自己和家人的奋斗与努力之外，还有来自社会的关怀与帮助。江梦南从自己的亲身经历认识到，听障患者要想真正活出人生的精彩，就必须从潜意识中打破内心的封闭性和敏感性，这既需要听障患者自身的心理建设，也需要来自外部的干预和帮助。

腾讯"天籁行动"于2020年正式发起，向听障患者免费开放腾讯会议背后的天籁AI技术。在2022年"全国爱耳日"这一天，"天籁行动"2.0升级版启动，将天籁AI技术开放给助听器厂商智听科技。"天籁行动"还发起了专项救助基金，创立了"天籁青年人才基金"，计划一年内为100位以上符合人工耳蜗手术植入条件的听障青年，进行人工耳蜗手术补贴和听力言语康复补贴，以帮助更多的"江梦南"打破听力屏障，实现人生梦想。

江梦南的人生，每一步仿佛都是"困难模式"，但每一步仿佛又都是"幸运通道"。"我从来没有因为自己听不见，就把自己看成了一个弱者。我相信自己不会比别人差，我也相信事情可以做得很好。"江梦南，一个外表柔弱但内心坚强的女孩儿，她的精彩人生理所应当！

"感动中国2021年度人物颁奖盛典"给江梦南的颁奖词这样写道：你觉得，你和我们一样，我们觉得，是的，但你又那么不同寻常。从无声里突围，你心中有嘹亮的号角。新时代里，你有更坚定的方向。先飞的鸟，一定想飞得更远。迟开的你，也鲜花般怒放。

江梦南的故事说明，很多时候人生所能达到的高度，并不在于初设条件，而在于后天的奋斗和努力，尤其是要有一颗永远打不垮的心。

当代青年的奋斗故事

2022年是中国共产主义青年团成立100周年。过去的100年，中国青年在党的领导下，创造了无愧于党、无愧于人民、无愧于时代的辉煌业绩。

青年一代是祖国的未来、民族的希望。中国青年历来就有追求真理、爱国奋斗、不怕牺牲的光荣传统。100年前，以毛泽东、周恩来、邓小平等为代表的中国青年选择了马克思主义，积极投身救国救亡的运动，完成世界观、人生观的转变，成为坚定的马克思主义者，领导中国革命、建设和改革，取得了伟大胜利。100年后，中国特色社会主义进入新时代，广大中国青年在习近平新时代中国特色社会主义思想的培育、武装和指引下，积极投身火热的社会实践，在推进中华民族伟大复兴的历史征途中，喊出了"强国有我"的铮铮誓言，以青春之我奉献青春之中国。

恰逢中国共产主义青年团成立100周年的盛大节日，让我们一起走近新时代中国青年，看一看那些写满奋斗、拼搏的青春身影，感受那些青春萌动的蓬勃朝气与力量。

在与厄运的搏斗中，有青年人不屈的身影

主张自由、平等的人常说，人人生而平等。但实际上，不少人承受着来自身体禀赋的不平等，他们有的是先天残疾，有的是后天遭遇意外而不幸致残，他们在社会上面临着比正常人更为艰难的客观条件。虽然命运不公，但社会没有遗忘他们，他们中的不少人更是身残志坚，仰起头来，敢于同不公的命运斗争，靠自己的拼搏与斗志闯出一片天空。比如，"当代保尔"张海迪的先进事迹就曾激励了整整一代人。

当代青年的奋斗故事中的一些青年，他们身残志坚，不惧命运不公，不惧人生挑战，敢于拼搏，敢于斗争，他们都是人生的强者。他们的故事既感人又充满奋进的力量，下面就与大家分享4个新时代中国青年的奋斗故事。

第一个，是因患有先天性眼疾导致失明的贾君婷仙。1986年，贾君婷仙出生于江西省萍乡市，虽然身处"黑暗世界"，但她从未向不公的命运屈服，在努力奔跑中实现了人生的奋斗价值。因自幼便展现出的极高的运动天赋，2002年，贾君婷仙被江西省残联选拔为田径运动员，主攻短跑，2003年入选国家队，2017年8月退役。15年的运动生涯，贾君婷仙多次打破世界纪录、亚洲纪录和全国纪录，在国内、国际赛事中斩获金、银奖牌40多枚。退役后的贾君婷仙回到家乡，成为萍乡市特殊教育学校的一名老师，帮助有视力障碍的孩子更好地融入社会。此外，贾君婷仙还是一位

"公益使者",她经常参加志愿服务,帮助贫困人士和盲人群体上千人。2021年,贾君婷仙被授予"全国三八红旗手"称号。2022年,她荣获第二十六届中国青年五四奖章。身处"黑暗世界"的贾君婷仙,用自强不息和无私奉献的精神,为身边成百上千人点亮"心灯"。她虽然看不见光,却努力让自己发光,让世界变得更加美好。

第二个,是"滑板姑娘"蒋张子怡。2005年出生于江西省德兴市的蒋张子怡,原本有着健全的躯体,但2010年一场惨烈的车祸夺去了她的双腿,残酷地改变了这个年仅5岁的小女孩儿的人生。蒋张子怡只能靠滑板代步,用双手前行。但突如其来的厄运并没有磨灭蒋张子怡对美好生活的信念和渴望,除了勤奋读书之外,她还有着广泛的兴趣爱好。她喜爱舞蹈、播音主持和写作等,希望将来成为一个多才多艺的人。尤为令人感动的是,虽然蒋张子怡已属于重度残疾,但她的父母很注重从小培养孩子的自立自强意识,从小给孩子灌输成功要靠自己奋斗的人生观。虽然家庭并不富裕,但蒋张子怡的父母婉拒了许多爱心人士的捐赠。蒋张子怡也非常懂事,从来不以弱者姿态博取同情,或者为自己不想奋斗而寻找借口。面对不公的命运,她反而以加倍的努力、付出更多的汗水来弥补身体的残疾。小姑娘常挂在嘴边的一句话就是:尽管自己没有双腿,但一点也不比健全人差。这样坦然的态度,这种气魄、志气与底气,正是当下我们许多中国青年所缺乏的。现在网络上有人动辄以"卖惨"来博取眼球并获得帮助,有人甚至靠"装惨"来骗钱，他们与蒋张子怡比起来，何其的渺小与懦弱！

第三个，是现实版"钢铁侠"梁开宇。梁开宇是山东省济宁市的一名"90后"小伙儿，他从小就喜欢自己动手鼓捣、改造各种器械。就在其刚刚打开花样人生，准备大展宏图之际，一次意外事故却向他袭来，事故导致其左腿不幸截肢。事故发生后，梁开宇曾一度无法接受这个残酷的事实，整个人备受打击，直到后来看到很多像他这样遭遇截肢的朋友每天仍积极乐观地生活，他才逐渐摆脱茫然的心态，对生活重新燃起了希望。为了行动方便，梁开宇装上了假肢，但在使用假肢的过程中，他的体验感并不好，主要因为市面上机械假肢的功能比较有限。于是，梁开宇就自己动手安装灯光、升级避震器等，提升假肢的舒适度。同时，他还在假肢上加入时尚炫酷元素，希望以此激励那些跟他有相同遭遇的朋友尽快走出阴霾，迎接新的人生。谁说残疾人就不能爱美？梁开宇对美的审视与追求，实际上就是他对生活和未来的希望与想象，他逐渐尝试与残缺的自己和解。在突如其来的厄运面前，梁开宇不仅没有被击倒，反而勇敢地接受挑战，接受了一个身体上并不完美的自己，并将自己的所长与帮助别人结合在一起。一个自己需要"爱"与"关心"的人，却活成了"爱"的发光体，以己之"微光"照亮别人前面的黑暗，这何其伟大！

第四个，是"动漫女孩儿"丁姣。1991年，丁姣出生于山东省青岛市。2岁时因脊柱血管瘤落下腿部残疾，历经几次手术和多年艰苦的康复训练，她创造了能独立自主行走的"医学奇迹"。丁姣16岁时才有机会进入学校学习，2013年，她考入山东轻工职业学院与山东世博动漫集团合办的世博动漫学院。学习期间，丁姣以超乎常人的毅力，克服身体残疾，取得了优异成绩，获得了"全国优秀共青团员""全国大学生自强之星"等荣誉称号，并光荣入党。毕业后，丁姣进入山东世博动漫传媒有限公司工作。2021年10月，丁姣作为残疾人就业典型登上中央电视台《新闻联播》。2021年东京残奥会期间，丁姣为获得金牌的中国残疾运动员绘制了96幅漫像，赢得了运动员们的交口称赞，作品被点赞、收藏，点击量逾亿次，引起主流媒体关注。2022年，丁姣收到了国际残疾人奥林匹克委员会的邀请函，邀请她为北京冬季残奥会绘制系列主题漫画作品，这些作品在中央电视台新闻频道《冬残奥会倒计时特别节目》中被集中展示。

……

这些中国青年是一面面奋斗的旗帜，他们是特殊群体中的先进代表。他们虽然身体残疾，但都没有被命运扼住喉咙，更没有因此放弃斗争选择"躺平"，反而在人生的厄运面前，挺起不屈的脊梁，迸发出坚强的抗争意志和无穷斗志。他们是新时代中国青年方阵中的优秀代表，他们身上所展示出的斗争意志、拼搏精神是伟大的中国精神的重要组成部分，是激励当代青年奋进的宝贵精神财富。

在与疫魔的斗争中，有坚定的青春力量

习近平总书记曾强调，以史为鉴、开创未来，必须进行具有许多新的历史特点的伟大斗争。毫无疑问，抗击新冠肺炎疫情就是新时代我们所面临的伟大斗争之一。新冠肺炎疫情从暴发至今，给世界各国人民的生命健康和财产安全带来了巨大的伤害，极大地影响并改变了人们的生产、生活方式。

在当代中国，广大青年在这场与新冠肺炎疫情的搏斗中，作为具有强大战斗力的突击力量，积极投入火热的抗疫斗争一线，为打赢疫情防控阻击战、捍卫人民群众的生命健康安全做出了重大贡献。据粗略统计，参加抗疫的医务人员中有近一半是"90后""00后"，他们喊出"2003年非典的时候你们保护了我们，今天轮到我们来保护你们了"这样的口号。这就是当代中国青年的精神状态和价值追求，他们知荣辱、懂感恩，不畏难、不怕险，正如人们感叹的，"哪里有什么白衣天使，不过是一群孩子换了一身衣服"。他们身着一身白色的"战袍"，撑起了中国未来的希望！

哪里有疫情发生，哪里就有中国青年奋斗的身影，哪里有鲜红的党旗，哪里就有飘扬的团旗。在武汉保卫战中，火神山医院急需电焊工、钢结构工支援，中铁青年文明号"中铁十一局梧桐苑三期项目部"连夜抽调27名骨干人员，组成青年突击队，火速驰援火神山医院，全体青年突击队员争分夺秒，以青年强大的持续突击

力，圆满完成了指挥部下达的施工任务。

北京大学援鄂医疗队的34名"90后"党员曾给习近平总书记写信汇报在抗疫一线抢救生命的情况，表达继续发挥党员的先锋模范作用，为打赢疫情防控阻击战贡献力量的决心。总书记给他们回信，深情地称赞当代中国青年是堪当大任的，并勉励他们继续为抗疫奋斗，让青春在党和人民最需要的地方绽放绚丽之花。

在捍卫国家主权尊严的斗争中，遍洒青春热血

无私奉献、勇于牺牲是新时代中国青年的鲜明标识和价值追求。广大中国青年立志高远，坚定响应党的号召，把青春与热血播撒到党和人民最需要的地方，在这个过程中，不少中国青年做出了重大牺牲，有的甚至为此献出了宝贵生命。他们的英雄事迹极大地鼓舞了人民群众，激发出人民群众的爱国主义情怀，弘扬了新风正气和社会正能量，为当代中国确立了学习的标杆。加勒万河谷边境斗争中涌现出的先进典型就是杰出中国青年的代表。2021年2月19日，《解放军报》发表长篇通讯《英雄屹立喀喇昆仑》，描述了对峙事件的详细过程，为我们完整地讲述了戍边英雄的事迹。

2020年6月，外军公然违背与我方达成的共识，人员非法越过领土线，进入我方境内搭设帐篷，并拒绝撤回其物资及越境人员。按照此前双方处理边境事件的惯例与约定，我方边防团团长祁发宝带着以谈判解决问题的诚意，仅带领几名官兵，跨过齐腰深的边境河水前出交涉。然而，在交涉过程中，对方背信弃义，早有预

谋地潜藏、调动了大量兵力，企图凭借人多势众，从气势上压倒我方，逼迫我方做出让步。在识破其阴谋后，我方几名官兵临危不惧，以大无畏的英雄气概与之相对，团长祁发宝张开双臂挡在数倍于我军的对方面前，大声呵斥："你们破坏共识，要承担一切后果！"同时，基于斗争经验，团长祁发宝迅速组织官兵占据有利地形，组成战斗队形，做好与之对峙、斗争的准备。

在这个过程中，对方首先动手，升级事态，他们用准备好的钢管、棍棒、石块发起攻击。面对数倍于己的外军，我方官兵人数虽少，但不怕牺牲、敢于斗争，在生死考验面前临危不惧。团长祁发宝成为对方重点攻击的目标，头部遭到重创。见此情景，机步营营长陈红军立即带人突入重围之中，营救团长祁发宝，战士陈祥榕手执盾牌冲在最前面，负责摄像取证的肖思远也冲到前沿，投入战斗。虽然我方势单力孤，但都想着赶快把团长救出来。在斗争的关键时刻，我军的增援队伍及时赶到，一举将来犯者击溃并驱离，在我方边防官兵勇猛顽强的猛打猛冲之下，外军溃不成军，丢下已方大量伤亡人员，抱头逃窜。我军最终取得此次边境保卫战斗的重大胜利。

我方边防官兵陈红军、陈祥榕、肖思远不畏生死，英勇战斗，直至壮烈牺牲；王焯冉在渡河前出支援途中，为救助战友而光荣牺牲。中央军委授予祁发宝"卫国戍边英雄团长"荣誉称号，追授陈红军"卫国戍边英雄"荣誉称号，给陈祥榕、肖思远、王焯冉追记一等功。以祁发宝、陈红军、陈祥榕、肖思远、王焯冉等先进典型为代表的新时代卫国戍边英雄官兵，是对党绝对忠诚、矢志强军报国的时代先锋，是新时代中国青年的杰出代表。

青春洒热血，鲜血铸忠诚。每一名英雄的背后都写满了听党指挥的绝对忠诚、厚重的家国情怀和不怕牺牲的英雄气概。有人不明白究竟是什么驱使这些中国青年不计个人安危慷慨赴死，或许18岁的革命烈士陈祥榕留下的这句战斗口号——"清澈的爱，只为中国"，能解答他们心中所有的疑问。

回顾中国共青团的百年历史，中国青年用奋斗和青春热血，向党和人民交出了一份合格的答卷。世上没有从天而降的英雄，只有挺身而出的凡人。中国青年始终与党和人民同心同向，在党和人民需要的时刻，一往无前、义无反顾，用臂膀扛起如山的责任，展现出青春激昂的风采，为中华民族伟大复兴注入无穷动力与能量。

为中国青年点赞！

英雄的中国航天人

浩瀚的星空充满无尽的未知，千百年来，无论是对嫦娥奔月的浪漫想象，还是对星汉灿烂的心驰神往，中华民族从未停止遨游星河的脚步。然而，梦想归梦想，近代以来，有一段时间，中国的科技发展落后于世界其他国家，仿佛这个揽月、摘星星的梦想仅仅是中国人的奢望而已。

20世纪60年代以来，美国在人造地球卫星和载人太空技术方面一直落后于苏联，因而制订了"阿波罗计划"，加紧了人类登月方面的研究与实验。1969年，美国宇宙飞船"阿波罗11"号登上月球，首次实现了人类登上月球的梦想。"阿波罗计划"从1961年开始实施至1972年结束，先后完成6次登月飞行，把12人送上月球并安全返回地面。它不仅实现了美国赶超苏联的政治目的，同时也带动了美国科学技术特别是推进、制导、结构材料、电子学和管理科学的发展。此后，一位位来自苏联、美国以及欧洲国家的"飞天英雄们"先后叩响了太空的"大门"，太空的神秘感在人类求知探索面前逐渐揭开了面纱。

对于刚成立不久、科技底子薄弱的新中国来说，搞载人航天显然是不现实的。但有着强烈民族自尊心，希望跻身于世界先进民族之林的中国人怎么可能选择放弃呢？只要有一分可能，中国人就会付出百分的努力。自1992年中国载人航天工程立项以来，在一代代航天人的艰苦奋斗下，我国实现了从无人飞行到载人飞行的转变，掌握了空间交会对接、航天员出舱活动等一大批具有自主知识产权的核心技术，实现了空间站的长期驻守和大规模的空间实验，创造了无数个"第一次"，用20多年的时间跨越了西方发达国家半个世纪的航天发展历程。

在这条独立自主、从艰辛走向辉煌的"伸手摘星星"的道路上，中国航天人用骨气志气、牺牲奋斗精神和聪明才智创新发展了独具特色的航天技术，积累了创新实践的宝贵经验，不仅使中国航天技术不断跃上新台阶，而且打造了一支铁一样的航天人才队伍，凝铸了具有鲜明中国特色的载人航天精神。

蹚出了一条具有中国特色的航天之路

载人航天是一个系统工程，涉及多学科、多技术领域，代表着一个国家的综合国力与科技实力，是大国之间竞技的重要内容。中国人早就深刻地认识到载人航天的战略意义，并对发展载人航天事业进行了初步的规划和构想。

20世纪70年代初，在"东方红一号"卫星发射成功后，钱学森就提出中国也要搞载人航天。国家将这一工程命名为"714工程"，并将未来的飞船命名为"曙光一号"。虽然提出了载人航天的构想，但由于当时的中国无论在综合国力、工业基础，还是人才准备、装备研制等方面都存在薄弱环节，该工程最终搁浅。

20世纪80年代以来，世界范围内蓬勃兴起的科技浪潮加快了空间探索的激烈竞争，在这场高科技浪潮中，中国并没有作为一个旁观者。1986年3月，杨嘉墀、陈芳允、王大珩、王淦昌4位科学家在《关于跟踪研究外国战略性高技术发展的建议》里，将载人航天研究列入其中。

1992年9月，中共中央政治局十三届常委会第一百九十五次会议讨论同意了中央专委《关于开展我国载人飞船工程研制的请示》，正式批准实施载人航天工程，并确定了"三步走"的发展战略：第一步，在2002年前，发射2艘无人飞船和1艘载人飞船，建成初步配套的试验性载人飞船工程，开展空间应用实验；第一艘试验无人飞船要争取1998年、确保1999年首飞，即"争八保九"。第二步，在第一艘载人飞船发射成功后，在2007年左右，突破载人飞船和空间飞行器的交会对接技术，并利用载人飞船技术改装、发射一个8吨级的空间实验室，解决有一定规模的、短期有人照料的空间站应用问题。第三步，建造20吨级的空间站，解决有较大规模的、长期有人照料的空间站应用问题。

最终，中国航天人不迷信、不盲从"路径依赖"，基于我国实际，以严谨求实的科学精神，在综合考虑投入成本、实用性以及用途兼容性等因素的基础上，得出发展载人飞船比发展航天飞机更具综合优势的结论。从用途上看，载人飞船可以实现多用途使用，既可搭乘航天员、向空间站运输物资，还可作为空间站轨道救生艇使用；从成本上看，载人飞船在装备造价、维修费用、场地建设等方面拥有巨大的成本优势；从技术上看，航天大国的载人航天已全部回到了飞船的方案，美国航天飞机已全部退役，而俄罗斯、欧洲、日本等国家和地区航天飞机也没有投入应用。

经过多年的接续奋斗，中国载人航天工程按照"三步走"的发展战略，稳步迈进空间站时代，中国已成为世界上第三个独立掌握载人航天技术的国家。中国载人航天工程之所以能取得今天的成就，就在于中国航天人敢闯、敢干，没有迷信所谓的技术权威、所谓的技术潮流，走了一条适合自己的创新之路。

以如履薄冰的心态干好"刀尖上的事业"

载人航天工程是一项具有高度风险挑战性的事业，被喻为"刀尖上的事业"。据统计，目前世界上共有540多名航天员，其中27人在执行任务或训练时罹难。中国载人航天工程始终坚持安全第一，牢牢守住底线，狠抓安全质量，几十年如一日，确保了航天飞行任务的圆满成功。

神舟飞船首任总设计师、中国航天科技集团公司五院技术顾问戚发轫院士曾讲起多年前参观苏联载人飞船发射时的一个场景：发射前，苏联总设计师对航天员说："一切都准备好了，上去吧，一定能回来。"而后，苏联总设计师在任务单上郑重签下了自己的名字。这次参观，极大地教育了在场的中国航天人。在之后的很多年里，戚发轫总是习惯性地检视自己的工作，每次发射前都扪心自问有没有能力对航天员做出"一定能回来"的承诺？有没有把握签字？更重要的是，自己敢不敢坐自己研发的飞船？有没有做到万无一失的安全底气？回答好这一连串的追问，不仅需要严肃认真的负责态度，更需要精益求精、实打实的准备工作。

中国载人航天人工程一直坚持"航天员安全第一"原则，尽最大能力把安全工作搞得更扎实，把安全空间预留得更多，把安全措施预想得更周全。

"天宫一号"发射前夕，戚发轫院士接受了《人民日报》记者专访。当时，记者问道："有人说，载人航天带给中国航天最宝贵的财富是促进了航天产品质量的提升？"戚发轫这样回答："要把人送入太空，技术上的复杂就不去说了。关键是，载人航天人命关天，安全性和可靠性成为最重要的一个理念。搞载人航天必须把安全和质量放第一位。一般来讲，航天产品可靠性0.97。比如火箭发射100发，允许3次失败。载人航天因为有人，必须保证人的安全，就提出安全性指标为0.997，也就是千分之三的失败率。两个合在一起，故障率就是三十万分之一。也就是每天发一次，30年都不能出事。要做到这一点，很不容易，要把所有可靠性措施都用上。比如搞飞船，要做到第一次故障出现时能正常运行，出现第二次故障时航天员能安全返回，为此必须要有故障对策。因此，火箭从起飞到把飞船送到预定轨道，就有8种故障救生模式，不同高度都有。在任何情况下，也要让人安全回来。在飞船入轨之后制定了180多种故障对策，在70多万条计算机程序中，30%是应付正常飞行，70%是用来应付故障，可见工作量之大……为了保证人的安全，所有能想的都想了……"

为保证航天员的安全，我国在空间站建设和运行中也采取了一系列安全举措。中国载人航天工程新闻发言人、中国载人航天工程办公室副主任林西强曾针对2021年神舟十三号载人飞行任务表示，中国载人航天工程在空间站工程建设、空间碎片以及极端情况等多方面都准备充分。例如，若空间站发生影响航天员安全的重大故障，航天员可搭乘停靠的载人飞船及时撤离空间站，返回地面；若停靠的载人飞船发生不能安全返回的故障，将组织实施应急救援飞船的快速发射，与空间站对接，确保航天员可及时乘坐应急救援飞船返回地面。

截止到2021年，中国载人航天工程先后将11名航天员14人次送入太空，成功率100%。这个成绩是一代代航天人付出心血换来的结果。干好"刀尖上的事业"，不仅需要有迎着"刀尖"而去的勇气魄力，更要有善于在"刀尖上跳舞"的实力。中国航天人就是以勇敢者的心态、慎始如终的作风、精益求精的科学精神来对待载人航天工程，构建起了集措施、技术等方面于一体的综合安全体系，打下了中国载人航天事业的坚实基础。

中国航天人英勇无畏，勇攀科技高峰

航天科技被喻为"塔尖上的事业"，这形象地说明了它在人类科技领域内所具有的顶端地位。中国载人航天科技领域每一项重大成果和突破，都是靠中国航天人自主创新、勇攀高峰换来的。无数的历史事实告诉我们，核心技术靠花钱是买不来的，只有靠独立自主研发。

无法忘记中国航天人在我国载人航天事业上创造的许多"第一"。执行载人航天任务的第一位航天员杨利伟，载人航天的第一位女航天员刘洋，第一位出舱的航天员翟志刚，第一位出舱的女航天员王亚平……这些"第一"，都是英雄的中国航天人创造的历史性纪录，承载着中华民族向天、问天的不懈奋斗与追求。这些年来，英勇无畏的中国航天技术人员建造了我国史上最难建造的"房间"——"天宫一号"，以及我国"最忙碌的空间实验室"——"天宫二号"。"天宫一号"是中国人在太空里的第一个"家"，而"天宫二号"的建造使中国载人航天进入了应用发展的新阶段。

毫无疑问，中国在载人航天领域已经取得了举世瞩目的辉煌成就，但中国航天人没有满足于已有的成就，而是在通往太空、探索太空、和平利用太空的天梯上，迈着坚定、自信的步伐。

2022年，我国先后成功发射了问天实验舱、梦天实验舱，并完成了与核心舱的对接，建成"T"字形三舱空间站，完成了空间站在轨建造。中国空间站成为长期有人驻守的国家级太空实验室，并有序组织开展了大规模、多学科交叉的空间科学实验。下一步，依托空间站，我国将开展对暗物质、黑洞、宇宙起源、天体起源、生命起源等重大科学问题的研究。

在2022年4月24日中国航天日这一天，国家航天局吴艳华副局长向公众介绍了中国未来的深空探测计划，其中包括探月工程、火星探测及取样返回计划、行星探测工程、组件近地小行星防御系统等。这一连串的宏伟目标描绘了中国未来的航天蓝图，让每一个中国人都扬眉吐气、激动无比。

逐梦九天，纵横苍穹，寄寓着中国人无限梦想的宇宙探索逐渐变成了现实。新时代的中国正向着星辰大海的梦想，不断加快人类探索、开发、利用的步伐，开启全面建设航天强国新征程。在通往未来、探索宇宙的道路上，中国人信心满满，豪情万丈！

24年磨一剑的航天员

2022年11月30日，是神舟十五号载人飞船成功发射的日子。一位等了24年10个月，56岁"高龄"的老牌航天员邓清明终于在这一天迎来了自己飞天的那一刻！24年磨一剑，终有一飞冲天时！

从邓清明入选首批14名航天员至今，已经过去了多年，其间，我国已培养了3批航天员，现有航天员梯队也超过30人。而首批14人的航天员中，有的已完成飞天任务，有的已停飞退役。作为中国首批航天员，邓清明却怀揣梦想、坚持训练、初心不改，"备份"了24年10个月才实现了自己的首飞。

很多的人心中可能有个疑问，在载人航天事业中备战多年的邓清明究竟是靠什么支撑着一路走下来，不抛弃、不放弃，终于实现了今朝一飞冲天的梦想？

风霜磨砺，只为坚持追逐一个梦想

1998年1月5日，邓清明历经层层严格选拔，被组织确定为我国14名首批航天员之一，这既是一个巨大的荣誉，又是一个全新的挑战。从飞行员转变为航天员的邓清明深深地感受到了肩负的神圣使命，他郑重地立下了誓言：英勇无畏，无私奉献，不怕牺牲，甘愿为祖国的载人航天奋斗终生。

这句誓言，既是支撑他追逐梦想，由一名飞行员成长为一名航天员的内在动力，也是支撑他无怨无悔地坚持等待，不放弃梦想的强大力量。

邓清明从小就是一个很优秀、很自律、很要强的孩子，他于1966年3月出生在江西省宜黄县东陂乡一个农村家庭，家中兄妹五人，他排行老大。父母虽然文化程度不高，但他们深知读书立人、学习成才的重要性，从小就教育邓清明要好好学习、坦坦荡荡做人，靠知识改变命运。父母的教诲深深地影响着、鞭策着邓清明，激励着他踏实、勤奋、刻苦地学习。邓清明从小的学习成绩十分优异，那时他的目标就是努力考上大学，然后找一份好工作，以报答父母的养育之恩。同时，作为家中老大，懂事的邓清明在学习之余，还肩负起了照顾家里弟弟妹妹的责任。

高考前夕，正好有空军来学校"招飞"的机会，在父母的鼓励下，邓清明抱着试试看的想法报名了"招飞"选拔，没想到竟一路顺利地通过了各项体检和考试，幸运地成为一名军校的飞行学员。能够到军校就读，是一件很光荣的事，在邓清明去军校报到的那天，村里很多人都来为他送行，叮嘱他一定要刻苦学习，到了部队好好干。看到乡亲们期许的目光，年轻的邓清明暗下决心，一定要努力干出个样子，决不能让家乡父老失望。

军校飞行学员的学习和训练是非常紧张和辛苦的，而来自农村的邓清明最不怕的就是吃苦。在训练中，他在完成规定的学习任务后，主动"开小灶"，自我加压、提升难度、自我挑战，个人的能力素质提高很快。在顺利地完成飞行预校的学习任务之后，按照培养计划，邓清明被分配到新疆哈密第八飞行学院，在那里进行航空理论的学习。新疆的环境对江南水乡长大的邓清明来说既陌生又艰苦，但这些外在的考验根本吓不倒真正的汉子。

面对即将展开的飞行理论与实践学习，邓清明给自己提了一条要求：无论多么难，无论要付出多少努力，一定要圆满完成学习训练任务，把自己锻炼成一名真正的军人、一名合格的飞行员。半年后，邓清明以优异的成绩通过了所有科目的理论考核，顺利进入了初教团，开始了上机飞行训练，这也是成为飞行员严峻考验的真正开始。

飞行员的选拔培养本身淘汰率就非常高，顺利毕业的难度更大。面对这些困难，邓清明丝毫没有灰心，而是不断地给自己鼓劲，反复告诉自己，只要努力就有希望。为此，他更加刻苦地投入训练，一个动作一个动作地反复练习，加以揣摩，一个科目一个科目地去攻克、掌握。辛苦的付出总会有回报，10个月后，邓清明以优异成绩完成了初教学习，之后进入高教团进行歼击机训练。

1987年11月，历经磨炼的邓清明终于顺利毕业，被分配到空军某团，成为一名真正的飞行员，迅速地由一名军校学员成长为一名真正的战斗员。来到部队一线的邓清明始终牢记军人使命和职责，更加努力地投身到驾机飞行的训练之中，多次圆满完成上级分配的任务。

1998年1月5日,这对邓清明来说是一个一辈子忘不了的特殊日子。就在这一天,邓清明的命运发生了重大改变,经过多轮严格的选拔考核与筛选,邓清明最终被确定为我国首批14名航天员之一。这是一项莫大的荣誉,也是一个莫大的人生挑战。从此,邓清明开启了超长的"备份"时间。

多次"备份",多次与飞天擦肩而过

进入航天员大队的邓清明更加努力地展开训练,争取早日执行飞天任务。2010年,邓清明入选航天员强化训练队,成为神舟九号飞船的备份航天员,飞天梦想实现的日子越来越近了!

何为备份航天员?就是主力航天员一旦出现问题,不能继续参加任务时,需要备份航天员顶上,继续完成航天任务。因此,备份航天员与主力航天员虽定位不同,但在训练科目、训练时间、训练内容、训练强度及考核标准上都是一样的。要成为备份航天员,必须具备独立执行载人航天飞行任务的能力,能通过八个大类、上百个项目的严格考核。

不过在这次航天任务中,邓清明遗憾地没有递补为主力航天员。飞天梦想没能实现,但在神舟九号飞船发射升空后,邓清明在地面按照任务手册,跟执行飞天任务的航天员战友一起把所有程序都走了一遍,做到哪一步就打一个钩。作为备份航天员,邓清明有着自己的坚守,在他的思想里,备份航天员完成任务的标准，不是从发射基地回来，任务就算结束，而是自己的战友安全返回地面，才算结束。执行备份航天员任务，他是这么想的，也是这么做的！

在神舟九号飞船的任务完成之后，邓清明并没有气馁，他相信自己下次还有机会。他把神舟九号飞船的这次备份经历当作一次积累，继续苦练，再次向神舟十号飞船的任务发起冲击。然而，在神舟十号飞船的发射任务中，邓清明又因微小的分差，再次与梦想擦肩而过。而这一年，邓清明已经47岁，这是航天员的黄金年龄段，还能不能够坚持到神舟十一号飞船的发射，邓清明自己心里也不清楚，不过他明白，飞天是自己一直以来的梦想，决不能中途打退堂鼓，必须全力去做，真正做到问心无愧！

就当邓清明心无旁骛地投入训练备战下一次飞行任务时，命运似乎又与他开了一个玩笑。2013年，邓清明在体检时，发现体内长了一个非常细小的结石。对于普通人来说，这种细小的结石可能不需要特别在意，甚至都不用治疗。但是对航天员来说，身体不能出现一丁点的问题。权衡之后，邓清明毅然选择进行手术治疗，但没想到的是，第一次手术时结石没能完全取出，医生只能在他肾脏里埋一根管子。就这样，邓清明带着这根管子生活了一个多月，也尿血了一个多月。直到第二次手术，邓清明身体里的结石才被成功取出。之后，邓清明经过几个月的恢复性训练，才算把身体调整到正常状态。

2014年，航天员大队又有5名航天员因为年龄原因停航。邓清明看着自己以前的队友相继退役离开，内心感慨万千。虽然自己的年龄越来越大，但是倔强的邓清明从未想过放弃，每一次任务过后，他都积极调整心态，去迎接新的挑战。

宁可"备而不用"，决不可"用而无备"

2016年，神舟十一号飞船发射在即，这也是在过往的经历中，邓清明距离飞天梦想最近的一次。为了这一次能够入选，邓清明备战了3年，他和航天员陈冬完美地完成了各种训练，经受了各种各样的考验。

但就在发射的前一天，总指挥部宣布由景海鹏、陈冬执行神舟十一号飞船任务。当命令宣布的那一刻，坐在台下的邓清明愣了一下，全大厅的目光都齐刷刷地看向邓清明。在场的每一个人都明白邓清明为了飞天梦想付出了多大的努力，又忍受了多大的痛苦。那一刻，整个大厅非常安静，在场的许多人都流下了泪水。就这样，邓清明再一次与梦想擦肩而过。

虽然又一次与梦想失之交臂，但已经50岁的邓清明依旧高标准地坚持训练，时刻准备着。虽然他也明白随着自己年龄的增长，身体机能在下降，可能距离飞天梦想越来越远，但他仍然坚持着。"任务的成功即是我的成功，我宁愿做一块默默无闻的基石，也绝不容忍自己在号角催征时，还没有准备好。"

2022年，又一个6年倏然而过，当年的"神十一"也到了"神十五"，命运之神终于眷顾了这位在追梦圆梦的路上不断遭到重击，但又爬起来干到底的汉子。这一次，邓清明没让机遇再从指间溜走。

古语云，10年磨一剑。而邓清明的这一"剑"，却整整磨了24年10个月！邓清明的坚持，就是"功成不必在我，功成必定有我"的最真实、最鲜活的写照。在邓清明看来，不管"主份"与"备份"，都是航天员的"本分"！在漫长的"备份"时间里，他照着这句话去做。漫长的风雨路，世间已发生太多变化，小树苗长成参天大树，婴儿变成青年，无数人取得了人生的丰硕成果。然而，邓清明作为航天员的身份没有变，备战训练的努力与投入没有变，执着于飞天梦想的激情也没有变。不论能否亲手叩问苍穹，他都无怨无悔，忠于使命，时刻准备着，这是邓清明的状态。他与中国航天人共同托举起了中国的飞天梦想，也最终托举起了自己的飞天梦。

社会需要这种甘于"备份"的精神

没有一股信念，就不会有坚定的报国梦；没有把党的事业放在心中，也不会有多年如一日的"备份"状态。邓清明故事的感人之处，在于他4次入选备份航天员梯队，4次都以极为微弱的分差落选，历经挫折与遗憾，但他每次都会收起失落，用心做好"备份"，始终不改初心，不怨天尤人，以更加努力的态度对待组织、对待训练，突破了一个又一个技术上、心理上的极限，锻造了强大的内心和坚定的意志。即使再苦再累，他也从不放弃，咬着牙往前走。因为他的心中有一股坚定的信念：随时听候国家的召唤，坚决服从组织的安排。这便是支撑邓清明一路坚持下来的源源不断的精神动力。

其实，像邓清明这样的备份航天员在航天大队里还有很多，他们从韶光年华到鬓发染霜，数十年默默坚守的故事，想必难为天下人知晓，但他们无怨无悔，始终保持"枕戈待旦"的状态，随时受领任务出征。作为个人，他们也想有一天被祖国征召，实现飞天愿望；但作为团队中的一员，他们更懂得众志成城、心系一梦的意义。他们以"功成不必在我，功成必定有我"的心态，为中国航天的辉煌做好一块默默无闻的基石。

不惜付出，不计功名，时刻准备，使命必达，这种精神是中国航天人的集体精神，也是中国航天事业蒸蒸日上、不断取得举世瞩目成就的"秘诀"之一。

不管是"主份"还是"备份"，都是每一名党员的"本分"。"邓清明们"这种对待工作、对待人生的态度，也应是我们这个民族、我们每一个人应有的思想境界。

伟大的时代孕育伟大的精神，伟大的精神引领着时代不断向前发展。新时代，我们面临着更为宏观壮丽的目标——实现中华民族伟大复兴的中国梦。在这一场世纪性接力赛中，每一个人因为岗位、分工不同，在社会上都或主动或被动地面临着"主份"与"备份"的取舍，有的需要处在聚光灯下，有的则处在人群之中；有的负责在前台演出，有的则在幕后辛劳；有的需要做出显绩，有的则需要当无名英雄，但无论如何分工，大家都是社会主义大家庭的一分子。只有相互协调、相互促成，有时甚至为了大局、为了事业，个人要做出必要的牺牲，只有如此，我们的事业才能不断迸发出不可阻遏的力量。

无数个"邓清明"坚定报国信念，扎根社会的各个角落，挥洒着热情与汗水，以自己的辛苦工作让群众幸福感更多一些，安全感更多一分，获得感更多一点。即使一辈子都没有燃烧出"主份"那般耀眼夺目的光芒，但是只要永不放弃心中的事业，永不停止奋斗的脚步，永不降低"备份"的质量，"军功章"里就会镌刻上他们的功绩，伟大的事业也会留下他们光辉的印记。

他们是我们这个时代甘为"阶梯"，甘当"陪练"，默默奉献、不求回报的英雄！

"寒门贵子"庞众望

对大多数中国学生来说,高考往事总是令人印象深刻。每一年从高考中涌现出的"状元",让人既感佩又无比羡慕。

庞众望就是2017年河北省沧州市的高考理科状元,当年他以744分的优异成绩被清华大学录取。头顶着沧州市理科状元的耀眼光环,庞众望一下子被置于媒体的关注之下,其背后的励志故事逐渐被揭开,为更多人知晓。

2017年"中国好人榜"揭晓,年仅18岁的庞众望作为孝老爱亲典型位列其中,这更激发了人们对这个男生家庭出身和成长经历的极大好奇。网络上还引发了"寒门还能不能出贵子"这样的辩论,庞众望用自己的故事给予了回答。

命运给了他一个成长的"低点"

1999年,庞众望出生在河北省沧州市吴桥县庞庄村一个极不普通的农民家庭。之所以说"不普通",是因为这个家庭的穷困程度让人难以想象。庞众望的母亲患有先天性脊柱裂,下肢发育不完全,常年瘫痪在床,行动只能依靠轮椅。在庞众望出生前,他的父亲患上了精神分裂症,这种病很难治好,时常神志不清、糊里糊涂，日常生活都需要别人照料。庞众望一家5口人居住在一间破旧的老屋里，生活依靠年过七旬的姥姥、姥爷维持，日子过得极其艰难。

正因为这个家庭遭遇了太多的苦，庞众望出生后，母亲给他起了一个响亮的名字——庞众望，寓意承载着一家人的无限希望。然而，这个家庭的境遇并没有随着庞众望慢慢长大而发生改变。在小众望6岁的时候，他被查出患有先天性心脏病。这一消息如晴天霹雳，真是应了那句老话，"麻绳专挑细处断，厄运总缠苦命人"。医生说，治疗这种病越快越好，手术费要4万元，但手术效果无法完全保证。

4万元的手术治疗费，对庞家来说，无异于天文数字！庞家连吃点好吃的都困难，哪还有钱给小众望做手术？村里人劝庞妈妈放弃，但母子连心，为了给儿子治病，这位坚强的母亲硬是坐着轮椅挨家挨户地借钱，恳请乡亲们帮一把，借了20多家才凑足了4万元的手术费。

幸运的是，庞众望的手术很成功，很快恢复了健康。但这个家庭却从此背上了沉重的债务，日子过得更加的艰难。

苦难让他"早当家"

小众望大病初愈后，更懂事了，这场病让他了解母爱的伟大与生命的意义。为了报答父母，当同龄的孩子在看电视、玩耍的时候，小众望不仅主动担起照顾母亲的任务，还通过捡垃圾、塑料瓶、报纸、废铁等赚钱，帮母亲偿还欠乡亲们的债务。

但是，"屋漏偏逢连夜雨"，在庞众望上初二的时候，长期瘫痪在床的母亲由于日夜操劳，加上长期的营养不良，严重贫血病倒了。母亲的病犹如一记重拳，击打着这个贫苦的家庭。医生说要治好庞众望母亲的病必须住院治疗，住院治疗费用需要四五千元，钱虽然不多，但对这个一贫如洗的家庭来说却是一大笔钱。

这些钱要从哪里去筹呢？早些年为给庞众望治病，这个家已经债台高筑，家里再也拿不出钱来为母亲治病了。父亲不能与人正常交流，姥姥、姥爷年迈体弱，家庭的重担全压在13岁的庞众望肩头。

为了母亲，庞众望像大人一样，放学后挨家挨户地找乡亲们借钱，为母亲筹集医疗费。等凑够住院费后，他又担起了到医院照顾母亲的责任。村里的乡亲们无不为庞众望的孝心所感动，也打心眼里心疼这个孩子。当别人家的孩子无忧无虑地享受着来自父母无微不至的关怀和家庭的温暖时，庞众望却不得不独自去面对风雨侵袭，去承担起那些本不属于他这个年纪的责任。

生活的变故、接二连三的打击并没有击垮庞众望，反而磨砺了他不怕苦、不畏难的意志品质，将他锻造成了一个有责任心的男子汉。

在母亲住院期间，庞众望每天都晚睡早起，洗衣做饭，清洗便盆，不嫌脏累，没有丝毫的怨言。那段时间，他请假在医院照顾母亲，为了省钱，他在医院旁边的小饭店打一些零工，每天都去菜市场捡烂菜叶，顺便给母亲买一些便宜的菜。晚上，他除了做功课，还要精打细算地想好第二天的花销。就是靠着自己一点点的积攒和乡亲们的帮助，母亲的病终于治好了。

刻苦学习，改变命运

高尔基说："苦难是人生最好的大学。"生活里的苦难往往会促使人快速成长，家庭所遭遇的苦难磨砺了庞众望，让他快速成长起来。他深深地知道，出身于这样一个家庭中，想要治好父母的病，想要改变这个家庭的命运，只有一条路，就是学习。只有考上更好的大学，获得更好的发展机会，才能弥补自己比别人低得多的起点。因此，庞众望从小就有着强烈的学习动力，即使照顾父母再忙再累，他也尽可能地把精力投入到学习中，学习成绩一直都非常优秀。

2014年，庞众望如愿升入县重点高中吴桥中学。但由于高中离家50多公里，每个月只放1次假，庞众望不得不选择住校。怎么照顾好行动不便的母亲，就成了庞众望的一个心病。每一次离家之前，他都会提前写好30封信，让姥爷每天给母亲读一封，叮嘱母亲每天要按时吃药、多晒太阳、注意休息等，当读完第三十封信的时候，他就会放假回家。这是一个孩子孝亲的独特方式，让人感动不已。

到了高中，庞众望选的是理科，知识难度一下子提高了，庞众望的学习也不像之前那样轻松了，但他努力学习、改变命运的愿望没有改变。

在学习上，庞众望也会遇到一些不会做的题，但他的解决办法与众不同。他不像别的同学那样靠看答案来启发思路，而是凭着一股子倔强劲，坚持自己独立思考，甚至有时为了解一道题，他能苦思冥想三四天。在庞众望看来，"天道酬勤"的说法是有道理的，解题思路是靠自己想出来的，虽然过程慢一点，但收获更大。凭着这股子刻苦钻研的劲儿，庞众望不仅掌握了高效的学习方法，而且培养了活跃的学习思维，成绩基本上每学期都保持在年级的前两名。学校了解到庞众望家庭的困难情况，给他免除了3年的学费，每个月还给他发100元的贫困生补助。

辛勤耕耘终有收获。2017年6月，庞众望参加了高考，最终取得了684分的好成绩。由于他参加了清华大学的"自强计划"，顺利通过一系列的审核、笔试和面试，又获得农村专项计划加分60分，高考分数总计744分，一举夺得河北省沧州市的理科状元，并被清华大学成功录取。

战胜困难的力量源于自信

2017年，央视新闻频道《面对面》节目采访了庞众望。主持人说："因为在这样的家庭成长起来的孩子，特别害怕和别人去讨论家里人的事，会特别地不喜欢和很多人去讲。"庞众望面对着镜头，落落大方地说："我没有觉得我的家庭有哪一点拿不出去的，有哪一点不值得去讨论的，因为我妈妈那么好，我姥姥姥爷也那么好,我的每一个亲人都那么好,我的家庭有哪里是拿不出去讨论的呢,我觉得他们应该羡慕。"庞众望的一番话,让人肃然起敬,正是由于他坦然面对自己的家庭和苦难,怀抱赤子之心、感恩之心,才练就了如此平和强大的心态,没有被"穷"和"苦难"捆绑束缚一生。

进入大学后,庞众望的励志故事为更多的人所知晓,几乎每一年都有好心人想要资助他,但他婉拒了这些出于好意的资助。他对此的解释是:"我从小在这样的家庭里长大的,知道钱来得多么不容易。资助给我的话,首先感觉不太好,因为那是他们辛苦努力得来的,我觉得还是自己挣的钱最好,我不接受他们的资助,对自己是一个锻炼。清华大学可以提供勤工俭学的机会,以及每年的贫困生补助,生活费是完全没有问题的,这4年我需要做的就是努力,让自己在清华大学里的学习和生活充实一点,不白白地浪费这次进入清华的机会。"中国农业科学院的一位教授了解了庞众望的情况后,向他提供了一个校内兼职机会,庞众望欣然接受了这份兼职,因为这不仅是一个靠自己劳动赚钱的机会,还可以从中积累工作经验。

大学期间,庞众望依然面对着很大的生活压力,但刻苦学习的劲头一直保持着,他学习成绩优异。学习之余,他还积极参与各种活动,锻炼自己的组织领导能力,与别人交往时更加自信,他的表现获得了老师和同学们的肯定。

如果说人生是一场棋局,那么庞众望的人生棋盘上可谓"困局"重重。庞众望对自己不能掌控的"困局",从没有陷入其中不能自拔,而是以淡定从容的人生态度,下好属于自己的那"一盘棋",每一次落子都那么坚定、那么自信,最终打开了人生发展的新天地。

也许可以用庞众望在日记里的一句话来诠释他面对困难时的心境:"既然苦难选择了你,当你无法逃离时,你可以把背影留给苦难,把笑容交给阳光。"

"庞众望们"的励志人生

所谓"穷且益坚,不坠青云之志"。大学4年,庞众望多次获得学习进步奖,同时担任班上的团支书。2021年,他不仅顺利毕业,还获得了直接攻读清华博士的资格,他的研究方向是精密仪器专业。

庞众望的励志故事延续着奋斗者的身姿。聚光灯的炽热与人们的偏爱并没有让他迷失在高考理科状元的光环里,更没有陷入时下资本追逐的"流量"游戏中,而是始终保持了人生的清醒与坚定。

这些年,社会上不断涌现许多"庞众望们",他们各有不同,但属于他们的励志故事都蕴含着自强精神和不向困难低头的顽强意志,他们的励志人生为更多的人带去正能量。

2008年,刘秀祥"千里背娘"上大学。毕业后,他放弃城里工作,选择回到贵州大山里当一名教师。如今,刘秀祥是贵州省黔西南州望谟县实验高中党总支副书记、副校长。他助力千名贫困学子圆了大学梦，成为大山深处孩子们的"守梦人"。2022年，他光荣当选为党的二十大代表。

2019年，云南"大山里的孩子"林万东在工地搬砖的现场收到了清华大学的录取通知书。在开学典礼上，清华大学邱勇校长点赞林万东，对其自强不息的精神表示赞赏。进入大学后，林万东更加努力地学习，除了空闲时外出代课挣钱补贴家用，他的生活轨迹就是教室和图书馆"两点一线"。他的学习成绩名列前茅，多次获得奖学金。

……

当然，出身"寒门"，通过自强不息改变命运的例子还有很多，所谓"艰难困苦，玉汝于成"，艰难困苦的磨炼往往能助人成大器。生活在当下的中国，生活在一个追梦圆梦的时代，不管什么样的家庭出身，相信只要心中有希望，只要坚韧不拔、自强不息，每一个人都能走出自己的励志人生。

道德的楷模

一个纯粹的"90后"

这是冬日里一个温暖人心的故事。2022年1月,一个叫谢洋的西南民族大学学生求助杭州市当地的媒体,寻找一位网名叫"冰哥"的飞行员。

这位"冰哥"先后匿名资助了8名贫困学生上大学,打款直到这些受助学生毕业,完成资助任务后就主动删除联系方式,然后人就消失了。而在西南民族大学读大四的谢洋,就是接受"冰哥"资助的学生中的一员,他讲述了自己和"冰哥"之间的故事。

资助只因一面之缘

谢洋来自一个农村家庭,父亲在外打工,母亲在家务农,家里还有一个年幼的妹妹。他家的经济条件比较窘迫,日子过得比较艰难,但小小年纪的谢洋人穷志不短,从小就努力学习,希望有一天能够通过自己的努力走出农村，改变自己的命运。

勤奋刻苦的谢洋升到高一后，学习成绩一直在班里名列前茅。但在他的内心深处一直有一种难以言表的纠结，原来，他经常为家庭考虑，父母都是农民，种地赚不了什么钱，还拿出钱来供自己上学，日子过得紧巴巴的。懂事的谢洋想辍学来帮助父母缓解家庭经济压力，但他同时又想如父母所期盼的那样，通过学习改变命运。他内心踌躇不定，矛盾不已。

一天，他偶遇了徒步旅行到他们村的"冰哥"。"冰哥"和谢洋家人闲聊，知悉他们一家面临的困境后，当即表示会资助谢洋读书直到大学毕业，随即拿出了1000元钱递给谢洋。就这样，饱含着浓浓爱心的一对资助关系就在这一面之缘中确定下来了，其中的信任与仗义让人感动。

讲起往事，谢洋带有惋惜甚至后悔的语气说："我们只知道他是杭州的，是一名飞行员，其他则一概不知，当时应该对他的个人情况多了解。"

此后，在谢洋的求学道路上，"冰哥"提供的助学金、生活用品就从未间断过。"冰哥"一般会在每年的1月和7月固定分两次汇钱给谢洋，平常也会打一些钱，有时还会贴心地寄点东西。虽然"冰哥"这么频繁地与谢洋联系，但他从来不向谢洋透露自己的个人信息。

大学时光倏然而过，谢洋非常感激"冰哥"这么多年来对他的无私资助。他想着等毕业工作后，一定好好回报"冰哥"。在大四学年的元旦这天，谢洋又收到了"冰哥"寄过来的一笔6000元助学金，用于最后一个学期的助学。

不知不觉中，在"冰哥"的帮助下，谢洋圆满地完成了4年的大学学业。

功成之际便悄悄隐退

当谢洋拿到毕业证书时，第一时间就把这个好消息告诉了"冰哥"。"冰哥"打出了很长一段鼓励谢洋的话，他写道："人的一辈子路很长，我资助你上学并不求回报，只是你让我看到了小时候的自己，让我于心不忍，一辈子待在农村面朝黄土背朝天不是我们这代人的归属，我很开心看到你即将毕业走向社会，但我也希望你记住，走出大学校园，你面对的是另一个世界，这个世界也许不会再有人帮助你，需要你自己去拼，去搏……等你毕业的时候，忘记有人帮过你这回事，保护好自己，照顾好自己……"

看着这发自肺腑的叮嘱，谢洋心里充满了敬仰与感激，当即表示自己和家人要当面表达感谢，但"冰哥"只打出了一句："大学毕业了，我的任务完成了。"

当谢洋再次联系"冰哥"时，却发现自己的信息已经被拒收，原来"冰哥"已悄悄删掉了谢洋的微信。就这样，谢洋再也无法联系到他一直想见面的"冰哥"。

"可是这种恩情怎么能忘？我真的很想让大家都知道浙江有一位英雄，我心目中的英雄。"谢洋激动地说。

为了找到"冰哥",谢洋求助了杭州市当地的媒体,并在全网发消息,希望借助网络找到自己的恩人。当媒体得知这个美丽动人的故事后,感动不已,纷纷帮助谢洋找人。经过多方打听,大家终于找到了这位胸中有大爱的"冰哥"。

不求回报,让爱接力

原来他叫林振冰,是浙江长龙航空有限公司(简称长龙航空)的一名飞行员,出生于福建省漳平市一个偏远小城,是一名"90后"。林振冰从小跟着奶奶长大,父母都是普通工人,生活条件并不宽裕。2013年,林振冰只身来到杭州,到长龙航空当了一名飞行员,自此生活条件渐渐好了起来。

谈到为什么会有资助他人的想法时,林振冰讲起了自己的成长故事。原来,在他成长的过程中,也曾接受过一位好心大哥的帮助,而且这位好心人在帮助完他之后,叮嘱林振冰在有能力时,也要去帮助别人,然后就悄无声息地删除了联系方式。这位好心大哥的嘱托与做法,深深地教育并激励着林振冰,而这种不留个人信息、帮助完不再联系的习惯也被林振冰效仿并延续了下来。

截止到2022年,林振冰已经先后资助了七八位贫困学生,其中有一位考上了清华大学。在近10年的无私善举中,林振冰一直充当着一名陪伴者和暖心大哥哥的角色,只求解别人之困,从不求任何回报,甚至为了照顾他们的尊严,卸掉心里的包袱,反复叮嘱他们忘记曾受人帮助这回事,只希望这些孩子能保护好自己,照顾好自己。

眼里有光，心中有爱，助人为乐，安之若素，林振冰就是这样一个人。他经历过穷苦生活，因此对家庭贫穷的孩子能够感同身受，对求学若渴的孩子怀有一份独特的感情。他之所以主动切断与这些孩子的联系，是因为他设身处地地为别人着想。他觉得家境贫寒的孩子难免有一些自卑心理，担心自己的资助给他们造成心理上的负担，不想让这些孩子背负一种时时感恩的心理压力。所以，在资助结束后，他选择主动退出孩子的生活。

做好事不留名，这里面除了有"冰哥"无私奉献的高贵品格之外，更多的是他设身处地为自己所资助孩子的成长考虑的同理心。正因为自己曾经淋过雨，所以才希望可以成为他人的"隐形保护伞"！而现实总是那么令人感慨，"冰哥"和谢洋，一个做好事不求回报，一个如此懂得感恩，都是纯粹而优秀的人！

当我们感慨年轻人吃不了苦，社会责任意识不强，甚至以自我为中心的时候，像"冰哥"一样的"90后"已经悄无声息地扛起了扶危济困、帮助弱者的人道主义大旗。他们虽然生活在优越于父辈的环境之中，但丝毫没有消磨他们的责任心、正义感和意志力。他们正在用一个个优异的表现纠正着世人的眼光，匡扶社会的道义与责任。

在抗击新冠肺炎疫情的战场上，青年医务工作者冲锋陷阵，在一线与疫魔殊死搏斗，展现出"病毒不退我不退"的战斗精神；在边境维权斗争中，青年官兵不畏强敌，为捍卫国家主权、祖国尊严而血洒疆场，留下"清澈的爱，只为中国"的豪言壮语；面对重庆市缙云山上熊熊的山火，青年摩托车骑士披荆斩棘，逆行而上，塑造了新时代的"烈火骑士"精神！

　　谁说当下的年轻人生活在"福窝"里，吃不了苦？谁说当下的年轻人只考虑自己，没有承担责任的自觉？

温暖人心的力量

2022年年末有个故事，很戳心，很温暖。

一个用手绘版"钱币"买面条的六旬流浪大爷，突然冲上了热搜榜。

故事发生在浙江省温州市的一家面店里，10年来，几乎每天都会有一位老人准时出现在这里购买面条。老人衣衫褴褛，面颊瘦削，基本不与人交流。每当老人看到面店门口有人排队时，总会站在角落里默默等着。

最初老人拿着几张皱皱巴巴的纸币来购买面条，后来也许是再也拿不出钱了，便拿出一张张手绘的纸币当钱用。看到老人拿着手绘的假钱买面条，店主不但没有责骂、驱赶他，反而每次都会默默地收下这些手绘版"钱币"，而且每次都会多装一些面条给他，有时还会在里面放上一些小咸菜，但老人每次都拒绝收下咸菜。店家有时候就把小包的榨菜藏在面条下面，但老人即使走远了，发现后还是会给店家送回来。

一买一卖中浸润着人间真情

老人与店主这样交往的故事，有着太多不合常理的地方，引起了很多人的好奇。随着舆论的不断发酵，这个感人故事背后的真相才为人所知晓。原来，故事中的一对主人公，老人名叫郑祖龙，店主叫李国色，他们就这样在一来一往的买卖中，演绎着一段人间真情。

郑祖龙小时候由于意外事故，不幸摔成了智力残疾，一辈子没有娶妻生子，一个人孤单地生活。他的哥嫂时常会来照顾他，但他不愿意过多地打扰哥嫂的生活，害怕成为他们的累赘。郑祖龙年轻时，靠干些体力活挣点钱养活自己，可是年岁大了，干不动了，也就失去了经济来源。2005年，当地政府了解到郑祖龙的情况后，为他办理了低保，使他的基本生活有了保障。

当知晓了老人的身世后，网友纷纷为店主李国色的仁义与爱心点赞，但也有人说李国色太傻了，老人明明有政府照顾，你还多管什么闲事。面对那些杂音、噪声，李国色从不多解释，只管做好自己的。每次老人来买面，无论给的是真钱还是手绘的假钱，他都不露声色地接过来，然后把面条递给老人。

他说："我们身为年轻人，出来赚钱，看到需要帮助的老人伸把手。向你要东西吃的那个人是真饿了，应该给的。"

正是因为李国色怀有这样一颗助人为乐的爱心，日复一日，不求回报，坚持不断做着这样的善举，他被当地政府评为"最美苍南人"，还获得了3000元的奖励。李国色觉得老人更需要钱，就把奖金毫无保留地都给了老人，老人表达了感谢，不过没有接受这笔钱。

李国色的善意之举引起了更多人的好奇。面店本是小本生意，赚不了多少钱，李国色不求回报地照顾老人，干着赔本的买卖，究竟是为了什么？很多人想知道这背后的答案。

特殊的交易呵护着老人的尊严

原来，李国色从小也有着一段不幸的经历，就在他几岁时，母亲便因病去世。家里的生活虽过得十分拮据，但李国色的爷爷和父亲都是十里八乡有名的"大善人"，他们心地善良、乐善好施。在这样的家庭教育下，李国色从小就具有勤劳善良的品性，乐意去帮助他人。李国色回忆起爷爷的一件事：一次爷爷从地里干活回家，已是傍晚时分，爷爷饥肠辘辘。正在这时，院子里来了一个乞丐，爷爷看到这个人饿得不行了，立马把手里的饭给了这个乞丐。家里长辈的言传身教和氛围熏陶，在李国色幼小的心灵中种下了善良、勤俭、乐于助人的种子。

2012年，李国色的父亲开了一家面店，名叫矾山鲜面店。父子俩做面讲诚信，货真价实，小店经营得风生水起，周围的人时常来到这家店消费。有时候，邻居忘了带钱，李国色的父亲就让邻居先把面拿走，后面有时间再来店里结算。从那时起，郑祖龙就是这家面馆的常客。

据李国色回忆，那时郑祖龙买面条还是用真钱付款的。一开始，郑祖龙结算时还会掏出百元大钞，渐渐地变成了50元的，等到后面再来时，付款就变成皱巴巴的零钱了。直到有一次，他连一袋面条的钱都付不起了，然后老人好长时间没再来。

后来突然有一天，郑祖龙又一次来到面馆，这次他掏出来的就是一张手绘版"钱币"。李国色的父亲接过后,吩咐儿子去给郑祖龙装面条。拿到面条后,郑祖龙也没说话,提着面回家了。

郑祖龙走后,李国色问父亲:"爸爸,你为什么收下这张假钱,这明明就是人画的。"父亲看着自己的儿子说:"孩子,谁都有困难的时候。你还记得他在咱们店里消费,消费的钱从大变小,估计最后他是没钱买面了才想出这样的方法。""我们应该多做善事,不要为难一个有缺陷的人。再说一袋面才多少钱,要是没有这袋面他饿死了怎么办?"

父亲的言行深深感动了李国色。后来李国色的父亲年纪大了,李国色就接手了这家经营多年的面店。几年来,李国色一直像父亲那样去照顾郑祖龙。当郑祖龙拿着自己手绘的纸币来"买"面条时,李国色总是很认真地收下,然后把面条装好拿给他。

传递互帮互助的人间真情

这样一桩"特殊的买卖"不声不响地持续了多年。随着自媒体、网络平台的普及,李国色希望通过拍些视频,让更多的人关注老人、帮助老人。于是,从2019年开始,李国色陆续给老人拍摄了一些小视频,记录老人的生活点滴,比如老人拿纸币来买面的视频,有时还会发一些老人的生活视频。

这些视频发出后,在网上引起了高度关注,很多网友为李国色的善良点赞,也非常关心老人的生活。有时候,李国色因为忙而耽误了更新,还会有很多网友留言,希望尽快更新老人的动态。不知不觉中，李国色的视频已经更新了100多集，简单的内容不仅没让人感到无聊，反而传递出让人津津乐道的正能量。

2022年1月初，李国色连着3天没有等到老人来他店里买面条，心里非常担心老人的安危。第四天，李国色早早地关了门，去大街上寻找老人，直到找到老人的大哥家，才知道几天前郑祖龙已因车祸离世。

记录老人的视频更新到137集戛然而止，网友再也等不到内容更新了。当李国色知道老人离世，再也不会来"买"自己的面条时，情不自禁地潸然泪下！

其实这么多年下来，李国色已经把郑祖龙当成了自己的家人。这单纯的行善慢慢成了李国色生活的一部分，在这长达10年的时间里，李国色与老人之间形成了这样一种无利的交易，表达的是人间真情，传递的是大爱无疆，体现的是人与人之间的温暖。有网友动情地讲，这哪里是什么买卖，分明是一种爱的传递与奉献！

故事到这里还没有结束。李国色表示，他会把老人的手绘版"钱币"塑封保存下来，留着教育孩子。是的，这些手绘的纸币虽然不是真钱，但是买回了真情。面对假钱，面店老板从容接过，让一个被生活贫苦所迫的老人，避免了食不果腹的窘境，这种买与卖的"面子"里面包裹着有尊严的慈善"里子"。

生活中有很多善良之举需要我们去传承，李国色用实际行动告诉我们，每一个普通人都有能力去做善事、去爱别人，让人间之爱遍布祖国大地的每一个角落。

最崇高的捐助

累计花费30余万元捐助寒门学子的方爱兰，于2022年7月24日凌晨1点3分，在杭州辞世，享年103岁。

在生命的最后，她完成了令人动容的最后一捐——将遗体捐赠给国家医学事业。由此，方爱兰老人也成为浙江省年龄最大的遗体捐献者。不用太多的语言来形容，仅凭这寥寥的几句介绍，这位长者的故事就足以让人动容。

一个普通人是如何做出这样一种令人敬仰的选择，让其生命燃烧出如此耀眼的光芒？

大半生奉献在一线教学岗位

毋庸多说，仅103岁的高龄就预示着方爱兰是个"有故事的人"。方爱兰生于1919年5月28日，原籍浙江省东阳市。她出生在风雨飘摇的旧中国，当时的女孩子能出来读书非常不容易，而方爱兰不仅获得了宝贵的读书机会，还学业有成，考入了东吴大学法学院（今苏州大学），成为一名正儿八经的大学生。

毕业时，方爱兰赶上了新中国成立，为了支援新中国的经济建设，她被分配到大西北的铁路系统工作。新中国成立之初，百业待兴，全国各地都在大规模建设铁路。此时的方爱兰就随着工程建设，辗转于各地的铁路学校教英语课。这期间，铁路建设的战场"打到哪儿"，她的足迹就跟到哪儿，像包头、秦皇岛、长沙、岳阳等城市都留下了她教书育人的身影，真是应了那句话——"当好革命的一块砖，哪里需要哪里搬"。就这样，方爱兰在走南闯北的跋涉中，把自己毫无保留地奉献给了教育事业，度过了人生最好的年华。

终于到了退休年龄，大家都觉得方爱兰应该停下脚来歇一歇了，谁知她又来到了厦门集美中学担任英语教师，一干又是几年。之后，方爱兰终于回到浙江老家，但不是回来养老，而是到舟山商业学校教英语。直到68岁，方爱兰才真正离开一线教学岗位。

普通人的崇高

方爱兰为革命工作辛勤奋斗了一辈子，但她的家庭生活，尤其是个人的感情生活比较特殊，老人一辈子没有结婚，无儿无女，一个人过日子。在生活上，老人一生都十分节俭，经常一个菜一碗饭，除了必要的生活所需和订阅报纸杂志，平时不舍得花钱，她对自己有着近乎"苦行僧"的苛刻。实际上，老人虽然生活清苦，但自己从不缺钱，而且她的弟妹们考虑到她独自生活，时常寄来一些钱给她。

方爱兰的工作、家庭以及生活习惯与其他人并没有迥异的地方，甚至有的地方让人感到有些许遗憾，比如她一生未嫁，孤身生活，但她在平凡的一生中做出了令人动容的价值选择，塑造了普通人的崇高。在方爱兰的眼里有意义的事，就是用自己的力量帮助那些有困难的人，她常说，帮助人"要雪中送炭，不要锦上添花"！她虽然自己很节俭，却对别人慷慨大方，尤其是面对一些遭遇困难的人。

捐助之路

20世纪六七十年代，方爱兰就开始捐助他人，解别人之难。那时，她究竟帮了多少人，没有统计过。

20世纪80年代，方爱兰得知浙江省湖州市有一对兄弟患上了一种叫"肌萎缩侧索硬化症"的罕见病，只能长期卧床，不能动弹，家庭极度困难。方爱兰从自己并不多的工资中每月拿出10元生活费捐助他们，直到两兄弟去世。1998年，长江流域发生特大洪灾，千里泽国，一片汪洋，群众受灾严重，她二话不说，马上通过新闻机构捐赠了3万元。

除此之外，方爱兰因经常接触那些品学兼优、家庭困难的学生，所以对这类学生的捐助成为她这些年捐款数额最大的一块。比如，她曾经捐助过杭州长河高级中学的6名高一品学兼优生，按每人每月500元的标准，一直持续捐助到高中毕业。后来，这6名学生不负厚望，全部考上了大学。为了帮助更多的学生完成学业，方爱兰经常托人去寻找可以捐助的对象。2022年3月，她又将10.8万元一次性地捐给了湖南岳阳第十二中学的6名学生。经粗略估算，从1973年至2022年，方爱兰助人捐款总额已近40万元，其中30.6万元用于捐助18名优秀的学子。

方爱兰活得很纯粹，心里想着的总是别人。方爱兰常说："我一个孤老太太，要那么多钱有什么用啊，还不如多做点有意义的事！"据一个叫金方云的学生讲，7月18日，方爱兰去世的6天前，她还捐出了最后一笔7.8万元钱，她是在用生命最后的力气帮助别人。这就是倾尽所有的"裸捐"啊！

受捐助学生眼中的方奶奶

2022年7月25日，湖南岳阳第十二中学的王萍（化名）提笔写下了一封信，收件人正是方爱兰奶奶，但方爱兰奶奶已经永远地离开了。王萍就是方爱兰生前捐助的最后6名学生之一。

12岁的王萍，家庭条件比较困难，爸爸因车祸离世，妈妈也因意外手部受伤，家里没有劳动力，一家人的收入只靠低保和亲友的一些捐助。小小年纪的王萍，懂事而且自立自强，早早地承担起家庭生活的重担，每天放了学就回家，帮助妈妈做家务和照顾4岁的妹妹。

2022年3月，王萍从班主任那里得知，有位从学校退休的老教师想要捐助她和其他5名品学兼优的同学，这笔助学金每人每个月500元，一年共计6000元。听到有好心人能捐助自己完成学业，王萍打心里高兴，也非常感激，同时对帮助自己的方爱兰奶奶也十分好奇。从老师那里，王萍慢慢了解到了方爱兰奶奶的故事，自己就读的岳阳市第十二中学就是方爱兰奶奶曾任教过的学校。

当得知方爱兰奶奶去世的噩耗，王萍心里非常难过，提笔写下了一封信，她这样写道，"虽然我没有见过您慈祥的面容，没听过您的谆谆教导，但我依然感受到您的温暖"。言语间透着感恩之情，王萍表示自己感恩方爱兰奶奶的无私帮助，一定会努力学习回馈方爱兰奶奶的爱心。这就是爱的力量，这就是爱的传递，相信这粒爱的种子一定会在这些受助者年幼的身体中生根发芽。

人各有归宿之时，金钱亦然

看到方爱兰的捐助记录和捐款总额，可能有人觉得老人的收入很高，不然怎么会有这么多钱去捐助呢？据方爱兰的学生金方云讲，方爱兰的退休金其实并不高，到去世前每月也才只有4000多元退休金，特别是2006年，方爱兰入住养老院后，所剩的钱并不多，方爱兰之所以能攒下钱去捐助，一部分是靠自己节俭省出来的，还有一部分是来自兄弟姐妹们给她的养老钱。

金方云说，这些年方爱兰在饮食上非常简朴，有时一顿饭就一碗米饭一个菜，多年来很少买新衣服。2022年上半年，厦门的侄女给她买了两件新衣服，老人还转赠给了养老院的护理员。由于多年从事教育喜欢学习，方爱兰最主要的开支就是买书报，她的床边、书桌上总是摆着爱看的几本杂志。另外，由于方爱兰终生未婚，一个人生活，她的兄弟姐妹很关心大姐的晚年生活，时常会给她寄点钱，不过这些钱方爱兰都攒了起来。就这样，虽然方爱兰的收入不高，但七凑八攒的也积累了一些钱。攥着这些积蓄，方爱兰没有当"守财奴"，更没有把钱用在自己身上，反而把辛苦攒下的钱全部无偿捐助给别人，那种大方、慷慨与无私，好像这些钱原本就不是自己的。

古往今来，社会上流传着不少扶危济困、向善而行的故事，但这种几十年如一日、一捐到底，人走财散尽的故事却很少见。不少人好奇老人究竟是一种什么样的金钱观呢？在与朋友的一次聊天中，方爱兰聊到了自己对金钱的态度——人各有归宿之时，金钱亦然。毫无疑问，她一辈子都以这样淡然的态度对待人生、对待钱财。这就是她为什么总是苦自己，省下钱帮助更多困难的人的原因。有这样的金钱观，定然有一颗大爱的心，活得洒脱，活得彻底！

最后一次崇高的捐赠

除了捐钱，方爱兰还考虑把自己的遗体捐出来。早在20世纪90年代末，方爱兰就多次提出自己去世后要捐献遗体。在征得亲属的同意后，金方云在2020年7月16日专程到浙江省红十字会给方爱兰办理了遗体捐献的手续，方爱兰在"遗体捐献志愿书"上郑重地签下了自己的名字。2022年7月24日，方爱兰与世长辞，也随之完成了她人生最后一次崇高的捐赠。

人赤条条地来，又赤条条地走，清清白白，彻彻底底，把自己的一切都毫无保留地奉献出来，在人世间只留下崇高的名誉。好像她从没来过，但盖棺论定，都是对她的赞誉！谁说世间人是自私的？方爱兰就是一个利他的、高尚的人！

　　毛泽东同志曾在《纪念白求恩》一文中指出，一个人能力有大小，但只要有这点精神，就是一个高尚的人，一个纯粹的人，一个有道德的人，一个脱离了低级趣味的人，一个有益于人民的人。毫无疑问，方爱兰的一生就是脱离了低级趣味，过得很纯粹、很无私，她把自己的一切都看得很轻，总是不遗余力地想为别人付出更多一些、再多一些。这就是中华优秀传统文化追求真善美的生动体现，也是一个平凡人所铸就的伟大，这样的事迹应成为我们今天弘扬的主旋律、鼓舞人心的正能量，让更多的人去学习、效仿。

"抗癌厨房"的故事

"微弱的灯,照亮寒夜的路人;火红的灶,氤氲出亲情的味道。这陋巷中的厨房,烹煮焦虑和苦涩,端出温暖和芬芳,惯看了悲欢离合,你们总是默默准备好炭火。"这是"感动中国2020年度人物颁奖盛典"给江西省南昌市万佐成和熊庚香夫妇的一段颁奖词。仔细品味这段文字,可以从中深深地感受到力透纸背的烟火气,阅尽人间悲欢的真情感,以及烟火灶传递出的人间大爱。

生老病死是人生常态。老百姓常讲,人吃五谷杂粮,哪有不生病的。这些年,患癌症的人多了,癌症这个可怕的字眼像梦魇一样压在老百姓的心头。万佐成熊庚香夫妇的这个故事,就是一个以抗癌为主题的爱心故事,一个充满人间至爱至纯的真情故事,也是一个与我们普通人的日常生活息息相关,能够激发共鸣的故事。

在"抗癌厨房"做出"家的味道"

悠悠万事,吃饭最大,但对不少癌症患者来说,吃饭问题却不简单。为了治疗,大多数病人及家属会选择医疗资源好一点的大城市的医院。由于治疗往往需要持续一段时间,他们不得不考虑吃住问题,要么在靠近医院的边上找一个价格便宜的小旅馆,要么租一些条件简陋的房子住下来。如果说住宿问题相对容易解决的话，那么吃饭对病人与家属来说则是一个不小的难题，尤其对癌症病人。因为他们的心理、身体都非常脆弱，对饮食又有特殊需求，既要营养可口，又要考虑诸如消化能力不好、吃饭时间不固定等特殊情况。吃饭的难题仅靠餐馆或外卖难以解决。很多病人和家属非常需要一个离医院不远又可以生火做饭的地方，为患者做想吃的饭菜，熬一些有营养的汤，让病人吃得顺口、营养。

"抗癌厨房"，这名字听起来怪怪的，不过大多数人一下就能猜到它是干啥的。万佐成和熊庚香夫妇就经营着一间"抗癌厨房"，他们的感人事迹就是围绕着这个厨房展开的。

"抗癌厨房"处在一条不起眼的小巷子里，与江西省肿瘤医院仅一墙之隔。这个厨房由几个遮阳棚搭起，比较简陋，但规模并不小。30多个煤炉一字排开，厨房里的各种用具一应俱全，"闪转腾挪"之间，就能将煮饭、炒菜、熬汤搞定。每天都有上百人到这里来借火做饭，他们都是来肿瘤医院看病的病人家属。

"抗癌厨房"从运行之初至今已经有20年了。万佐成和熊庚香夫妇为了照顾这个厨房，在小巷子中潮湿简陋的出租房里住了20年了。夫妻俩常说："有饭吃才是家，病人更想吃到自己亲人做的饭。"这间简陋的厨房，既没有山珍海味，也不能治愈癌症患者的病，但却寄托着每一个来这里做饭的人对治愈亲人疾病、重燃生命之火的热切希望。

万佐成和熊庚香夫妇用心经营着这个特殊的厨房，给那些正遭受病痛折磨的人们以家的感觉与力量，让他们在与命运、疾病抗争的路上不再孤寂，获得鼓励与陪伴，坚定抗争的信心与勇气。

一次借火做饭，让夫妻俩的摊位不再只有"买卖"

早年，万佐成和熊庚香夫妻俩经营着一个小饭馆，后来由于生意不好，夫妻俩就关掉了小饭馆，搬到这条与大医院一墙之隔的小巷子，开了一个卖油条和麻团的早点摊。由于早点摊临近大医院，地理位置好，很多到医院看病的病人及家属因为方便都到这里来解决早餐，夫妻俩就靠这个小本的生意养家糊口。

想要追溯"抗癌厨房"的由来，就得从一个患骨癌男孩儿的故事开始讲起。

2003年的一天上午，早上九十点钟，夫妻俩正准备收摊。这时摊位前来了一对40岁左右的中年夫妻，他们推着一个坐着轮椅的10岁左右的小男孩儿。这个时候的早餐摊已经没什么顾客了，一家三口就立在摊位边上，思忖观望了好一阵子，一副欲言又止的样子，显然他们有心事，但不好意思说出来。

万佐成赶忙热情地招呼，问他们是不是要买油条吃早餐。孩子的母亲走上前，眼睛盯着燃烧的炉火，小心翼翼地询问能否借火炉给孩子炒个菜，并向夫妻俩解释，她的儿子因为患了骨癌，到肿瘤医院治疗，但孩子不想吃买的饭菜，就想吃自己做的饭。言语间，孩子母亲的眼泪已经止不住地流了下来。

看到小男孩儿截肢后空空的裤管，瘦削不堪的脸上也没有血色，万佐成感到一阵阵心酸。他把锅勺递给孩子母亲说："你炒吧，天天来炒都没关系。"孩子母亲感激地说："我们可以付给你钱。"万佐成则摆摆手："不要钱。我炸完油条就不用炉子了，剩余的火也是白烧，你来了用这火炒就行。"

从那天开始，为了照顾患病的孩子，这对中年夫妻每天都来万佐成的早点摊炒菜做饭。这是"抗癌厨房"第一次借火给病人，这个"第一次"深深印刻在万佐成和熊庚香夫妇的脑海中，即使过了这么多年依然清晰。从这次借火给病人家属炒菜做饭开始，这一借就再未停下。

希望有个地方借火做饭是很多患者和家属的共同需求，小男孩儿妈妈借火做饭的消息在肿瘤医院住院的患者和家属之间传开了：医院旁边的早点铺能借火做饭。有着相似境遇、相近需求的人来了，1个人来了，10个人来了，100个人来了⋯⋯

不管谁来，不管来多少人，万佐成和熊庚香夫妇都不曾拒绝，还坚持着最开始时的做法，一分钱不收。用他们自己的话说："人家找到我们这里，那也是走投无路了，我们能帮一点是一点。"面对大家的需求，他们没有想着怎么从中赚钱，反而为了帮助大家，自己还要搭进去一些钱。

爱心让"抗癌厨房"的炉火烧得更明亮

不过，面对一下子多出来的借火做饭的需求，早点摊原有的6个炉子不够用了，夫妻俩自掏腰包买了10套炉具；原先做完早餐后的余火也不够用了，夫妻俩又搭上了很多蜂窝煤。这样，燃料的开支一下子比以前多了不少。来炒菜的病人和家属看到夫妻俩既买炉子又掏燃料费，纷纷劝他们收点钱。万佐成和熊庚香商量了一下，就收了燃料费和调料费，炒一个菜0.5元，炖一个汤1元。这个价格保持到2016年，后来，由于各种原料价格上涨，为了维持"抗癌厨房"的正常运转，夫妻俩才涨了价格：炒菜收1元，炖汤收2.5元，米饭每碗1元。

人们经常看到这样的景象：那些来这里做饭的病人家属拎着从菜场买来的新鲜食材，一路穿过狭长的街道，街道两侧林立着30多家饭店，他们却拐进处在小巷子中的"抗癌厨房"。处在这样大大小小、各种口味的饭店包围中，"抗癌厨房"的存在更具一种特殊的价值与意义。让病人吃上自己家人亲手做的饭菜，这传递的是一种家的感觉，一种心理的抚慰。它显然不是那些饭店、酒店所能替代的。那些美味珍馐在病人面前，都抵不过"家的味道"。

"抗癌厨房"里充盈着爱的互动与力量。来做饭的人，用心做出饭菜，烹煮的是酸甜苦辣，端出的是对亲人无尽的关心与体贴；而病床上的亲人，靠着这一碗浸满骨肉亲情的"家的味道"抚慰病痛的身体，舒缓焦虑的精神。

此外，"抗癌厨房"还有着一层谁都不愿捅破但却无法回避的意义——临终关怀。万佐成夫妇懂得这一层道理，"人到了这个地步，能吃上一口熟悉的味道，对病人也好，对家属也好，都能少些遗憾"。

心里装着这份善良与大爱，凡事都能往细节上考虑。考虑到癌症病人一般胃口都比较差，饮食没什么规律，万佐成和熊庚香夫妇让"抗癌厨房"二十四小时都有炉火，最大限度地把便利带给大家。

万佐成和熊庚香夫妇每天凌晨三四点就起床，早早起来准备早点摊要卖的油条、米粥等，到清晨6点左右，差不多能炸完1000根油条。这时候，来做饭的人就到了，"抗癌厨房"启动，一直持续到晚上，夫妻俩每天要忙到晚上10点多才能吃上晚饭。

"抗癌厨房"送去感同身受的情感抚慰

2019年下半年，年近七旬的万佐成和熊庚香夫妇关了早点摊。不少人觉得可能夫妻俩年龄大了，该休息了。距离2003年这个借火做饭的厨房献出第一次爱心，已经过去16年了，人们都说，夫妻俩行善积德，已经献出了人间大爱，不能再企求人家继续开着这个厨房了。但令人们没有想到的是，夫妻俩关了早餐摊不是为了享清福，而是为了有时间更全身心地照看"抗癌厨房"。

"抗癌厨房"从运行的第一天开始就从未停业过，夫妻俩也从未休息过一天。就连除夕夜，女儿女婿来接他们吃团圆饭，夫妻俩也是匆忙吃完后就赶回店里，帮着来做饭的人准备患病亲人的年夜饭。夫妻俩想的是，越是除夕夜，越是万家灯火团圆时，那些住院的病人和家属越需要家的温暖，他们更需要这个"抗癌厨房"来做上一顿可口、温暖的年夜饭。

2021年，万佐成夫妇被评为2020年度"感动中国十大人物"之一，但他们缺席了颁奖典礼。他们担心来北京领奖，一下子耽搁好几天，没人照看火炉，会影响到病人家属做饭。

都说摆摊做买卖就是一桩生意，可是万佐成和熊庚香夫妇搭上苦累，再算上各种成本，根本就不赚钱。许多人想知道，他们究竟图什么呢？听到这样的疑问，熊庚香笑着说："我要这么多钱干什么？我老头儿不抽烟不喝酒，吃饭就简简单单吃一餐，用不到多少钱。"万佐成用自己的故事做出回答，他讲起自己父亲患癌症时的情形："我父亲到最后真的是生不如死，所以，我理解家里有病人的苦。"

10多年前，万佐成和熊庚香夫妇儿子的工厂倒闭，儿子精神受到创伤，一直靠夫妻俩微薄的收入生活。夫妻俩租住在南昌城中村仅有20平方米的房间，房间里摆放的家具都是捡来的。面对种种的艰辛苦涩，万佐成却说自己再苦再累，都没这些病人难，他自己能力有限，帮他们找到一个可以借火做饭的地方，也算是尽绵薄之力。因为自己淋过雨，所以知道别人淋雨的滋味；自己品尝过苦，才会对别人经历的苦感同身受！

人来人往，炉火不熄

夫妻俩没上过什么学，干的也不是什么惊天动地的大事，可以说再普通不过，但他们显然懂得"抗癌厨房"对来做饭的人的深刻意义，对他们来说，这不仅仅是一个可以生火做饭的地方，还是一个"短期的家"，一个漂泊在外可以暂时分担痛苦、宣泄情绪的地方，他们在这里烹煮的不只是菜肴，还有焦虑和苦涩。在病人面前憋着不能说的话，在这里可以尽情地倾诉；在医院里压抑的泪水，在这里可以悉数释放。在"抗癌厨房"里，同病相怜的人走到一起，互相倾诉着，鼓着劲，打着气，搀扶着，一路前行，用明亮的炉火温暖着一颗颗绝望的心灵。

熊庚香不无感慨地说："来这里的人，哭的多了。"面对着眼泪和哭泣，万佐成和熊庚香夫妇会帮忙照看炉火、打扫卫生，帮忙盛米饭，和做饭的人唠唠家常，宽慰宽慰他们的心情，"不管发生什么，吃是大事，再穷，再难，也要吃口热饭"。

每一年，在"抗癌厨房"做饭的人有上万人，每天有新面孔加入，也有一些熟悉的老面孔突然消失。出现在这里的每一个人背后都有一个与命运、与疾病抗争的故事，承载着太多苦痛与压抑。

这些年，万佐成和熊庚香夫妇看尽了人间生离死别的凄惨与痛苦，他们始终无法习惯这些离别。病人去世后，病人的家属路过小巷子时，很多会跟老两口说一声，"人走啦……"每每听到这些消息，万佐成都要难过许久。人总是要"走"的，况且有些病人的病治不好，夫妻俩何尝不知道这个道理，但他们总是不愿听到那些坏消息。

人来人往，炉火不熄。在这火炉串起的温暖中，很多病人和家属都跟夫妻俩成了朋友，有些人临走前还会专门来向他们道别。熊庚香清晰地记得一位女病人结束治疗，临走前哭着对她说过的话，"大姐，你要长命百岁，我们这些受难的人才有地方做饭"。

炉火烧起来了，火就不能灭

"抗癌厨房"早已超出一间厨房所承载的物质意义，而成为病人的精神寄托，甚至成为每一个了解这个故事的人心中的"家"。

有一回，一个20多岁的姑娘听说了"抗癌厨房"的故事后，专门找到这里，向万佐成和熊庚香夫妇讲述自己母亲因癌症而去世的事。原来，前几年女孩儿带着妈妈到北京、上海等地辗转看病，但最终人还是走了，女孩儿泣不成声地说："如果我妈妈治病的时候也有这样的厨房，我一定天天给她做、顿顿给她做最好的东西……"女孩儿的眼泪坚定了万佐成把这间厨房做下去的决心——为了减少那些病人亲属的遗憾！

"抗癌厨房"的故事影响并感染了许多人，人们自发地来帮助夫妻俩。有的要捐钱，有的要捐物，还有企业老板要出资建一个豪华厨房。夫妻俩婉拒了这些好意，并告诉他们不要把钱捐给自己，而要捐给那些来这里住院治病的人，这些病人的家庭更需要钱。还有一些志愿者、义工自发地到厨房帮忙，帮病人和家属一起做饭。

考虑到自己已经年迈，夫妻俩曾试探性地问过一位热心的义工将来能否接下这个厨房，但考虑片刻后，义工拒绝了，"一年365天没有休息日，这不是一般人能做来的"。眼看着找不到"接班人"，万佐成遗憾地说："那我就坚持到倒下去为止，病人在这里，我坚持一天算一天。"

一年又一年，春去秋来，夫妻俩肩扛着这份沉甸甸的责任20载，这是何等的奉献精神与博大胸怀！这些年，回报他们的是屋子一面墙上密密麻麻记下的病人和家属的电话号码，有些字迹因为时间久远已经模糊了，但每一个号码背后都有一段暖心的故事。

万佐成和熊庚香夫妇的故事深深地感动着国人，他们的高尚行为受到全社会的赞誉与肯定，两人先后获评"中国好人榜"助人为乐好人、2020年度"感动中国十大人物"之一、第八届全国道德模范"全国助人为乐模范"等荣誉称号。面对这一个个奖项，有人问起熊庚香的感受，她笑着说："我这一辈子，跟着病人活了半辈子，国家不给我荣誉，我也高兴。"这是老两口的心声，因为从他们借火给患者做第一顿饭开始就不是为了赚钱，也从没有奔着什么荣誉去，他们心中所想的不过是解人燃眉之急，"能帮一点是一点"。

中华民族自古就有济危解困、帮扶弱者的传统美德，万佐成和熊庚香夫妇就是这一美德的践行者。夫妻俩躬身于平凡之事，极富同情心、怜悯心，在他人面临困难的关键时刻，尽其所能伸出援助之手，以帮助他人为乐，彰显了高尚的思想境界和道德情操，生动体现了社会主义核心价值观的要求，树立了新时代的道德楷模形象。

　　平凡孕育伟大，崇高始自普通。万佐成和熊庚香夫妇让普普通通的行为闪耀着道德的光辉。2021年，作为第八届全国道德模范，夫妻俩在人民大会堂受到习近平总书记的亲切接见。面对这一崇高的荣誉，夫妻俩感到无比激动、无比幸福，但从北京回来后的老两口并没有沉浸在喜悦中，又着急地赶往"抗癌厨房"，继续忙碌起来了。

"中国好人"李培生、胡晓春

2022年8月13日，习近平总书记给"中国好人"李培生、胡晓春的一封回信被各大媒体竞相转载，成为社会热议和关注的焦点。社会舆论对李培生和胡晓春表现出了强烈的好奇心，想知道他们有什么感天动地、值得称颂的事迹，他们何以能得到总书记的亲笔回信，何以能担起"中国好人"这个响亮的称谓呢？

"中国好人"——国家层面的好人好事

讲两人的故事前，我们先普及一下"中国好人"这个称谓是怎么来的。

"中国好人"不是由民间组织评选的，而是有着官方背景、为社会大众所认可，遵循严格标准评选出来的。2008年5月，中央文明办依托中国文明网组织开展"我推荐我评议身边好人"活动，发动网友和广大基层干部群众举荐身边好人好事，每月发布一期"中国好人榜"，向全社会宣扬"中国好人"的先进事迹。至2022年8月，"中国好人榜"已发布超过150期，共有16228人（组）入选"中国好人"，他们身上展现了成千上万普通人的良德善行。

为配合这一活动，自2014年10月27日起，中国文明网联合人民网、新华网、光明网和央视网等具有权威影响力的网络平台同步共推"好人365"专栏，每天在网上讲述一位"中国好人"的感人故事，旨在用群众身边的好人好事营造全社会向善的氛围，引导大家向上向善、孝老爱亲，忠于祖国和人民，见贤思齐，争当好人。

经过10多年积累，"我推荐我评议身边好人"活动已成为利用互联网创新核心价值观宣传教育的一个成功模式，为发掘、宣传各类重大先进典型发挥了"蓄水池"作用。而这次收到总书记回信的李培生和胡晓春，分别于2012年和2021年先后入选敬业奉献类"中国好人"。

悬崖的"美容师"

奇峰耸立、风景如画的黄山被誉为"天下第一奇山"，黄山风景区是著名的国家AAAAA级旅游景区，也是世界文化与自然双重遗产和世界地质公园。关于黄山之美，明朝旅行家徐霞客曾留下赞叹："登黄山，天下无山。"后人将其引申为"五岳归来不看山，黄山归来不看岳"。

黄山风景区作为享有盛名的旅游风景区，每年都吸引大量的游客。2019年，黄山风景区共接待境内外游客1350.58万人次。面对这些千里迢迢慕名而来的游客，将黄山的美全方位地呈现给游客，给他们提供最好的旅游愉悦感，一直是黄山风景区不断提升高品质服务的追求。黄山山脉绵延逶迤，山峰奇峻，怪石耸立，悬崖峭壁很多，时常给黄山"美容"（清洁）是一项必不可少的工作，这也催生了一个叫"环卫放绳工"的特殊服务工种。这份工作就是在悬崖峭壁上捡拾随风落向山谷的塑料袋、游客掉下的物品以及一些垃圾等。这是一份十分重要但又充满危险的工作，胆识、技术、体能，缺一不可。

李培生就是黄山风景区的一名环卫放绳工。行走、弯腰、捡垃圾……这些机械性的固定动作李培生一天不知道要完成多少次。一组数字足以让人知道这项工作的劳累程度：李培生每天平均在黄山之巅的台阶上走10多公里，腰系绳索在悬崖放绳上下10余次，累计放绳500米，而上下一趟需要1小时左右，对体力和耐力都有着极大的考验；而这份工作，李培生一干就是20多年，放绳总的高度达到1800公里，相当于攀爬了200次珠穆朗玛峰。李培生就像电影里的蜘蛛侠一样，在万丈悬崖上如履平地，在云雾缭绕间"飞檐走壁"，但看似潇洒的背后却充满着危险与苦累。因为这个蜘蛛侠并非天生就会攀岩，他经受了千百次的锤炼才练出"功夫"。

1997年，李培生来到黄山风景区工作，成了一名检票工，1999年转岗从事保洁工作，并自愿加入了环卫放绳工队伍。像李培生这样的环卫放绳工，黄山风景区共有18人，他们日复一日肩挎绳索，只为装扮悬崖，让其亮丽干净，呈现黄山之美。

老家是安徽省无为市，从小在水边长大的李培生，对自己第一次当环卫放绳工时的表现记忆犹新,"对于那时的我来说,放绳既陌生又恐惧,悬崖垂直落差大的有十几层楼高,头一次下去身体直打哆嗦"。

第一次的出师不利并没有改变李培生当环卫放绳工的想法,反而激发了他不服输的那股劲。经过专业训练和实地操作之后,李培生很快驾轻就熟,凭借一根绳索,在悬崖峭壁上行走自如。

这些年,考验李培生的不只是来自工作的辛苦与危险,还有顾不上家的无奈。原本该享受与家人团聚的节假日,往往是黄山风景区旅游的高峰期,也恰恰是李培生工作最繁忙的时候。所以,每年他只能趁着黄山风景区旅游淡季才能回家看一看。

谈到李培生的工作,妻子王翠霞说:"我曾经劝过他换份工作,但是他说危险的工作总要有人干,而且他热爱黄山,要永远扎根黄山,服务黄山。"

天刚刚亮,第一批游客还未上山时,李培生已经和搭档在悬崖峭壁上开始了一天的工作,腰系着绳索,身轻如燕,飞檐走壁,真的像电影中的蜘蛛侠。正是因为有了像李培生这样在悬崖峭壁上工作的蜘蛛侠,黄山才能整洁干净,不仅带给游客极高的旅游体验,同时也极大地提升了游客文明旅游的素质。李培生欣慰地说:"现在游客多了,但随手乱扔垃圾的现象少了,因为大家的素质越来越高了。"

游客用文明行为欣赏黄山之美,李培生用坚守行为守护黄山之美。不知不觉中,李培生已经近50岁,算是黄山风景区里较为年长的环卫放绳工了。但他内心很坚定："只要体力允许，我会在这个岗位上继续干下去，用实际行动保护景区的一草一木，让文明旅游成为风尚。"

以山为家，以路为友，只为黄山那洁净如洗的面容，这是李培生20多年以来一直坚持的工作追求。他带着一颗爱岗敬业的心，看遍了黄山的四时之景，走遍了黄山的沟沟坎坎，熟悉这里的一草一木，"闭着眼睛都能摸出一条路来"，在平凡的工作岗位上创造了不平凡的业绩。

敬业乐业在李培生的身上得到极致的体现。对每一个人来说，岗位就是"战位"，不管多险多累，坚守并努力干好，就是应有的工作精神与职业道德。李培生这种敬业乐业的精神获得了社会上高度的肯定。2012年，他当选"中国好人"。2017年，他被评为安徽省劳动模范。

一人一松12载

一提黄山，估计大多数人脑海中会立刻闪现黄山迎客松傲然挺立的身姿。迎客松被称为黄山"四绝"之一，是黄山的标志性景观。它生长在海拔1670米的黄山风景区玉屏楼的青狮石旁，树高约10米，胸围2米左右，枝下高超过2.5米，其树龄超过1300年。这棵迎客松不仅名气大，而且苍翠挺拔，隽秀飘逸，姿态优美，远看似一位好客的主人，张开臂膀热情地拥抱五湖四海的宾朋。

迎客松被喻为稀世珍宝。1981年，黄山风景区就建立了"守松人"岗位，由专人对其进行二十四小时"特级护理"。在迎客松边上一间小屋里，常年住着专职护理员，黄山风景区的迎客松也成为全国唯一配有"警卫"的树木。

守松人每天的工作就是观察迎客松的树干、枝丫和松针等变化，以及病虫害和天气变化情况，并详细地填好日记。此外，守松人还要定期给迎客松浇水、培土、施肥，规劝游客不要在树旁吸烟或接近迎客松。

可能很多人好奇，胡晓春是怎么与一棵树有了这不解之缘？原来，胡晓春2006年从部队退役后，就到黄山风景区当了一名护林防火员，这也是他第一次近距离接触迎客松。他回忆起当时的情景说："看见迎客松时，只感觉高大、雄伟，和其他黄山松没有什么区别。"但经历的一件事让胡晓春对这个特殊护理对象有了深刻的了解。

那是发生在2008年年初的一场特大雪灾，雪灾几乎席卷了大半个中国，黄山也遭遇了50年不遇的极端天气，雨雪落在迎客松的树枝、针叶上，树体一下子承受了不小的重量，枝条面临着被压折的危险。

2008年1月26日，雪还在不停地下。面对严重的雪情威胁，迎客松迎来了严峻的考验，为了防止枝条被厚厚的积雪压断，要按照应急预案为松树搭建支撑架，可是准备的应急物资中还缺少搭建支撑架的毛竹！大雪扑簌簌地落下来，没有一点儿要停下来的迹象。雪情就是命令，等、靠没有出路！28日晚上，胡晓春和50多名园林应急队员打着手电筒在大雪夜下山去搬运毛竹。

大雪已经连着下了几天，原先熟悉的道路早被积雪掩盖，有的地方积雪深度甚至达到了60厘米，一旦脚滑或踩空了，其中的危险可想而知。尤其是上山时，他们将9米长、近百斤的毛竹扛在肩头，身体的重心因为竹子不断摇摆着，踩在雪没到膝盖的湿滑山路上，每一步都那么困难，深一脚浅一脚，跌跌撞撞。

正是一种决不让"国宝"在自己手中受损的信念和意志，支撑他们一行人忍饥挨饿在冰天雪地中完成了把毛竹搬运上山的艰巨任务，这一趟下来足足花了四五个小时。毛竹运上山了，后续的任务是为迎客松搭建一个支撑平台，防止雪大压坏枝条。在海拔1600多米的山上，迎着风雪搭建一个支撑保护平台，其难度和危险程度都非常大，但一定保护好迎客松的责任感驱使着大家，再难也要坚决完成任务。

为了保护好迎客松，胡晓春和队友拼尽全力与风雪抗争，不畏风霜严寒。终于抢在1月31日晚最大一轮暴风雪来临之前，胡晓春带领大家搭起了一个20米高的应急支撑平台，给迎客松的每一根枝条、每一个冠幅、每一处枝丫都进行了支撑加固。2月1日，黄山上的暴雪如期而至，但辛苦付出终于得到回报，迎客松依然傲然挺立在青狮石旁，安然无恙地度过了这场罕见的暴风雪考验。

这些黄山人真是像照顾自己的小孩儿一样精心地照看着迎客松，哪怕是一根枝条和一根松针都不能疏忽，让历经岁月和大自然重重考验的迎客松依然松涛阵阵，不改绰约风姿！这是一种情怀、一种责任，是所有黄山人对迎客松的守护和使命担当。

2010年，经过层层选拔，胡晓春成为第十八任"守松人"徐东明的徒弟，担任迎客松守松人B岗，即替补岗。2011年6月，胡晓春从师傅手中接过望远镜和放大镜，正式成为第十九任守松人。岗位的变化，让胡晓春有了与迎客松朝夕相伴的机会。一年中，胡晓春有300天住在山上；而在松树旁有一个14平方米大小的屋子，那就是他的工作室，里面摆着监控电脑和一些检测工具，以及日常生活用的桌椅和简易床。

那么，守松人胡晓春究竟是如何工作的呢？以时间线看，每天早上7点，胡晓春一天例行的巡护观测工作就开始了，包括监测枝丫、松针和树皮等松树各部分的细微变化，还要检查枝丫的支撑架、重要部位的拉索以及防雷设施情况……而这样的观测，白天每隔两小时就要进行一次，如遇到雷暴等恶劣天气，每半个小时就要巡查一次；夜间考虑到肉眼观测的局限，要启动专门的红外线防侵入报警系统，以实现随时随地查看迎客松情况。

每次巡护完后，松树的生长数据，以及当天的气温、风力、湿度等信息都要详细地登记在《迎客松日记》上，以备查询。至2022年，12年的时间里，胡晓春已经写了70多本、累计超过140万字的日记，通过大量的数据记载和规律总结，对一些日常出现的问题，胡晓春早已熟记于心，处置自如。用他自己的话讲，"没有变化，是最好的变化"，"只要巡查无异常，就说明没有白白守护"，这既是胡晓春的观测心得，也是他最希望的巡测结果。

每天重复着这份规律性的工作，胡晓春从2010年至2022年，一干就是12年。12年的守护，让他和迎客松、黄山之间形成了一种亲密关系——"你守着山，我守着你。"在他看来，"迎客松不单单是一棵树，守护好它，就如同守护好家人一样。"

迄今，在所有守松人当中，胡晓春虽然最年轻，但守护的年限却是第二长的。

"一个人，一棵树，确实有点单调。最初两年，也有过调换工作的想法。"胡晓春坦言。白天人山人海，晚上夜深人静，静到只能听到风吹草木的声音，好在有家人的支持和鼓励，才让他坚持至今。一个人守护一棵松，多年过去，当初的小伙子已经步入不惑之年，变的是岁月，不变的是坚守岗位、守护的责任与使命。

总书记回信的力量

李培生和胡晓春同是黄山风景区的工作人员，都入选了敬业奉献类"中国好人"。他们在一起参加生态文明培训班时，结合自己的工作性质和工作岗位，对总书记提出的"绿水青山就是金山银山"理念高度认同，于是萌发了给总书记写信、汇报学习心得的念头。信中，李培生和胡晓春表达了为守护美丽黄山、建设美丽中国贡献力量的决心。令两人惊喜的是，总书记给他们回信了，高度赞扬他们守护美丽黄山的敬业奉献精神，并勉励他们继续发挥好"中国好人"的榜样作用，积极传播真善美、传递正能量，带动更多身边人向上向善，弘扬社会主义核心价值观，争做社会的好公民、单位的好员工、家庭的好成员，为实现中华民族伟大复兴奉献自己的光和热。

一纸书信，关怀万千，总书记的回信极大地鼓舞了李培生、胡晓春。"真没有想到总书记给我们回信了，这份巨大的鼓舞不仅是给我们俩的，也是给黄山的，更是给所有'中国好人'的。"如今，李培生和胡晓春的前行动力十足，更加坚定了值守黄山、建设美丽黄山的决心和信心。

毫无疑问，总书记的回信有着深刻的关怀意义，是对"中国好人"这个群体的褒奖，也是对中国千千万万个有着真善美价值追求和行动的"身边好人"的褒奖。"中国好人"表彰的不是干惊天动地事的大英雄，而是许多像李培生、胡晓春这样在平凡岗位上兢兢业业、勤勤恳恳工作的普通人，他们就在我们身边，在平凡中创造了不平凡的业绩，以普通人的身份干出不普通的事来，他们的事迹和形象可见、可信、可学，为广大人民群众树立文明典范、精神榜样和行动指引。在网络上，网友评价他们是身边的英雄。在迈向中华民族伟大复兴的征途中，我们需要无数的"中国好人"在各行各业当先锋、挑大梁，在社会层面立起价值的标杆，从而不断引领和激励大家为全面建设社会主义现代化强国做出更大的贡献。

鸿星尔克"破产式"捐款

2021年7月20日,河南省郑州市出现罕见的持续强降水天气,当地遭受巨大的损失。一方有难,八方支援。郑州"7·20"特大暴雨灾害牵动着亿万国人的心,风"豫"同"州",守望相助。面对这场灾难,社会各界纷纷慷慨解囊,捐款捐物,国内许多企业第一时间对河南省展开驰援行动。

在众多捐款企业中,有一家企业备受瞩目,它就是在逆境中艰难发展国产运动服装品牌的鸿星尔克集团。郑州"7·20"特大暴雨灾害发生后,鸿星尔克集团第一时间捐款5000万元,并捐助了大量物资。如此慷慨解囊令不少网友大感意外,有的网友发表感言:"你都要倒闭了还捐这么多""赶紧宣传,我都替你着急了"……

鸿星尔克的善举在网络上迅速发酵,网友们不仅"怒赞",更是将感言化作了真实的购买行动。一时间,不管是线上平台还是线下的实体店,鸿星尔克切切实实感受到了网友们的"野性宠爱"。2021年7月22日至24日,鸿星尔克线上直播平台卖出了超过1亿元的货。微博上,有人给鸿星尔克官方微博充了120年的会员。2021年7月23日，鸿星尔克网上购物平台一天的销售额直接暴涨52倍，使带货主播不得不劝大家"理性消费，不喜欢的千万不要买"。鸿星尔克的管理层也在这种情况下保持清醒，在网友买爆直播间之后，鸿星尔克集团董事长吴荣照很快站出来，呼吁大家理性消费。

然而让人始料未及的是，他们对消费者的善意，激发了民众又一波的消费热情，在线上平台抢不到货的消费者开始转战线下实体店，甚至有消费者在鸿星尔克线下实体店内购买了500元的商品，支付1000元后就跑了。全国5000多家鸿星尔克门店，遭到一波又一波来自全国各地消费者的"野性消费"。

鸿星尔克集团的故事让一些人慨叹看不懂，有的人拿这是企业营销来解释。那么，究竟是什么支撑着鸿星尔克"豪横"的捐款呢？

鸿星尔克是国货品牌奋斗发展的一个缩影

鸿星尔克品牌创立之初，也是一个很耀眼的存在，以质优价廉获得众多的拥趸。可随着运动品牌市场不断地洗牌分化，在一众运动服装品牌中，鸿星尔克品牌的日子越来越艰难，市场"地盘"不断被竞争对手蚕食，既面对着安踏、特步等国内竞争对手的步步紧逼，又面临着阿迪达斯、耐克等国际大牌的"攻城略地"。

竞争之下，鸿星尔克集团连续十多年亏损，家底都掏空了。

新冠肺炎疫情发生后，市场总体环境不好，又让鸿星尔克集团的经营雪上加霜。2020年，鸿星尔克集团全年亏损达到2.2亿元，2022年的第一季度，亏损了6000多万元。而相比之下，竞争对手们一个个高歌猛进，安踏（中国）有限公司2020年净利润达52亿元，特步（中国）有限公司净利润也超过了5亿元。

不过，这次"只考虑同胞的明天，而不计自己明天"，一掷5000万元的豪捐举动，让鸿星尔克集团再一次走到了台前，成为感动亿万群众的民营企业。5000万元对于那些利润丰厚的大企业来说可能并不多，但是对于鸿星尔克集团这样一个挣扎在生存线上的民营企业来说，要掏出这5000万元，估计要掏空家底，这是何等的感人。做出如此壮举之后，鸿星尔克集团却非常低调，只在官方微博发布了短短100余字的捐款通告。

鸿星尔克集团默默地豪捐背后是这家企业的一路坎坷、一路担当。从鸿星尔克集团的发展历程中，我们或许能明白为何这家企业对捐款这件事如此执着与低调。

鸿星尔克集团成立于2000年6月，总部位于福建省厦门市，经过5年的快速发展，于2005年在新加坡上市，成为业内首家在海外上市的服饰品牌。但后续因为经营不顺，股票在2011年停牌，2020年退市。面对连续十多年的亏损境遇，能坚持到今天，对鸿星尔克集团来说，已经是异常艰难了。

这期间，鸿星尔克集团又遭受了几次天灾人祸。2003年，因为洪水，企业的大量设备和原材料遭受损失；2008年金融危机，企业出口受到严重影响；2015年，企业在泉州的生产工厂遭遇火灾，近半设备在大火中损毁，损失惨重。

了解鸿星尔克集团坎坷的发展史，我们就不难理解"因为我淋过雨，所以也想给别人撑把伞"。

诚信和担当是一家企业安身立命的根本。2021年夏天，鸿星尔克集团用自己的责任和担当，赢得了鸿星尔克品牌的高光时刻，成为中国民营企业的优秀代表，映射出其刻在骨子里的善良和大爱。鸿星尔克集团董事长吴荣照在接受采访时，道出了企业的初心和责任："一个企业和国家是分不开的，必须要同甘苦共进退，有国有家才有希望。"

"鸿星尔克们"值得国人"野性宠爱"

同样是捐款5000万元，企业的市值不一样，捐款的含金量也不一样。鸿星尔克市值3亿元，一下子捐出5000万元。有人心疼地说："捐完这5000万元，你还能剩点啥？"受到感动的国民，用"野性消费"来支持鸿星尔克就再正常不过了。

"鸿星尔克现象"之所以出现，在于人们心中有着强烈的感恩意识，大家是一个"生命共同体"。众多的"鸿星尔克们"让国人意识到，在灾情面前，在危难时刻，中国企业真正践行了自身的责任和担当，甚至不计成本、不计后果，这也是国人坚定支持鸿星尔克等国货品牌的根本原因。

中国企业有着强烈的家国情怀，知道自己的"根"在哪里。

他们浸润着中华文化，对人民怀有赤子之心，有着"一方有难、八方支援"的精神；他们追求先进技术，将企业经营与技术报国、科技强国有机统一起来。他们平时按照市场经济的规则和方式运转着，精打细算，科学组织生产，多多赚钱，养活工人，搞好研发创新，但只要国家和人民遇到了困难，他们二话不说，挺身而出：缺钱，慷慨解囊，不吝成本；缺物，"买遍全球"，想方设法运回来；缺技术，集中人力，夜以继日地搞研发。

事非经过不知难，每一名国人都深深地知道，只有国家的强大才有百姓的安康，每一个有担当、有大爱的企业都是国家强大的基础，这些企业的经营者和员工身上流淌着中国人的血液，传承着中华民族的善良、勇敢和担当！

与鸿星尔克集团一样的企业还有很多。在支援郑州"7·20"特大暴雨灾害的捐款中，辽宁方大集团捐款1亿元，再加1亿元物资；总部位于河南郑州的茶饮品牌蜜雪冰城，在展开自救的同时积极参与救灾行动，捐赠2200万元；还有许昌市胖东来商贸集团有限公司……这些中国企业在拼发展的同时，不忘履行社会责任，只要国家有困难，他们就顶上去。这样的好企业不该被忘记，所有来自"鸿星尔克们"的善良和帮助，应该被更多人知道，让善良回报善良。

他们值得上数万次热搜，值得被国人铭记！

"鸿星尔克们"，国人不会让你们失望

一段时间以来，我们曾热衷于购买国外产品，而现在，尤其年轻人，却越来越爱买国货。这一令人惊喜的现象背后是国人消费自信、文化自信的确立与回归。这种消费习惯的变化，并非网友们蹭消费热度的跟风行为。新一代的年轻人有着更强的消费理性，更注重产品的实用性和个人的体验感，是不是国外大牌并不重要。

近几年，在各大互联网和电商平台上，众多国货老字号焕发青春，赢得广大年轻消费者的喜爱，传统国货大牌百雀羚就成为消费者的新宠儿。还有不少新国货品牌也如雨后春笋般冒出来，并以肉眼可见的速度持续壮大。不少国货品牌沉下心来，十几年甚至几十年如一日坚持做品质，还不断进行技术升级，使之不仅有了高品质，也有了高颜值、高性价比。有的国货品牌更是注入丰富的传统文化元素，更符合当代中国人的消费追求与心理习惯。

与此同时，不少的国货品牌在经营中所展示的民族担当与社会责任，也是年轻一代偏爱他们的催化剂！比如，鸿星尔克默默地在新疆投建了一个生产基地，在带动经济发展的同时，为当地提供了众多的就业机会；卖梳子的谭木匠，多年一直在为残疾人解决就业问题……其中除了商业考虑，更多的是希望能扶持地方特色产业、助农增收创富。

国货当自强，以报国人殷殷之情

鸿星尔克意外"出圈"火遍网络和网友"野性消费"挺国货的背后，演绎了善有善报的朴素道理，体现了知恩图报、礼尚往来的中华传统美德。老百姓通过"买买买"力挺鸿星尔克，既是对善良的高度认同，更是用自己的方式进行了最朴素的表达。

与一些不良商家或企业相比，鸿星尔克集团不是拿自己的爱国作为卖点，靠贩卖爱国情怀赚取流量和国民关注，而是在被动之中确立了"国货之光"的品牌形象和正能量标签。更难能可贵的是，这家企业并没有把自己的爱国行为与企业经营必然地联系在一起，更没有以此来搞营销，面对网友的"野性消费"，主动劝导网民理性消费，彰显了企业经营的良心与道德水准。

对任何一家企业来说，作为市场经济的行为主体，其立足的根本在于生产出质量过硬、适销对路的产品，以此捕获消费者的"芳心"，从而获得长久"热度"，在市场竞争中立于不败之地。

国民的"溺爱"只能增加一时的流量，造就"网红"企业，但从市场经济规律看，激情消费终究是非理性的，消费者总有热情消退、回归理性的那一天。这实际上给包括鸿星尔克在内的所有国货品牌提出了一个共同的时代课题，那就是要演绎好多重的角色。比如，要当好民族企业的角色，不忘家国，国货当自强，让企业与国家共成长；要当好市场主体的角色，守好办企业的初心，脚踏实地地做好产品，让消费者喜欢自己的产品，等等。因此，一个企业要真正做好，唯有把握好多种角色之间的平衡，才能既承担更多的社会责任，又能在市场竞争中做"百年品牌""百年老店"。

鸿星尔克集团官网上的"社会责任"专栏里有这样一段话："社会责任感是企业发展慈善事业的动力。一个企业，不应该只是关心自己企业的收益，还应该负有强烈的社会责任感，回馈社会，帮助弱势群体。"从社会中获取资源，就应该肩负社会责任，回报社会的关爱，这或许就是鸿星尔克"破产式"捐款背后的答案。

毫无疑问，鸿星尔克很好地履行了其社会责任，立起了爱国企业的形象。但同时，民众也希望它能更好地履行好市场主体的角色，在市场经济的大潮中搏击风浪，继续树立好标杆企业的形象。

祖国在心中

信念的颜色是中国红

2021年9月25日，中国公民孟晚舟在被加拿大无理拘押近3年后，终于乘坐中国政府包机抵达深圳宝安国际机场，顺利回到祖国，与家人团聚。深圳人民为迎接孟晚舟回家，表现出巨大热情。25日晚，深圳市多处地标建筑楼身显示出"欢迎孟晚舟回家"的巨幅标语；在深圳龙岗，300架无人机点亮夜空，组成"月是故乡明""轻舟虽晚终回家国"等字样；在深圳宝安国际机场，悠扬的歌声响彻国际候机大厅……

孟晚舟在归国包机上感慨道："此刻，我正飞越北极上空，向着家的方向前行，马上就要投入伟大祖国母亲的怀抱，阔别三年的祖国已在天涯咫尺。近乡情更怯，不觉间泪水已模糊了双眼。在中国共产党的领导下，我们的祖国正在走向繁荣昌盛，没有强大的祖国，就没有我今天的自由。"

经过中国政府的不懈努力和历时近3年的艰巨斗争，孟晚舟女士终于平安地回到了祖国怀抱。这一结果来之不易，是在党中央的坚强领导、中国政府的不懈努力和全中国人民的鼎力支持下取得的，是中国人民敢于斗争、善于斗争所取得的重大胜利。

舟虽晚，归途暖

在2021年9月25日晚的深圳宝安国际机场等候的有100多人，除了孟晚舟的家人外，还有外交部、广东省、深圳市有关领导同志和华为公司有关负责人。

孟晚舟一身红色长裙，面对新闻媒体发表了简短有力的演讲，数次哽咽。她感谢所有相关部门对她的鼎力支持，是他们坚定维护了中国企业和中国公民的正当权益，而祖国以及祖国人民的支持和帮助，则是她最大的精神支柱。她说："回首3年，我更加明白，个人命运、企业命运和国家的命运是十指相连的，祖国是我们最坚强的后盾……有五星红旗的地方，就有信念的灯塔。如果信念有颜色，那一定是中国红！"

夜空下，孟晚舟和欢迎人群一同高唱《歌唱祖国》，歌声此起彼伏，网络平台同步直播了这一时刻，获得了上亿次的点击量。网友纷纷表达对孟晚舟的祝福和对国家的感谢，此刻全中国人的心都与孟晚舟在一起。

近乡情更怯，孟晚舟归国后更新了一条朋友圈，题为"月是故乡明，心安是归途"，文中写道："祝愿祖国母亲生日快乐，回家的路虽曲折起伏，却是世间最暖的归途。"

孟晚舟回国事件再一次向世人传递了一个基本道理：祖国始终是中国公民和中国企业的强大后盾。每当中国公民在海外遇到危难时，祖国都会及时出手，当好人民的安全卫士。这是中国共产党贯彻人民至上理念的表现，也是一个大国自信与力量的展示。

"美加"联手针对中国高科技企业

为什么孟晚舟回国这件事吸引了全国甚至全球目光，并激发出中国人强烈的爱国主义热情？因为这背后涉及一个中国的民营企业——华为技术有限公司（简称华为），以及一位杰出的民营企业的领军人物、华为掌舵人——任正非。孟晚舟就是任正非的女儿，担任华为的副董事长、首席财务官，被加拿大扣押前，任华为轮值董事长。

2018年12月1日，在美国的精心策划下，孟晚舟在加拿大温哥华转机时，被加拿大无理拘押。仅仅是因为2013年孟晚舟在香港与汇丰银行高层会面，之后便被强行安上了莫须有的电信诈骗和银行诈骗罪等罪名。2019年4月21日，美国向加拿大政府提出引渡孟晚舟到美国受审。2020年5月28日，加拿大不列颠哥伦比亚省高等法院裁定孟晚舟案的本质是"欺诈罪"。

事后，尽管美国和加拿大一再为其迫害中国公民的行径辩护、开脱，但国际社会都非常清楚，孟晚舟事件的实质就是一起针对中国公民、旨在定向打压中国高科技企业的政治事件。

这一事件背后有着特殊的国际背景。从2018年6月开始，美国对中国发起了一系列贸易战争，企图以此遏制中国经济的发展，其中针对的企业包括华为、中兴通讯股份有限公司（简称中兴）等中国高科技企业。华为作为在全球通信技术领域内享有盛名的公司，率先研发出5G技术，一度反超了在半导体领域技术领先的美国，引起了美国的恐慌。为了维护自己的科技霸主地位，美国开始打压华为。孟晚舟作为华为的核心领导人物，又是华为创始人任正非的长女，打压孟晚舟就能很好地打压华为，而打压华为，就相当于打压中国的高科技企业，这就是美国的霸权逻辑。

在拘押孟晚舟后，美国开始动用国家强权，对华为进行遏制，不断敦促甚至威胁盟友拆除华为的5G设备，借助盟国的力量共同遏制华为，以达到遏制中国崛起的目的。

面对强权迫害，中国人民不可侮

面对美国和加拿大的"欲加之罪"，孟晚舟绝不屈服，华为绝不屈服，任正非绝不屈服。但强权之下哪有公理，面对一次次败诉，任正非在接受媒体采访时无奈地说："我已经做好此生再也见不到女儿的准备了。"这真是一个铁骨铮铮、绝不屈服于强权的真汉子！宁愿牺牲自己的长女，也绝不屈服于压力，绝不损害国家利益。

作为中国公民最坚强后盾的中国政府，始终是每一个中国人最可信赖的守护者，把维护每一位中国公民的利益作为重要职责。在孟晚舟获释回国一事上，中国政府发挥了决定性作用。同时，亿万中国人民也发出了"释放孟晚舟"的正义呼声，形成任何人都不能轻视的磅礴力量。

在党和政府以及14亿中国人民的共同努力下，孟晚舟以非认罪的形式回国，没有签署条件协议、没有交付罚金，顺利回到祖国的怀抱。她的不卑不亢，来自身后伟大祖国给的底气。中国不会屈服，中国人民也不会为了自由而扭曲事实。

为了捍卫自己的正当权益，中国人民从来不惹事也不怕事，任何形式的政治胁迫、军事威胁、战略围堵和滥用司法等行为，中国人民都不会答应。围绕孟晚舟事件，我国用属于自己的方式维护了正义，捍卫了民族尊严，保护了同胞。

今天，实现中华民族伟大复兴已经进入了不可逆转的历史进程，但越是接近民族伟大复兴的"临界点"，越不会一帆风顺，越可能充满风险挑战，甚至面临惊涛骇浪般的严峻考验。

孟晚舟事件让中国人民看到，个人的命运离不开国家的强大，家国一体，有国才有家。孟晚舟的胜利，属于她自己，属于华为，属于喜欢、关心她的全体中国人民，更属于我们的祖国。国家的强大给予最终妥善解决这个问题强有力的支持，试想，如果没有强大的国力支持，以华为一家企业之力是很难让孟晚舟重获自由的。事实证明，国家永远是我们最坚实的依靠，党和政府是我们最可信赖的力量，我们每一个人的责任就是要紧密团结地凝聚在党的周围，干好本职工作，全力办好自己的事，才能把我们的祖国建设得更加繁荣、强大。

"守岛英雄"王继才

2021年6月,一部名字叫《守岛人》的电影上映,用真实感人的故事深深地打动了观众。《守岛人》是根据王继才、王仕花夫妇的真实故事改编的,讲述了两位守岛人32年坚守黄海前哨开山岛的感人事迹,展现了在时代的变迁中,王继才家几代人不变的爱国奉献精神。

祖国的万里海疆有着数以万计的大小岛屿,开山岛就是其中的一座。该岛位于黄海前哨,距离最近的陆地灌云县燕尾港12海里,战略位置十分重要。开山岛的自然条件恶劣,不仅常年台风肆虐,而且基本的淡水资源和电力设施也不具备,是俗称无水、无电、无居民的"三无"岛屿。

你守护岛,我守护你

开山岛曾由海防部队驻守,1985年部队撤编后,江苏省军区在开山岛上设立民兵哨所,灌云县人武部曾先后派出10多名民兵守岛,但他们都因恶劣的环境打了退堂鼓。但哨所总是要有人值守的,灌云县人武部找到了时任芦河村民兵营长的王继才。考虑到自己是共产党员和民兵营长,王继才接受了这个任务。村里人对王继才的决定感到不解，因为大家都知道，开山岛与世隔绝，登上去就如同住进了"水牢"一般，根本就待不住。

　　开山岛究竟是一个什么样的岛呢？我们来看一看当年王继才第一次上岛屿的情形：1986年7月14日，受领任务的王继才孤身一人登上了开山岛，虽然已经有了心理准备，但他还是被眼前的景象惊到了，小小的岛屿裹着呼呼的海风，孤零零地躺在大海中。第一天晚上，老天爷就给王继才来了一个下马威，用一场大暴雨迎接了他，开山岛本来面积不大，暴雨让水位骤然高涨，导致蛇鼠等动物纷纷爬到高处躲避。王继才只能独自一人待在狭小的房间里，因为无法排遣岛上无尽的孤独和内心的恐惧，他经常无法入眠。在这样的状态下，他在岛上待了40多天。

　　其间，妻子王仕花一直以为丈夫是外出执行任务，直到王继才守岛的消息在村里传开她才知道。在王继才登岛后的第四十八天，王仕花在几位同志的陪伴下也登上了开山岛。见到丈夫的第一眼，王仕花愣住了，这哪里是丈夫啊，活脱脱的一个在孤岛上生活的野人！王继才整个人的脸已经被胡子和头发包裹了起来，一脸的沧桑憔悴。看到丈夫这般模样，王仕花心疼得落下泪来，王仕花极力劝说丈夫放弃守岛的念头，但是王继才不为所动，只是简单地说："你回去吧，我决定留下！你不守我不守，谁守？"这一句像老农民、庄稼汉一样朴实得不能再朴实的一句话，映衬出王继才那为国担当的胸怀与强烈的责任感！是啊，岛总要有人来守，任务总得有人来扛。王继才把妻子送下岛。

既然劝不动丈夫，王仕花索性也做出了一个同样令人震惊的举动，"你守护岛，我守护你"。可能有人觉得妻子王仕花是一名普通的农妇，实际上王仕花有着体面的工作，是一名小学教师，工作环境比岛上好得多。但即使这样，她还是毅然地辞去了小学教师的工作。在最后一堂课上，她向学生讲了自己要去开山岛的事情，讲台上的王仕花动情地说道："开山岛是海防前哨，老师就要去守岛了。你们要好好学习，长大后像老师一样去保卫祖国。"王仕花心里明白，自己选的这条路一旦走上就不能轻易回头，再苦也要勇敢走下去，谁叫自己的丈夫是共产党员和民兵营长呢！

夫妻守护开山岛

就这样，这对具有家国情怀的夫妻夫唱妇随，一起守岛的决定让他们在这个小岛上整整待了32年。

开山岛素有"石多泥土少，台风时常扰；飞鸟不做窝，渔民不上岛"之称。由于没有通电，一到夜晚他们便只能靠煤油灯照明，吃的蔬菜，甚至连一根葱，都要用渔船运送过来，一旦碰到台风等恶劣天气，渔船出不了海，无法及时进行生活补给，开山岛便成为一座"孤岛"，这样的事情每年都会发生。

让王继才和王仕花记忆最深的是一年夏天，开山岛连续刮了17天的台风，不仅来自外界的补给完全中断，连平时生火做饭的火柴也被水泡湿了。没饭吃的两人饿得浑身无力，甚至产生了幻觉，没办法，只能将米用水泡胀咀嚼着吃，就这样艰难地挺过了那段日子。

当然，守岛的苦不仅这些，还有身体所付出的代价。开山岛如同凸出的一角，深入大海腹部，空气盐分重，极其潮湿，岛上各种蚊虫滋生，长年待在岛上的夫妻俩不胜其扰，先后患上了严重的风湿性关节炎和湿疹。然而，这些常人难以忍受的困难，竟然被他们慢慢习惯。

说起他们的工作，每天雷打不动的便是升旗、巡岛、记日志，看似简单枯燥的生活也常常与危险、考验相伴。据王仕花回忆，有一次他们在海边巡逻，突如其来的一个大浪将王继才卷入海里，惊慌失措的王仕花费了九牛二虎之力才将丈夫从大浪中拉回来，那次死里逃生的经历让她感到后怕。

其实，危险远不止恶劣的自然环境，孤独的守岛生活同样面对着来自金钱和利益的诱惑。由于开山岛孤悬黄海腹地，地理位置很重要，曾有走私分子找到王继才，希望安排几个人在岛上住几天，并拿出10万元想要收买王继才，王继才不仅严词拒绝了金钱的诱惑，还第一时间联系当地警方，抓捕了这群犯罪分子。要知道，当时王继才一年的工资才3000多元，面对这笔巨额财富，他未曾动过一点心思。在这32年的守岛生涯里，王继才曾面临过无数次的诱惑与考验，但每一次，他都顶住了不法分子糖衣炮弹的进攻，牢牢地守住了底线。

开山岛上的升旗仪式

在王继才、王仕花夫妇的心中,他们守卫的不仅仅是一座黄海上的岛屿,更是祖国的神圣领土。每天的工作看似简单重复,却是前沿哨兵捍卫主权的行动。

在这个小岛上,五星红旗成为他们能够"钉"在这里的最大的信念支撑和信仰寄托。王继才说:"岛就是国,守岛就是守国门,开山岛虽小,但这是神圣领土,必须每天升起国旗。"夫妻俩每天岛上的生活都是从升旗开始的,他们分工,一人升旗、一人敬礼,日复一日地重复着这简单而又庄重的仪式。岛上潮湿、重盐的天气使国旗很容易褪色,32年来,日复一日,王继才升过368面国旗。在王继才、王仕花夫妇心中,国旗代表着国家、代表着党,代表着自己守护的海疆主权。

有一次,岛上突然刮起了大风,躲进屋里的王继才想起国旗还飘在外面,于是再次冲进大风里收国旗,返回的途中,他一不小心从石阶上滑下来,摔断了两根肋骨。妻子王仕花十分难过,但回过头来想,这一切也是值得的。

2012年,天安门国旗护卫队听说了王继才的事迹后,赠送了他们一个移动升旗台和不锈钢旗杆,并将一面在天安门升起过的国旗带到了这座距离北京1000多公里的小岛上。

一家三代的守岛事业

夫妻俩守岛的决定看似是他们两人的事,但何尝不是一家几代人的事。王继才曾直言自己上亏欠父母,下亏欠妻子、儿女。但是对国家,他是不能亏欠的。王继才曾说:"我是子,也是父,子要尽孝,父要尽责。但我的家人都理解,忠是最大的孝和责。"

王继才在登岛之前就已经有了一个女儿,夫妻俩登岛后,不得不将女儿托付给父母抚养。1987年,登岛后的第二年,王继才的儿子王志国在开山岛上出生。王志国出生的那几天,岛上又刮起了台风,外界人员根本无法登岛。无奈之下,王继才只能按照医生的指导,自己为妻子接生。

王志国的诞生,给这个小岛带来了更多的生气和活力,让夫妻俩的守岛生活充满了家的味道。可小小的岛上,吃的、喝的都要靠船运进来,每年都有因台风出现补给中断的情况,这个时候大人靠干粮可以充饥,但小小的王志国连续吃好几天干粮怎么能咽下去?王志国讲起自己五六岁时,有一次家里断粮半个月,自己吃了一个多星期的牡蛎,小便都是白色的。

转眼之间,王志国到了上学的年纪,王仕花考虑到儿子的教育,劝说王继才不再守岛,不能把下一代耽搁了。思虑再三的王继才决定找当年安排他上岛的领导说说这事,可当夫妻俩见到老领导时,没想到老领导已身患癌症,看到老领导的样子,王继才实在开不了下岛的口,硬是扛下自己的难处,打消了离岛的想法。王继才深深知道，自己坚持守岛是对老领导的一份承诺，更是对国家的一份承诺。于是，夫妻俩又像当年一样，把儿子王志国送出岛去读书，自己又回到了岛上。

看到弟弟一家守岛的清贫日子，孩子又顾不上，王继才的大姐在上海为他找了一份工资待遇高很多的工作，可王继才毅然决然地拒绝了，守岛俨然已经成了他奉献祖国的信仰。在他心中有一个朴素的道理：岛是国家的岛，你不守，我不守，谁来守？

因为父母长年不在身边，照顾不上，王继才的大女儿早早地辍学了，给父母运送物资的任务很多时候就落在她身上。据村民们回忆，王继才年仅10多岁的大女儿经常独自一人在深夜的港口联系渔船运送物资。作为长女，可以说，她撑起了这个家庭。

随着孩子渐渐长大，家里用钱的地方也越来越多了，可是王继才夫妻俩的工资却相当微薄。刚上岛的时候，他们一年的工资是3700元。1995年，岛上建了灯塔，他们一年的工资加了2000元，可这5000多元的年薪又能干得了什么？女儿结婚没能准备一件像样的嫁妆，儿子王志国上大学也是靠贷款。困难的时候，王继才从没向组织提要求，他常挂在嘴边的一句话就是："咱们不能麻烦组织，也不能给组织添麻烦！"好在王志国很争气，大学毕业后考上了研究生，又参军入伍，成了一名边防检查站的军官。

2018年，王志国追随父母的脚步加入了中国海警，成为一名像父母一样守护中国海洋边防的军人。说起父亲的故事，王志国百感交集，他还清晰地记得，1993年秋天，他离开小岛去燕尾港镇就读小学，大他4岁的姐姐成了他在岸上的"家长"，遇上父亲回来，小小的王志国抱着王继才的腿，央求父亲带他回岛上，或是留下来陪他。父亲却总说："儿子，爸爸得回去守岛，那里没人守不行啊！"

承诺一辈子，守岛一辈子

2018年，王继才与妻子约定八一建军节这天在岛上换一面新国旗，可就在7月27日，王继才因突发心脏病，不幸去世，享年58岁。

王继才倒在了工作岗位上，倒在了他守了一辈子的开山岛上，他无愧于祖国，无愧于人民，他的英雄事迹也传遍了神州大地，真正践行了一名共产党员、一名守岛人"活一天，守一天，守一辈子"的初心。王继才被评为烈士，并被追授为"全国优秀共产党员"，灌云县为他举行了追悼会，许多群众都自发来送这位守岛英雄最后一程。

王继才走后，岛上的一颗苦楝树也枯萎了，这颗苦楝树是夫妻俩在岛上种下的第一棵树，它承载着对王继才的思念，一同离去了。

曾经开山岛上的"二人哨所"，如今只剩下妻子王仕花一人。丈夫的离去并没有让王仕花停下脚步，反倒激励她继续替丈夫守好岛。在丈夫走后的第十天，王仕花来到灌云县政府，向领导提交了自己继续守岛的申请。当地领导对王仕花的精神和决心十分感动，但考虑到她年纪已大，独自一人守岛很不安全，决定聘用王仕花为哨所的名誉所长，将守岛方式由原来的两人守岛改为三人轮换制。

如今的开山岛早已换了新颜，各种电器一应俱全，驻岛人员可以上网，永远地告别了王继才和王仕花当年那个艰难的守岛环境。现在的开山岛每天早上还是会升旗，只是已经用上了电动旗杆。小岛上还建了展览馆，里面展览陈列了王继才守岛32年的事迹，向每一个登上开山岛的人讲述着夫妻俩的守岛精神，激励着大家爱国奉献、爱岗敬业、奋斗拼搏。

开山岛已经成为一座红色的岛，一座精神的岛。王继才对开山岛长达32年的守候，践行了对祖国和人民的承诺，我们也应该深刻铭记王继才"家就是岛，岛就是国"的家国情怀，"甘把青春献国防，愿将热血化丹青"的伟大精神。深入报道王继才先进事迹多年的《光明日报》记者郑晋鸣感慨地说："王继才一个人，感动了一个国家，感动了一个民族。"

"感动中国2018年度人物颁奖盛典"给王继才、王仕花夫妇这样一段颁奖词：浪的执着，礁的顽强，民的本分，兵的责任，岛再小也是国土，家未平要国先安。32年驻守，三代人无言付出，两百面旗帜，收藏了太多风雨。涛拍孤岛岸，风颂赤子心。

伟大的时代呼唤伟大的精神，崇高的事业需要榜样引领。时代呼唤千千万万个像王继才这样优秀的奋斗者。王继才不善言辞，却用一生的行动践行了"开山岛是我国的领土，我一定要把它守好"的誓言，他心怀祖国，把一生奉献给了祖国的海防事业。

每一个平凡的岗位都是一座开山岛，每一个平凡的人都是守岛人。在实现中华民族伟大复兴的漫漫征途上，需要一代又一代人的接力付出、接续奋斗，我们应当以时代楷模王继才为榜样，坚定人生追求，胸怀祖国和人民，担当奉献，恪守尽职，迎着祖国和人民的需要而去，奋力跑好自己这一棒，切实用自己的实际行动表达心中的爱国情怀。

"为国护海模范"王书茂

2021年6月29日，庆祝中国共产党成立100周年"七一勋章"颁授仪式隆重举行。在颁授仪式上，来自海南省琼海市的王书茂走到习近平总书记面前，当他正准备介绍自己时，总书记先开了口："我知道，你是老王。"随后与他进行了简短而亲切的交谈。王书茂是海南省琼海市潭门镇潭门村党支部书记兼村委会主任、潭门海上民兵连副连长。处在最基层岗位的王书茂获得了"七一勋章"，激起了人们的好奇心，他究竟做出了什么样的突出贡献呢？让我们一起走近这位勋章获得者。

王书茂作为地道的海南人，出生在渔民家庭，家里几代人都靠捕鱼为生。王书茂从小就跟随父辈闯荡南海，是一名普通的渔家子弟。同时，他还有一层身份——一名光荣的南海民兵。1985年，29岁的王书茂主动申请加入民兵组织，从那时起，他就将守护南海这块祖祖辈辈赖以生存的海域作为毕生的使命。到2021年，36年来，王书茂把维护祖国海疆主权安全记在心里，为维护我领海主权和海洋权益做出了杰出贡献。

捕鱼致富的"船老大"

潭门镇位于海南省琼海市东部沿海，地理位置十分优越。潭门港是联结海南岛与南海诸岛中最近最便利的港口之一，也是南海各作业渔场的后勤给养和鱼货集散基地，发挥着非常重要的补给中转等作用。潭门镇渔民自古以来就在南海进行渔业生产，"祖宗海"就是他们对200多万平方公里的南海的亲切称谓，也表达了对生养自己的大海的无限敬意。

1956年出生的王书茂，18岁开始跟着父辈闯海，标准的"海边出生、海里长大"。由于长年在大海中摸爬滚打，王书茂不仅有着渔家人开船、潜水、捕鱼等娴熟技能，还通识大海习性、熟悉南海的海情海况，正是凭着这些"靠海吃海"的硬本事，王书茂成为当地海捞捕鱼致富的领头人、"船老大"中的佼佼者。

1985年，潭门海上民兵连成立，王书茂是最早的成员之一，之后一直担任民兵连副连长。凭着敢想敢干的冲劲，20世纪80年代初，王书茂便拥有了一艘重达30余吨、完全属于自己的木船，是当年潭门村第一批当船主的人之一。拥有了渔船的王书茂肯动脑子、不怕吃苦，搞渔业生产的收入不断增加，他的渔船也不断升级，吨位逐渐增加。

1996年，王书茂加入中国共产党。作为一名党员，王书茂始终牢记党的宗旨，毫无保留地传授航海捕鱼等经验技术，带领群众造大船、闯深海、抓大鱼，一起发家致富，是远近闻名的"双带"典型。

2013年，王书茂率先响应政府的号召，承包了一艘850余吨位钢质渔船，带头开大船、闯远海，不断扩大在南海的渔业生产活动范围。不过，当时不少村民担心承包大船需要投入的资金太大，风险比较高，就在大家观望不定、犹豫不决的时候，王书茂以自己的亲身经历向大家分享承包心得，逐渐打消了村民顾虑，大家的干劲一下子鼓了起来。

如今，全镇已有上百艘具备远海作业能力的大型渔船。潭门村村民李瑞波和王诗永，曾经是王书茂船上的临时雇员，两人的家庭十分困难，了解情况后，王书茂便向他们传授捕鱼技术，鼓励他们大胆去闯。在王书茂的帮扶下，两人先后购买了渔船，自己当上了"船老大"，家里的日子越过越红火。

挺身救人的"船老大"

跑海能发家致富，但也伴随着诸多危险。我国南海海域海况非常复杂，风高浪急，航海的危险性更高，经常发生一些不可预知的事故及灾难。作为当地渔民中名望很高的"船老大"，每当有渔民遇险，王书茂总是不惧危险，挺身而出，冲在救人的最前面。

1996年冬季里的一天，当天风力达到七八级，一艘正在作业的木船发动机损坏，抛锚在离潭门港20多海里的海域，船上20名渔民都面临着生命危险，王书茂二话没说带人驾船出海，顶风破浪搜救了一整天，终于成功地把渔民都救回来了，把渔船也安全拖回来了，保住了渔家最重要的财产。

对王书茂来说，面对灾难和危险，救助自己的同胞是义不容辞的责任，他说："自古行船半条命。每当看到有渔船坏了、渔民落水了，我都会带领海上民兵连前去救援。作为一名南海人、一名共产党员，我不做谁来做？"同样，当遇到外国渔民遇险，王书茂也会伸出援手。同村的王振福讲述了2001年那次海上救人的事。当天海上风雨特别大，很多渔船都不得不开到中业岛附近避风，大家在甲板上坚守岗位抗击风浪，在这种恶劣的天气和海况下，能够自保已经不错了。但当看到外国渔船翻沉，很多渔民落水后，王书茂又一次挺身而出，带头实施了救援，最终成功地救起10多个人。事后面对记者的采访，王书茂说："救人是人道主义，不管是中国的、外国的，都要救！"

王书茂这个"船老大"果敢、仗义，当地渔民钦佩不已，纷纷竖起大拇指。在多年的行船经历中，王书茂先后组织渔民抗击台风、开展生产自救达120多次，救援渔民600多人次，尽最大努力保护了渔民的生命财产安全。

他是"为国护海模范"

风高浪急的南海，不仅是我国渔业生产的重要海域，也是维权斗争的一线。作为潭门海上民兵连副连长的王书茂，一边在海上辛勤劳作、发展生产，一边发挥"守卫祖国南大门"的群众性维权作用。1996年的一天，正在南海从事捕捞作业的王书茂发现外国人员欲登上我国一无人岛礁，他立即带领潭门海上民兵连的弟兄登岛，在无人岛礁上坚守7天7夜。

20世纪90年代以来，潭门镇渔民在南海进行正常渔业生产时，经常遭到外国渔船的无理袭扰。2012年4月，王书茂等渔民正在南海某岛屿附近抓鱼捞虾，突遇外国渔船侵扰。王书茂要求其迅速撤离我国领海，不料对方却置若罔闻，还亮出枪支以示威胁。于是，王书茂率领潭门的渔民兄弟展开对峙，他们用渔船织成一道守护海疆的网，守卫我国的领海主权。经过数日的对峙，外国渔船最终全数撤离。

多年来，王书茂带领潭门的渔民兄弟冲锋在南海维权斗争一线，置生死于度外，坚定捍卫我国领海主权。2014年5月，我国首个深水油气田钻井平台"海洋石油981"钻井平台在南海专属经济区内正常作业，无端受到外国渔船的袭扰。王书茂闻讯，带领200多个渔民，连夜驾驶10多艘渔船，二十四小时排班倒休守护钻井平台，守护了45个日夜，有力地维护了南海主权不受侵犯。

多年来，王书茂先后参加多项国家重大涉海工作，带动和培养了一大批南海维权的民间力量。王书茂曾深情地说："'为国护海'这四个字一直刻在我心中。"

在潭门镇渔民协会的一面墙上，醒目地张挂着这样一句话："渔业是保护祖国海域最廉价、最有效的办法。"无数个像王书茂一样坚守在祖国海岸线上的普通渔民，用自己的力量护卫着这片国土的安宁。

"三代同堂建南沙"

只有建好南海，才能更好地守好南海。从20世纪80年代开始，王书茂就参加了我国在南海赤瓜礁等7个岛礁建设的支援工作，向建设现场运送材料。

在东门礁的施工中，王书茂与60多岁的父亲，还有18岁的儿子一起支援岛礁建设的事迹令人称颂，在南海岛礁建设历史中留下了"三代同堂建南沙"的佳话。

王书茂回忆起那次最困难的扩建任务，要扩建的岛礁礁盘很小，周边风浪大，在别处一趟能转驳一吨水泥的小艇，在这里却只能拉一包50公斤的水泥，为了追赶工期，他们只能采取小艇不停、渔民换班的办法，连轴转地干了半年。

在王书茂记忆中最危险的一次，是1998年参与的一次岛礁建设，这天他们驾驶的木质渔船突遇9级狂风，4米高的海浪不断拍打着船身。王书茂沉着冷静，指挥船首抛锚，以此抗击风浪，木船迎着浪头在海上连续漂了4天4夜，真是在鬼门关前走了一遭！事后，王书茂说："就是把命丢了，也要把党和国家交给的任务完成好！"

南海风光秀美、景色旖旎，但去过南海的人都知道，南沙岛礁有"三高"，即高温、高湿、高盐。常年在南海来回奔波的王书茂，由于高强度紫外线辐射，皮肤经常被灼伤。看到晒伤的皮肤，家人心疼他，都劝他休养一下，去治疗治疗，可是每一批工程他都坚持运送完最后一批物资。这种经年累月的坚持，在王书茂的脸上、身上都留下了皮肤皲裂的"烙印"，他却自我调侃地说："这些伤痕是我的'成长印记'！"是啊，这些特殊的印记就像一枚枚闪亮的勋章，是王书茂一次次爱国实践的留痕，记录着王书茂始终如一、永远不变的爱国情怀！30多年来，王书茂带领民兵连参与支援岛礁建设，累计出动渔船800多批次。

王书茂第一次踏上南海美济礁的时候，这里还只是在退潮时才露出水面的环礁，驻守的战士住在简陋的高脚屋里，如今，美济岛已经是南海最大的人工岛，未来，美济岛更有望成长为中国南海一座美丽的现代化旅游城市。这是无数建设者、守卫者一起奋斗的结果，这里有王书茂和民兵连的辛勤汗水。

他还要将光荣进行到底

2018年12月，王书茂获"改革先锋"称号并获评"海洋维权的模范"。2019年9月，王书茂被评为第七届全国道德模范"全国见义勇为模范"。2019年9月，王书茂被授予"最美奋斗者"称号。2020年10月，王书茂获得"全国双拥模范个人"称号。

2021年6月，党中央授予王书茂"七一勋章"，这枚勋章由习近平总书记亲自颁授。王书茂动情地说："这枚勋章分量很重，既是对我最大的鼓励，也是对我最大的鞭策。"王书茂讲到总书记为他戴上勋章那一刻的心情，面对这个沉甸甸的奖章，他强调这不是给他一个人的荣誉，而是给守卫南海的全体渔民的荣誉。他说：

"只有让南海越来越美丽,乡亲们的日子越过越好,才无愧于这枚勋章,无愧于共产党员的身份。"

2021年,王书茂被推选为潭门村党支部书记、村委会主任。在乡村振兴的道路上,王书茂又一次出发了。随着国家对渔业生产和生态保护政策的调整,很多渔民面临着转产、转业、转型的挑战,作为"当家人"的王书茂再一次带领渔民探索出一条海水养殖业的新路。在他的带领下,40多个渔民投资建设了33个工厂化养殖场,养殖的鱼类行销国内多个省市。他说:"没有党、没有南海就没有我今天,我将继续带领乡亲们保护好我们的'祖宗海',发展产业,共同致富。"

2022年,王书茂当选党的二十大代表,他深感责任重大。为切实履行好代表责任,王书茂广泛收集群众呼声和建议。近年来,他带领渔民上岸转产,发展休闲渔业,以渔船入股的方式建设海洋民宿。这种发展休闲渔业的致富路子,让渔民过上了不用辛苦赶海生活也富足的红火日子,渔民们的腰包越来越鼓。

王书茂这样评价自己和自己所做的事:"我仅仅是一个代表,我做的是一个共产党员的事情,国家的事就是我们自己的事,以后也要传到下一代,一代一代保护我们的南海。"

人民群众需要这样的共产党员,党和国家也需要这样的先进分子!

守卫边疆的姐妹花

很多人从那一首首高亢悠扬、优美动听的赞颂雪域高原的歌曲里认识了西藏。正是因为向往这一片神奇的地方，才催生了近年西藏旅游热持续升温。很多人说，即使面临高原缺氧，有生之年也一定要来西藏看看。这片迷人的地方，是谁在为国家守着呢？很多人脱口而出，是边防军人！不错，是边防军人，但这还不够，面对广袤的西藏边境线，还有人在默默地守着国土。今天，我们就要讲这样一对守卫边疆的姐妹花——卓嘎、央宗。

姐姐卓嘎出生于1961年9月，现为西藏自治区山南市隆子县玉麦乡玉麦村村务监督员；妹妹央宗出生于1963年6月，现为玉麦乡玉麦村的妇女主任。姐妹俩都是党员，被誉为"扎根雪域边陲的最美格桑花"，先后荣获"最美奋斗者"、"时代楷模"、"全国三八红旗手"、第七届全国道德模范等称号。

玉麦乡曾被称为"中国人口最少的乡"，它位于喜马拉雅山南麓的中印边境地区，隶属于西藏自治区山南市隆子县，海拔3500多米，行政区划面积3000多平方公里。

"家是玉麦，国是中国"

玉麦乡在每年6月迎来一年之中最美丽的时节。海拔5000多米的日拉山冰雪消融，露出"黝黑的皮肤"，通往玉麦的公路宛如一条群山中翻腾的巨龙，盘旋在喜马拉雅山的南麓，将群山连接在一起。一辆辆满载着旅行者的旅游大巴、越野车飞驰在这条公路上，络绎不绝，带来了一年中难得的喧嚣。盘山路经过几道弯后，仿佛一下子来到了群山的尽头，玉麦乡就像世外桃源一样矗立在那里，让人们的视线不觉间豁然开朗起来。首先映入眼帘的是"家是玉麦，国是中国"八个大字，诠释着这座西南边陲小镇的姓与名。

玉麦乡第一次进入人们的视野大约是在1991年。那时候，这个乡只有一家三口生活在那里——父亲桑杰曲巴和两个女儿卓嘎、央宗。一个乡，由父女三人守护着；一栋房子，既是乡政府，也是他们的家。

历史上的玉麦乡，人口最多时有20多户300多人。随着西藏地区和平解放与民主制度改革，雪域高原发生了翻天覆地的变化。大多数人不堪忍受玉麦乡的交通闭塞和生活的艰苦，陆陆续续迁到自然生态条件和交通环境等更好的地方去生活。

从1964年至1996年的32年间，桑杰曲巴一家是这片土地上仅有的一户人家。桑杰曲巴是个老牧民，也是一名老资格的民兵，他放牧守边30多年，从未离开过这片土地。女儿卓嘎、央宗在父亲的带领下，先后都加入了中国共产党。桑杰曲巴虽没读过什么书，却深明大义，有着强烈的家国情怀，领土主权等意识深深地烙刻在心中。

其他人陆续离开了玉麦乡，就剩下自己一家人，继续待下去肯定要面对更多的困难、吃更多的苦，可父亲对卓嘎和央宗语重心长地说，如果他们一家三口再走了，这块国土上就没有人守护了！父亲首先考虑的显然不是吃苦的事，而是国家的大事。父亲的话，姐妹俩记了一辈子。他们一家人有一个共同的执念：守护土地，就是守护国家。这样潜意识中就把国与家融合在一起。

但讲起来容易，做起来太难了，玉麦乡之苦，没去过西藏的人，根本无法想象出来。卓嘎、央宗说，玉麦乡下雪时封山半年，完全与外界隔绝；玉麦乡下雨时则更让人发愁，漫山遍野都生长着绿树，可是青稞种子撒到土里却长不出来。种不出粮食，一家人只能以放牧为生，用这种方式守护着国土。

每天凌晨四五点，卓嘎、央宗姐妹俩一天的忙碌生活就开始了，天亮前她们要把牛群赶上山吃草。等到夜幕降临，当牛铃声再次在牧屋边响起时，这是她们把牛群赶回家了，这样忙碌的一天才算结束。靠放牧过日子的生活单调又枯燥，但她们数十年如一日地坚持着。

"当时阿爸说，我们姐妹要是嫁出玉麦，那么谁来放牧守边？于是我们都嫁在玉麦，向阿爸发誓，一生守在玉麦，让五星红旗永远在我们祖祖辈辈放牧的土地上飘扬。"

姐妹俩用对父母之孝心完成了对祖国母亲爱的转换，这也是桑杰曲巴一家守护国土"献了青春献子孙"的生动写照。

"这就是国家，有国才有家"

讲起扎根边疆的心路变化，央宗说，自从"家是玉麦，国是中国"八个大字烙刻在心中，后面再遇到多大的挫折或者诱惑，姐妹俩从来没有动摇过。在她们看来，生活艰苦，日子孤寂，但有祖国，家就有希望。

除了放牧巡边外，一家人生活中最重要的事就是升国旗，我们也可以从这个庄严的仪式感中找到这一家人之所以坚守的答案。当年，父亲桑杰曲巴将自己亲手缝制的五星红旗插到玉麦乡玉麦村口，神情严肃地告诉卓嘎、央宗姐妹俩：这是中国的国旗，比自己的生命都还重要，一定要呵护好！望着高高飘扬的五星红旗，家与国的意识就这样慢慢地烙刻在一家人的脑海里，融入一家人的爱国基因中！

卓嘎讲起父亲巡边的经历，老人家是一路走一路挂国旗，而父亲当年巡边宣示主权的习惯做法，被姐妹俩沿袭下来。姐妹俩正是从父亲的言传身教中，把对祖国的忠诚、对家乡的守护镌刻在心头，并在心中反复强化这种信念：玉麦是自己祖祖辈辈生活的地方，再苦再累也要守好祖国每一寸土地。

半个多世纪来，父女三人将国家放在心中，几十年如一日，扎根雪域边陲，以抵边放牧、抵边巡逻的方式，默默地坚守着、奉献着，守护着祖国西南边疆，谱写了爱国守边的时代赞歌。

日子就这样一天天地倏然而过。回忆起过往，姐妹俩忍不住流下了泪水，她们诉说当年的往事，讲到自己的母亲就是因为在牧场上生病，治疗不及时才去世的。

面对这么艰苦的环境、过着如此贫苦的日子，姐妹俩不止一次被别人问到这样一个问题——你们为什么不搬出玉麦乡，到更好的地方生活？央宗说，谁不想着过上更好的日子，谁愿意一直吃苦呢！原来，姐妹俩也曾为这事同父亲发生过争执，但父亲坚决不同意搬走，并教育她俩说，如果自己一家人都搬走了，这片国家的领土就没人保护了，最终可能会被别人抢走，我们将愧对当年因和平解放西藏地区而牺牲的革命先烈。毫无疑问，是父亲桑杰曲巴的那种感恩先烈、为国坚守的忠诚与倔强，以及不怕吃苦的奉献精神，深深地影响、感染了姐妹俩，让姐妹俩铭刻于心。

爱国主义赞歌世世代代唱下去

坚守的日子无疑是孤寂、艰苦的，也是平淡、熬心的。但如果把这岁月拉长，平凡的岁月也在不经意中发生着改变，历经累积与沉淀，逐渐凝结出、生发出不平凡的精神。边境上卓嘎、央宗姐妹放牧的身影，那飘扬着的鲜艳的五星红旗，都在告诉世界这里不是无人之境，不是无主之地，这里是中国的领土，这里有着中国人的精神。

父亲与姐妹俩的坚守换来玉麦乡的蝶变。在卓嘎、央宗姐妹爱国守边事迹的感召下，越来越多群众搬进了玉麦乡。1995年，玉麦乡正式告别"三人乡"的历史。1999年，玉麦乡人口突破20人。2009年，玉麦乡人口突破30人。2020年，玉麦乡常住人口已经达到了266人。新时代的玉麦乡全面融进了现代文明之中，接入国家电网，告别了缺电历史，道路修得更宽了，无线网络覆盖全乡。

这是一个普通藏族同胞家庭的感人故事，这是一个少数民族同胞家庭的爱国故事。爱国主义住进了这个家庭每一个人的心里，融入了这个家庭每一个人的血脉，并随着基因代代遗传不断生长，成为一种习惯、一种自觉、一种坚定的行为。这里面的主人公如此平凡，她们是千千万万有着强烈家国情怀的中国人中的一员，越是普通、越是平凡，却越反衬出她们事迹的伟大与崇高。

"感动中国2017年度人物颁奖盛典"的颁奖词这样写道：日出高原，牛满山坡；家在玉麦，国是中国。中国是老阿爸手中缝过的五星红旗，中国是姐妹俩脚下离不开的土地。高原隔不断深情，冰雪锁不断春风。河的源头在北方，心之所向是祖国。

姐妹俩看着玉麦一年比一年好，感到无比欣慰，更令她们骄傲自豪的是自己的儿女也成为新的守边人。卓嘎的女儿巴桑卓嘎，央宗的儿子索朗顿珠大学毕业后，陆续回到玉麦乡。索朗顿珠动情地说起自己回乡后的打算，就是要继承前辈的守边奉献精神，义不容辞地投身于家乡建设，立志做新一代神圣国土的守护者。爱是一种习惯，"爱国戍边"的种子就这样在这个家庭里播下去、生长出来……

　　玉麦乡党委书记胡学民高度评价卓嘎、央宗姐妹俩的感人事迹，称赞她们是新时代爱国主义精神的典范。今天，一个欣欣向荣的社会主义新玉麦屹立在中国的边境线上，百姓安居乐业、生活幸福，一片生机盎然的新景象，这也映衬出父女三人坚守的伟大与崇高。没有这一家人的坚守，何来今天这里发生的沧桑巨变，何来祖国西南边陲的安宁稳定？

站在爱国一线的陈百祥

2018年以来，香港地区的黑色暴乱一度是国际社会的关注热点，也紧紧地牵动国人的心。黑色暴乱使香港社会遍体鳞伤，也将平时掩盖在华丽外表下的深层次问题暴露出来。香港地区的繁荣稳定需要中央坚定支持、特区政府依法施政、警方严正执法，还需要香港社会放下歧见，需要香港社会各界人士携手努力。下面介绍的陈百祥是一位站在法治一线、维护正义的正能量艺人。

全能型、实力派艺人

青少年时期的陈百祥经历了家庭的大起大落，这种来自家庭的变故锤炼了其坚韧的性格。陈百祥出生于1950年，出生时全家住在香港地区的富人区，家境殷实富足，生活无忧，然而这样的生活却没有维持多久。陈百祥4岁时，原本富裕的家庭陡然发生变故，生活条件一落千丈，从此陈百祥过上了贫困交加、填饱肚子都困难的生活。

1964年，14岁的陈百祥初中毕业，母亲由于操劳过度而卧病在床，懂事的陈百祥决定承担起家里长子的重任，外出打工赚钱。由于天生一副好嗓子，陈百祥起初在酒吧唱歌赚些钱贴补家用。1968年,他和几个好朋友组建了"失败者乐队"。正当乐队做得风生水起时,为了多赚些钱,让家人过上好日子,作为第一主唱的他却选择离开乐队去做生意。

1971年,陈百祥拿着省吃俭用攒下来的4万元,跟朋友开了一家制衣厂,生意做得风生水起。可是天有不测风云,因为香港爆发了经济危机,陈百祥的制衣厂深受打击,生意越来越差,最后倒闭了。

人生道路的挫折并没有击败陈百祥。1979年,陈百祥重返演艺圈,才华横溢的他成为香港地区影、视、歌等多栖发展的全能艺人,他还在《欢乐今宵》等节目当过主持人,凭着幽默搞笑的风格吸引了不少粉丝。陈百祥先后拍摄了几十部影视剧,后来遇到了以"无厘头"搞笑著称的周星驰,他便以配角身份出演了不少周星驰的电影,这让陈百祥大放异彩。比如,他出演《唐伯虎点秋香》里的祝枝山,喜剧形象深入人心,一下子赢得了众多影迷。

陈百祥艺名"阿叻","叻"在广东话里是厉害、棒的意思。他说:"我英文名字的广东话谐音就是'叻',从小大家都叫我阿叻,现在就叫叻哥了。"与他的艺名一样,陈百祥在朋友中重情重义,赢得了好口碑。

坚定地站在"撑警"第一线

很多人认识陈百祥是因为他高超的演技,以及他塑造的一系列经典的银幕形象。他曾多次参演周星驰的电影,被人称为周星驰的"御用配角",其无厘头搞笑的功夫让人记忆犹新。比如在周星驰电影《鹿鼎记》中,陈百祥扮演多隆,一个"又贱又滑又无耻"的搞笑配角被陈百祥演"活"了,以至于在很多影迷心中,陈百祥就是多隆的化身。但谁能想到,现实中的陈百祥是如此深明大义,如此之"刚"呢?

在与乱港势力的斗争中,不少艺人都敢站出来公开说话或表态。陈百祥也不例外,他表达鲜明的立场,其"刚"的一面得到了充分体现。在网络上搜寻到的一段公开视频节目中,陈百祥当着主持人的面,通过摆事实、讲道理,正面硬"刚"某"港独"分子,致使该"港独"分子歇斯底里、情绪失控,陈百祥的表现让爱国网友感动不已。

陈百祥的"刚"还体现在力挺香港警察上,他是香港"修例风波"中第一个站出来"撑警"的艺人。当身着黑衣、戴着黑色口罩的暴徒冲上街头,到处打砸抢、破坏香港社会秩序的时候,广大香港警察无所畏惧,坚守一线,用生命维护香港地区的治安和市民的安全。看到这一幕的陈百祥,对香港警察既心疼又敬佩。一天,有一位警察朋友打电话问他,是否可以过来给大家打打气,陈百祥义不容辞地答应了。

"这是我第一次走进警察总部给他们加油打气。"陈百祥说,"我对警察说,你们做得对,你们是香港的最后一道防线,如果警察都不能维护治安的话,香港就'玩完了'。我们普通市民坚决支持你们!"

从那时起，陈百祥一直站在"撑警"第一线。他不仅积极参加各种"撑警"活动，公开发声反暴力，还多次带物资到警署去慰问。正因如此高调的"撑警"行为，陈百祥在网上曾多次遭人恐吓和攻击，有的暴徒甚至扬言要烧他家的房子。面对暴力的恐吓，年近70岁的陈百祥从来没有畏惧、退缩过，他直言："不站出来说句公道话，我对不起我自己，我的字典里没有'怕'字。"

2020年6月，《中华人民共和国香港特别行政区维护国家安全法》生效，显示出中央拨乱反正的强大威力。"暴恐"已经成为历史，香港地区社会迅速走向稳定，开启了良政善治的新篇章。

在这场正与邪、治与乱的斗争中，像陈百祥这样坚定地反对暴力、维护香港民众利益的正义之士，以实际行动捍卫了民主、法治、正义与遵循，从根本上维护了香港同胞的利益、国家的利益。2020年国庆节，陈百祥荣获香港特区政府颁发的铜紫荆星章，他是香港地区演艺界唯一获此殊荣的艺人，颁奖词称赞他"是促进社会和谐与沟通的好榜样"。

心中有祖国，行动见善良

踢足球是陈百祥最大的体育爱好之一。在他看来，踢足球除了能够强健体魄，还肩负着文化交流、做慈善等更重大使命。1986年，陈百祥与谭咏麟、曾志伟等一些演艺界人士，一起组建了香港明星足球队，用踢球来募集善款，扶危解困，帮助那些有需要的人。这些年，香港明星足球队在中国内地先后举办了近百场慈善球赛和演唱会，筹款金额达到五六千万元人民币。每当中国内地发生重大自然灾害时，香港明星足球队都及时伸出援助之手，对受灾同胞进行慰问与帮助。如华东水灾、汶川大地震等重大灾害发生后，香港明星足球队都组织了义演来募集善款。

除此之外，踢足球还是香港明星足球队加强与内地同胞进行文化交流的重要方式。从1997年开始，每年中秋节，香港明星足球队都与驻港部队踢一场足球联谊赛，以足球联络感情。陈百祥曾动情地说："解放军驻守香港，香港市民非常感恩他们的坚守和付出。我们去军营看望，就是要带给他们一点亲人团聚的感觉。"这种对驻港部队的感情，就是对祖国母亲的依恋与认同！

从当年第一次来中国内地踢球，到如今走过中国内地那么多地方，陈百祥惊诧于中国内地的发展。他说："变化太大了，完全是另外一个世界了。高速公路、高铁，都比香港好。这次抗疫，中国更是'一枝独秀'！"话语之间，洋溢着满满的骄傲与自豪，说起在内地旅行的感受，陈百祥用一句"江山如此多娇"给出了答案。

作为一名中华儿女，陈百祥非常热爱中华传统文化，他曾给自己的一匹爱马取名叫"莫己若"，这个名字就蕴含着浓浓的传统文化味道，取自《庄子》的《秋水》篇，说的是河伯看着千百条河水汇入黄河很是得意，但转头一看，后面是无边无际的大海，他顿时恍然，原来大海才是最大的，其中的意义不言自明。"你觉得香港大，你回头看看中国内地，那才是大海。香港人要提醒自己，不能做'莫己若'。"

"拿演艺圈来说，过去香港一个城市的影视产品影响整个华人地区。现在你看，内地那么多城市都发展起来了，而且是14多亿人的市场，就看你能不能把握机遇了。"陈百祥说，"香港只有融入国家发展，河流汇入大海，才会有更美好的未来。"

在陈百祥看来，爱国爱港是大是大非的原则问题，也是对自己作为一个中国人最起码的要求。无论经历什么样的风风雨雨，他始终坚守在香港地区，坚守着一个中国人应有的家国情怀，以弘扬正义、不惧邪恶、敢于斗争的良好形象赢得更多人的敬佩和喜欢。

"台湾表妹"李乔昕

这几年,台湾地区一些"专家""学者"竞相说出一些"雷人"的话。比如,有的台湾"专家"讥讽大陆人吃不起榨菜和茶叶蛋。面对这种不正常的现象,台湾地区越来越多的有识之士逐渐认识到民进党当局操控两岸紧张局势带来的巨大危害,不断参与到促进两岸人民交流的活动中,希望以自己的努力为两岸人民交流累积正能量。得益于新媒体平台的传播力、穿透力,不少台湾地区民众客观地了解了大陆的真实情况。

我们今天就认识一位被称为"台湾表妹"的年轻人,她致力于讲好大陆故事,把大陆真实的一面带给台湾地区民众。

此生不悔入华夏

这位长相甜美的"台湾表妹"叫李乔昕,2020年年底来到大陆学习和创业,并把自己在大陆的所见所闻用短视频的方式呈现出来。因为她的短视频真实、理性,并坚持自己就是中国人的讲述风格,收获了大量粉丝,尤其那一句"此生不悔入华夏",让她瞬间爆红全网。

2021年7月1日,在中国共产党成立100周年这样具有特殊意义的一个日子，一个自称"台湾表妹"的抖音视频账号发布了一段现场画面。正在浙江杭州游玩的"台湾表妹"在视频中，称赞现在大陆的很多城市都很厉害，而且夜景都超级漂亮。她对钱塘江的夜景和建筑风格赞不绝口，自称被钱塘江的夜景"美哭了"。视频中，她还对大陆的抗疫工作大加赞扬，强调在全球新冠肺炎疫情如此严重的状况下，大陆将疫情控制得非常好，而自己的父母在台湾地区连门都不敢出，很羡慕人们能在这里自由走动。视频的最后，"台湾表妹"对着镜头以热泪表白伟大的祖国："此生不悔入华夏！"

这段视频迅速引爆舆论，获得大量点赞，因为她来自中国的宝岛台湾。

值此两岸关系紧张对立、"台独"言论成为不少台湾年轻人"政治正确"的时候，网友纷纷点赞这位"台湾表妹"的巨大勇气与魄力，以及她对民族和国家具有的强烈认同感。有网友留言说，她就像自己姨家的表妹，感觉就是一家人、一家亲。还有的网友点赞这位"台湾表妹"，说她如同美丽的杭州夜景，不光人长得甜美，心更美，因为这个"台湾表妹"有正确的文化认同和身份归属感。还有网友从新冠肺炎疫情防控的角度来看这件事，强调这么美丽的夜景代表着中国抗疫的成功，这是华夏儿女共同作战、共同努力的结果。能够欣赏到美丽的夜景，是因为有人在背后保护着我们的祖国，守护着我们的领土，这是祖国强大的标志，也是台湾地区同胞可以一同分享的荣耀。

通过短视频，传递正确的价值观

一个年轻的台湾地区小姑娘，怎么会想到来大陆拍短视频呢？谈到初衷，李乔昕解释说："一开始我们想要输出一些有关两岸文化的东西，分享一些正能量的内容，所以才开始创作这些短视频。"

李乔昕到大陆很多地方游玩过，深刻体会到大陆各个地区不同的文化和城市发展面貌，大陆蓬勃的生机让她大受震撼，原来真实的大陆与她想象中的大陆，或者台湾地区宣传的大陆根本不一样。

因为相当多的台湾地区民众不了解大陆的现状，李乔昕希望可以将事实传递给台湾地区的青年，让他们了解真实的大陆，欢迎他们来大陆发展。于是她萌生了一种想法，用短视频记录她在大陆的日常生活，以"台湾表妹面面"的身份进入大众视野，用自己的所见、所闻、所感来传递大陆真实的样子。令她没想到的是，这些短视频一下子就火了。李乔昕发现，她的小阿姨看了她的短视频会感叹，原来大陆的科技这么发达，什么都这么方便。李乔昕身边很多的亲戚朋友都在关注她的视频账号，看了短视频后，他们发现原来真正的大陆和他们脑海中的大陆很不一样。正是通过一个个短视频，李乔昕慢慢打破了很多台湾年轻人长期以来对大陆持有的那种落后、僵化的负面认知。

李乔昕的短视频不光在台湾地区受到很高的关注，在大陆短视频平台上也有非常高的点击率。凭借新颖独特的短视频作品，以及李乔昕本人的开朗活泼、善于交流，还有大陆网民发自内心的呵护，她在很短时间内就聚起了超高人气，收获了大陆和台湾地区的大批粉丝。

自信自在，做对的事情

由于李乔昕客观、理性地报道大陆真实现状，她也遭到了台湾地区舆论的围攻。舆论将一些原本很正常的文化交流、文化认知的不同，上升到对她个人的人身谩骂甚至恐吓。

2021年7月，李乔昕遭到来自台媒为主的大规模"网暴"，突如其来的谩骂指责让她身心俱疲，情绪低落，以至于开始对自己坚持拍视频的想法产生了严重怀疑。在那段日子，李乔昕陷入了前所未有的迷茫与挫折之中，年纪轻轻的她难以负荷这种野蛮的网络暴力，不得不将个人的账号停更了两个月之久。在那段艰难的日子里，李乔昕得到了很多人的鼓励和安慰，有来自亲友的，也有来自粉丝网友的。经过一段时间的冷静思考，李乔昕彻底摆脱了那种自我怀疑的心态，那个自信女孩儿又"满血复活"了。

经历过"网暴"的野蛮打击之后，李乔昕变得更加成熟、坚强，她说："我在做对的事，不应该被打败，自媒体人必须传递正确价值观，我会继续走下去的。"

李乔昕更加积极地参加两岸青年交流活动，每一次活动她都用心地记录两岸青年交流情况，传递同胞之情，而且每一次真实的情感交流，都充满感动与鼓励。比如，2021年她到河南省参加两岸青年交流活动，这也是她第一次来到河南省，但恰巧赶上了郑州"7·20"特大暴雨，是当地台联的工作人员冒着生命危险组成人墙，将他们护送到安全位置，这一经历让她深深地感受到"血浓于水"的同胞情谊。

呼吁台湾朋友了解真实的大陆

一直以来，李乔昕希望通过自己传递事实，让越来越多的台湾年轻人抛下成见，她不断呼吁台湾朋友亲自来大陆看看，用自己的双眼看看大陆真正的样貌，而不是道听途说，或者偏听偏信，执拗于那些虚假的报道。

李乔昕反复向台湾朋友介绍大陆，讲述大陆同胞的热情、友善，她说："真的非常感谢过去一年支持我的朋友和粉丝，我也希望，新的一年可以有越来越多的台湾年轻人，真正来到祖国大陆走一走、看一看。让我们一起去为两岸的和平交流做出贡献，肩负起我们这一代年轻人应该有的责任，大家一起努力加油！"

李乔昕还从个人创业经历的角度，指出台湾年轻人未来职业发展存在瓶颈，而大陆市场规模庞大，存在众多的商机，是一个可以圆年轻人职业梦想的地方，鼓励台湾年轻人到大陆创业发展。

她以自己做自媒体的经历为例，介绍大陆自媒体平台具有庞大的网民群体，通过自媒体可以吸引更多的粉丝，从而获取流量，视频、产品等可以被更多人看到。她向台湾年轻人宣传：

"如果想做自媒体，杭州非常适合，欢迎你来。杭州是成熟化的城市，是很好的舞台。"如今的李乔昕经过辛勤打拼，已在素有"电商之都"之称的杭州扎下了根。

谈到未来，李乔昕想依托大陆成熟的电商市场进行创业，通过这种新型购物方式带动台湾地区的商品在大陆销售。

难以绕开的恶意中伤

作为一个在大陆工作生活的台湾人，李乔昕完全可以在大陆成就其创业梦想，但无法回避的是，她的父母、亲戚还都在台湾地区。当前民进党当局执意拉高两岸敌意，坚持什么样的"身份认同"确实是摆在"台湾表妹"面前的一个重大问题，这不仅影响到其创业，还使其在返回台湾时有了不少顾虑。

2022年3月初，李乔昕在其公众号上连发两条视频，讲她家里发生了一些事情，她本人必须回去处理家事，至于什么时候回来还不确定，并向客户承诺自己没有完成的工作先交由"大陆表哥"来处理。视频中，"台湾表妹"哽咽地诉说，担心自己不能顺利回到台湾，她非常担心自己会被区别对待，甚至遭遇刁难和打击。关键时候，视其为亲表妹的大陆网友送来强大的支持。大家知道"台湾表妹"要回台处理家事，纷纷送来了关心和祝福，并为她加油打气，称"祖国是你强大的后盾，不要怕"，并盼她能够早日平安回到大陆。

面对网友的关怀，李乔昕团队的工作人员也及时向大家通报情况：李乔昕平安抵达台湾之后，即按照正常程序隔离在酒店，并感谢大陆网友的关心。

相比之下，自从李乔昕把自己在大陆的所见所闻用短视频的方式呈现出来，在网络爆红后，就遭到了台湾一些媒体和网红的"网暴"。在李乔昕的社交平台评论区能看到不少辱骂和诋毁，还有人发私信威胁她，甚至恶意公开她的私人信息。李乔昕对新华社表示，民进党无心关注台湾百姓面临的民生议题，却操纵舆论"带风向"，恐吓来大陆发展的台胞，"如今我也成了受害者"。但是，这些恶毒攻击，反而说明被戳到了痛处，被戳破了谎言。面对这些难以绕开的恶意中伤，李乔昕一再呼吁："两岸的中华儿女要拧成一股绳，台湾才能有更好的发展，才能抬起头。"

与志同道合者一道，继续推进两岸文化交流

2022年5月11日，以"携手共创美好生活"为主题的第五届海峡两岸青年发展论坛在杭州开幕。来自海峡两岸的嘉宾和青年代表相聚一堂，共叙交流合作，共促两岸融合发展。李乔昕早已回到大陆，参加了这次海峡两岸青年发展论坛，并上台分享了自己在大陆的工作、创业经验和心得体会！在这一次海峡两岸青年发展论坛上，她见到了中国国民党前主席洪秀柱女士，洪秀柱自称是"台湾表妹"的粉丝，给"台湾表妹"加油打气，鼓励她继续为两岸文化交流做出贡献！

"台湾表妹"的故事既暖心又励志，是促进两岸文化积极交

流的缩影。这几年，还有不少来到大陆发展事业的台湾青年，他们具有正确的价值观念和是非立场，强调自己是中国人并以自己的方式努力促进两岸民众之间的文化交流。

2022年，第二十届海峡青年论坛举办前夕，受邀参加论坛的50名台湾青年一起给习近平总书记写信，讲述他们在祖国大陆学习、工作和生活的经历以及感悟，并表达为民族复兴和祖国统一贡献力量的决心。7月11日，总书记亲切地给他们回信，希望他们多向台湾青年分享自己在大陆的经历和感悟，让更多台湾青年了解大陆，并勉励他们同大陆青年同心同行、携手打拼，锲而不舍、驰而不息，让青春在实现中华民族伟大复兴中国梦的伟大进程中绽放异彩。

这些故事充分说明，两岸人心不可违，祖国和平统一大业是大势所趋！无论谁都不能否认"两岸文化同源同根、两岸同胞血浓于水"这一基本的事实。那种企图在文化根脉上大做文章，切断文化之根的伎俩纯粹是痴心妄想，必将遭遇可耻的失败！

平凡的英雄

"英雄机长"刘传健

  航空安全是国家安全的重要组成部分，牵动着全国人民的心。特别是近年来，随着民航运输的数量、规模越来越大，飞行的频次、强度大幅提升。由于民航客机的运载人数多，一旦发生重特大事故，往往容易造成人员伤亡，直接冲击社会心理，影响社会稳定。

  俗话讲，"离地三尺即为险"，民航客机自身的脆弱性以及空中飞行安全隐患、事故排除、处置的极端困难性，使任何一个事故的安全处置都值得被高度赞扬。

  今天，我们就来讲述一位"英雄机长"，也是一位退役军人刘传健的故事，他凭着过人的胆气和高超的驾驶技术，成功处置了一起重大的安全事故，成为竞相传颂的"英雄机长"。以其真实经历改编的电影《中国机长》，用影视艺术的手段展示了这位"英雄机长"是如何成功处置"空中客机风挡玻璃爆裂脱落、座舱释压"的严重事故,如何创造奇迹,成功挽救128人。

一切都似乎那么正常、美好

2018年5月14日,当天早晨,一架执行重庆到拉萨飞行任务的客机整装待发。执行此次飞行任务的是47岁的机长刘传健。早上4点20分,天还没亮,美丽的山城重庆仍在沉睡中,刘传健早已穿戴整齐、精神抖擞地抵达重庆江北国际机场的机组准备室。

为了尽早进行飞行准备,保证足够的休息时间,按照惯例,刘传健昨晚是在公司宿舍过夜。20分钟后,机组一行9人像往常一样有说有笑地进入机舱,大家相互鼓励、问候。身体良好,天气晴朗,飞机正常,油量充足,这怎么看也是个飞行的好日子!

这一趟由重庆飞往拉萨的航班任务,刘传健每年飞行上百次,但作为一名成熟的飞行员,他把每一次飞行都当作一次全新的开始,在安全上有着强烈的归零意识。刘传健历来把飞行安全看作天,因为他深知自己肩上担着的是100多名乘客、100多个家庭的安全责任。所以,对今天的飞行准备,他慎始如初,像往常一样专心阅读所有资料,依据飞行规程,对飞机的内、外部进行详细检查,一切都做得扎扎实实、踏踏实实。

一切良好,一切准备就绪。当时间指向6时26分,刘传健和当天的副驾驶徐瑞辰驾驶着川航3U8633航班于重庆江北机场起飞,飞机搭载着9名机组成员和119名乘客,快速跃进晴朗无云的碧空。后来，刘传健说对这次飞行的印象很深刻，当时的飞行条件良好，飞机高度为9800米，高空能见度很好，完全可以看清下面的层峦叠嶂，飞机按照往常节奏进入自动驾驶状态，平稳飞行了一段时间。

40多分钟后，飞机按计划如期进入青藏高原上空。这个区域空中气象复杂，气候恶劣且多变，空气中的总体含氧量稀薄，被称为航空界的"空中禁区"。刘传健机组对这条航线再熟悉不过了，每年飞行次数上百次，上千个小时，早已驾轻就熟，但每次飞到这个区域时，刘传健还是会多加小心。

意外突如其来

显然，今天的飞行并不像预期那样的幸运。大约7点08分，飞机突然发出一声爆裂声，打破了原先平静的气氛，一道裂纹赫然出现在驾驶舱右侧风挡玻璃上。看到这一幕，刘传健心里直打怵，这可是即将发生严重事故的征兆啊，他赶紧伸手去检查，以确定是哪一层玻璃出现了裂纹，"割手，不好！内层玻璃裂了！"

很多人可能对飞机的风挡玻璃不大了解，会产生与汽车前挡风玻璃差不多的错误认识，但只要想想飞机在高空所承受的巨大气压，就能明白飞机的风挡玻璃与汽车前挡风玻璃的不同。飞机的风挡玻璃共有3层，分别是外层、中间层和里层，当里层玻璃出现裂痕，意味着飞机的承压力大大下降。

这时，刘传健的心陡然紧张了起来，如果在高空大气压作用下，风挡玻璃层破裂发生内外贯通，那整个前风挡玻璃可能完全破裂，后果真不堪设想。

来不及多想，刘传健第一时间做出了返航的决定，立即向重庆机场飞行管制台报告，同时示意副驾驶发出遇险信号，"准备下降高度，保持飞机状态，备降成都"。

身处绝境，命悬一线

各项指令刚刚发出，话音未落，"砰"的一声巨响，那块驾驶舱右侧风挡玻璃突然爆裂脱落，并被"吸"出窗外，飞机驾驶舱瞬间像被打开了大门。因失去风挡玻璃的保护，整个飞机因失压而发生剧烈抖动。副驾驶徐瑞辰因风力和失压直接被"吸"出了驾驶舱外，靠系着安全带而半挂在机舱窗外，这个场景的惊险程度如同许多好莱坞大片中演的那样。

刘传健试图把副驾驶徐瑞辰的身体拉回来，却发现自己根本就拽不动他。因为呼啸的风声和失压的状态，刘传健耳朵里什么都听不见，也丝毫感觉不到缺氧和寒冷，他想戴上氧气面罩，可是飞机高速飞行下产生的强大气流吸力使得他无论怎么努力也戴不上氧气面罩。这时刘传健满脑子就只有一个念头：控制住飞机，飞出山区，飞回成都！这样大家都还有活路！

必须马上联系成都双流机场飞行管制台，掌握空情！刘传健试图联系成都双流机场飞行管制台，但高空大气压造成的噪声干扰非常严重，飞行管制台根本无法与他进行无线电对话。飞机驾驶舱中的一些设备也发生了故障，比如自动驾驶和很多仪器已经失灵，还有一些设备直接被"吸"出了驾驶舱。

此时，空管指挥塔台已经判断川航3U8633航班可能遭遇了空中险情，但不知道他们遇到了什么险情，塔台一直焦急地联络，并尝试通过其他飞机建立中继联络。可是无论怎么喊话，川航3U8633航班都处于失联状态。此时作为备降机场的成都双流国际机场空管值班室里，因为川航3U8633航班发来的遇险代码7700，而立刻变得高度紧张起来。就在两三分钟前，他们接到了来自该航班的紧急呼叫，要求返航迫降在成都双流国际机场。可是，双方的通话还没有说清楚究竟发生了什么故障，信号就中断了。

此时，地面空管不知道的是，川航3U8633航班正经历着一场难以想象的生死考验，整架飞机和机上128名人员都身处命悬一线的险境中。

整块风挡玻璃破碎后的几分钟内，驾驶舱已经迅速降到了零下40多摄氏度的低温，而且舱内已经缺氧，而刘传健还穿着短袖衬衣，他不仅冻得瑟瑟发抖，还因为缺氧而呼吸困难。但此时的机长刘传健，已经成为这架飞机安全的主宰者。很多人心揪在一起，刘传健究竟该如何应对这一突发状况呢？他有没有能力应对这个挑战，带领机组人员化险为夷呢？

驾驶舱内一片狼藉，驾驶舱内飞行控制组件（FCU）中央部分翻起，自动驾驶仪（AP）、自动油门（A/THR）故障，电子集中化飞机监控器（ECAM）显示多个红色故障信息。来自舱外的强风还将驾驶舱与客舱之间的门给吹开了，乘客被这突发状况吓蒙了，伴随着舱内压力变小，飞机出现剧烈颠簸，氧气面罩自动脱落到乘客面前，许多乘客发出尖叫声、哭号声，很多人以为飞机要坠毁了。

力挽狂澜，飞出绝境

此时驾驶舱内的刘传健正因低温、缺氧而瑟瑟发抖，他脑海里的第一反应就是马上下降飞机的高度，否则大家会被冻僵或因缺氧而窒息。而一旦失去意识，他将无法操控飞机。可此时，飞机飞行的位置正处在青藏高原的东南边缘，群山密布，海拔高度达五六千米左右，所以飞机不能降得太低，否则会撞到山头。这两难的选择，极大地考验着刘传健和机组人员。此时的副驾驶徐瑞辰还挂在驾驶舱外呢。

原本在客舱休息的第二机长梁鹏，在发生突发状况后，立刻赶到驾驶舱，协助机长刘传健将副驾驶徐瑞辰拉回舱内。幸运的是，副驾驶徐瑞辰身上只有一些擦伤，身体没有大碍。

梁鹏当即拿过机长刘传健的话筒盲发，将航班上的状况告诉了正在苦等信息的成都双流国际机场的空管中心，但由于飞机上的一些设备已出现损毁，指挥塔台那边能不能准确地收到他们的信息，大家心里都没底。

此时的地面空管也心急如焚，在尝试与川航3U8633航班建立联系的过程中，已经启动应急预案，指挥成都双流国际机场内待飞的6架航班紧急避让，并将停机坪上的15架飞机全部开走，给川航3U8633航班提供最优的紧急迫降环境。所有相关人员都在为川航3U8633航班祈祷，盼望它能平安迫降。

飞机上所有人的担心与期盼、飞机上所有应急处置措施的展开，全都传导到机长刘传健那里。毫无疑问，飞机能不能安全降落，很大程度取决于机长刘传健，他的不同选择可能会导致不同的结果。

事后刘传健回忆，飞机下降高度时油门很大，他必须将自动驾驶改为手动驾驶，尽快手动控制住飞机，而且他明显感觉到飞机是带着坡度转弯下降的，速度一直在增加，接下来的处置就是手动操纵飞机，"我做的动作是把油门收光，操纵飞机，如果我们的飞机失去姿态，某种情况下它是会失速掉下去的，就是飞机直接往地上掉下去"。

从事故发生到刘传健控制住飞机，再到完成下降高度平稳飞行，前后不过短短5分钟的时间，这5分钟是一次可以载入史册的经典自救案例。但对刘传健和机上的人员来说，这是决定生死的最漫长、最煎熬的5分钟。

在得到命运之神眷顾，暂时解除突发状况之后，刘传健的心依旧悬着，身体僵硬地操控着飞机，他要带着飞机上的所有人成功迫降到成都双流国际机场。此时的川航3U8633航班并不知道成都双流国际机场那边是否已经做好了迫降准备，担心还有别的意外状况发生。因为冷，刘传健的身子一直在发抖，手也冻成了紫色，但他一直没离开驾驶位置。

7点46分，刘传健操纵飞机以近乎完美的曲线终于安全降落，他完成了职业生涯最困难的一次降落。刘传健在事故发生34分钟内，硬是靠着强大的意志、高超的飞行技术和近乎完美的突发情况处置能力，将飞机平稳地降落在成都双流国际机场。

当飞机落地的那一刻，刘传健与第二机长梁鹏都不约而同地说了一句："我们都还活着。"这既是庆幸，也是自豪，其中经历过的凶险，只有他们和飞机上的人知道。

劫后余生的刘传健，在接受采访时说了这样一句话："在我起飞的时候，我没有想到我可能会死；但是当飞机安全落地的时候，我真没想到我会活。"

只有与死神交过手的人，才能有这样的感慨。

命运只会眷顾有实力的人

关键时刻的惊人之举，其实都有着背后的艰苦磨砺。刘传健面对罕见的飞行事故所迸发出来的惊人毅力和顽强意志，不是一时兴起，而是与其特殊的成长经历密不可分的。

刘传健出生于1972年11月，老家是重庆市九龙坡区陶家镇友爱村，他在家里排行老三，上面还有两个姐姐。刘传健从小就喜欢看战争片，很羡慕片中那些驾驶着飞机在空中自由飞翔的飞行员，在参加高考的时候，他萌生了当飞行员的想法。

1990年，刘传健参加高考，因为英语成绩拉了后腿，他未能考上心仪的大学。遭受高考失利的打击，刘传健变得有些心灰意冷，改变了当飞行员想法，跑去水泥厂当了两个月的工人，准备接父亲的班。学校的老师知道后，赶紧到刘传健家里做工作，劝他回校复读，因为刘传健其他科的成绩都不错，只要把英语成绩抓一抓，考上好大学还是很有希望的。

就这样，刘传健又回到学校复读，重点攻克英语，终于在第二年以超过高考录取分数线几十分的好成绩考入了中国人民解放军空军第二飞行学院。说起军校的学习训练，刘传健回忆说，军校飞行员的淘汰率很高，最终能够当上飞行员的学生只有20%到30%，整个训练的过程实在是太苦了，不少学员因为怕苦、怕累、怕危险，导致毕业成绩不合格。

不过农村娃出身的刘传健最不怕的就是吃苦，在他身上有一股子不怕苦累、不服输的劲头。从飞行学院毕业后，刘传健成了空军的一名飞行员。自成为飞行员的那一天起，刘传健就把确保飞行安全这一最高职责烙刻在心里，把安全飞行规章落实到每一个航班飞行的全过程。军队的严格训练不仅磨炼了他的飞行技术，也磨炼了他更为强大、坚韧的意志力和处变不惊的能力，正是由于这些超乎常人的意志品质，在此次川航事故处置中，他才能力挽狂澜，创造罕见的奇迹。

2006年，刘传健从空军退役，他没有像很多战友那样转到党政机关工作，而是选择了到四川航空股份有限公司（简称川航）当飞行员，继续他的飞行梦。

在川航工作后，刘传健兢兢业业、尽职尽责，把大部分时间都献给了飞行工作。妻子生孩子时，他不在身边；老父亲去世时，他也未能回来见上最后一面，这些都成为他永远不能弥补的人生遗憾。2017年暑运期间，刘传健曾经连续十三天执行了35个高原特殊机场的航班任务。刘传健的妻子也是军人家庭出身，对丈夫的付出，她都能给予理解。

在战友和同事眼中，刘传健飞行品质高，保持了良好的安全记录，从未发生过一起因人为原因而导致的不安全事件。这些年，排在刘传健心中第一位的，就是安全地将旅客送到目的地。

回顾多年的飞行生涯，刘传健曾遇到过大大小小的各种状况，但是像2018年5月14日发生的驾驶舱风挡玻璃破裂的状况，是他这辈子遇到的最严重的一次事故。

拯救飞机的超人英雄

风挡玻璃破裂这样的严重飞行事故，在世界客机飞行史上也极为罕见。据记载，1990年6月10日，英航5390航班也发生过风挡玻璃破裂的飞行事故，幸运的是，那架飞机也最终成功迫降。这么小概率的事故自己竟会撞上，这是刘传健怎么想也想不到的，并且自己还成了拯救这架飞机的英雄。

电影《中国机长》中有这样一幕：随着两声爆裂，川航

3U8633航班驾驶舱右侧风挡玻璃爆裂脱落，强大的气流直接将副驾驶员卷起，将他的半个身子都"吸"出舱外。电影中这一幕不是虚构的，是当时的真实场景。刘传健说："强烈的风吹着我，脸上有撕裂的那种感觉，觉得整个人的脸都变形了，当时戴着墨镜，整个飞机的声音特别大，非常摇晃，仪表也看不清楚，我不敢肯定它的显示是不是正确。"

让我们看一看"感动中国2018年度人物颁奖盛典"中给刘传健的颁奖词：仪表失灵，你越发清醒，乘客的心悬得越高，你的责任越重。在万米高空的险情中，如此从容。别问这是怎么做到的，每一个传奇背后，都隐藏着坚守和执着。

这就是让历史、让人民永远记住的"英雄机长"。川航3U8633航班的成功降落被称为中国民航"史诗级壮举"，也创造了国际民航客运史上，在极其艰难的紧急突发情况下成功处置特殊情况的奇迹。刘传健荣获"中国民航英雄机长""最美退役军人"等称号，并获得全国五一劳动奖章。川航3U8633航班机组全体成员被授予"中国民航英雄机组"称号。

成为"英雄机长"的刘传健，更加活跃地出现在各种重大任务的飞行保障中。2020年2月，新冠肺炎疫情暴发时期，刘传健主动请缨参与抗疫保障，护送四川第三批医护人员奔赴武汉，并相约凯旋日接白衣战士回家。一个多月后，刘传健如约执飞，把白衣战士接回家。

2022年3月31日，中国民航总局传来消息，"英雄机长"刘传健担任中国民航飞行学院总飞行师职务。"英雄机长"担起了培育飞行员新生力量的重任，相信有这样过硬的师傅传帮带，必将培养出一批又一批思想素质好、飞行技术高，面对险境能够披坚执锐、化险为夷的飞行"小老虎"，撑起中国民航飞行事业的安全未来。

"孤勇者"归来

2022年9月5日12时52分，四川省甘孜藏族自治州泸定县突发6.8级地震（"9·5"泸定地震）。地震中，一度失联17天的甘宇终于被找到的好消息迅速"霸屏"，占据了各大媒体的热议榜。随着甘宇的事迹被揭开，这个"好人救了好人"的动人故事也广为人知。

甘宇，男，28岁，是四川省甘孜藏族自治州泸定县得妥镇湾东村湾东水电站的一名职工。地震来袭时，甘宇和同事罗永面对突如其来的灾难，第一时间不是选择逃生，而是选择去拉闸泄洪，因此被困站内。

灾难面前，他们都选择了救人

罗永回忆，当地震发生时，自己正在宿舍睡觉，突然一阵地动山摇，他和同事连忙往外跑，看到到处都在垮塌，满山都是滚落的石头。罗永眼睁睁地看着同事被卷入石流之中，自己却无能为力，当场惊呆在那里。可当他转眼看到因地震导致坝上水位疯涨的险情后，无暇考虑更多，他一边躲避着从上面滚落的飞石，一边沿着陡峭的山体艰难地向上爬行。在大地摇晃中，他半走半爬地上到10层楼高的拦河大坝的坝肩，迅速采取拉闸泄洪的紧急制动措施，依次打开了1号、2号泄洪闸。他知道，一旦河水漫过大坝后必将威胁下游几百口人的生命。之后，罗永遇到了同样因为选择救人而被困水电站内的甘宇。地震发生后，施工现场发生山体滑坡，有工友被困，甘宇就帮着救人，但高度近视的他在一片混乱中搞丢了自己的眼镜，看不清楚路，正好碰上了打开水闸回来的罗永。

此时发电机还没有停，甘宇提出，罗永用绳子牵着自己去切断电闸，两人通力合作，关停了发电机，彻底消除了安全隐患，而代价却是他俩彻底被困在了到处是废墟的水电站内。

当天晚上，罗永和甘宇两人一夜未眠。由于湾东水电站建在峡谷中，水电站的两侧都是山，地震导致山上的土石、植被发生了不同程度的松动，石头不断滚落，山体随时都有滑坡的危险。

地震后的第二天，余震不断，罗勇和甘宇不甘心被动地等下去，决定往外逃生。他们途中打通电话，与公司取得联系，同事告诉他们一个好消息：在湾东水电站附近有两支救援队伍正在参与救援，于是两人决定按照指示返回湾东水电站。甘宇由于不小心遗失了眼镜，几乎变成了"睁眼瞎"，行动起来极为不便。

互相约定，为对方求生

2022年9月7日，也就是地震发生的第三天，两人艰难地走了二三十公里后，甘宇因为体力不支，再也坚持不下去了，因为害怕拖累罗永，甘宇就与罗永商量约定，由罗永继续想办法找救援队伍，自己留在原地等待救援。

罗永在为甘宇留下所有的食物和水后，独自返回湾东水电站。9月8日，罗永赶回湾东水电站，但眼前只剩下了废墟。他又跑去下游村庄，万幸当地村民都已撤离完毕。罗永非常幸运地在废墟里找到了一个打火机，然后点燃了一堆柴火来标识救援位置。过了大约半个小时，直升机循着烟雾赶到，在被困75小时后，罗永获救，搭乘救援直升机到泸定县城。

罗永告诉救援人员甘宇仍然困在里面，赶快去救他，并画出路线图，帮助救援队伍尽快确定甘宇的位置。

由于9月9日当天下大雨，参与救援的直升机未能起飞。石棉县救援队伍徒步进山营救甘宇，但途中因山体塌方阻断道路，救援不得不暂时中止。

9月10日，来自成都市和德阳市的两支专业消防救援队伍，搭乘直升机飞赴指定地点开展搜救。这些救援人员包括10多名专业消防救援人员，以及熟悉地形的向导，罗永也参与了这一次的救援，但这一次搜救仍没有找到甘宇。

不抛弃、不放弃的"双向奔赴"

时间就是生命，每耽搁一分钟，就多一分危险。随着更多的人知道甘宇失联的消息，参与救援的队伍不断壮大，既有上述专业消防救援队伍，也有当地群众自发组织的救援队伍，其中不少是周围的村民自发参与，他们都想找到自己的救命恩人。为了节省时间，救援队伍晚上在山上过夜，初秋的川西山区，夜晚很冷，大家只能席地而睡，衣服都被浸透了。

9月11日，救援队伍又一次在可能的地点周边展开大范围的搜救，这一次他们找到了一个甘宇曾待过的地方。但现场的物品，却让大家都产生了一种不祥之感，因为地上有甘宇的衣物。这么冷的天气，甘宇却脱掉衣服，说明他很可能因为失温后出现了幻觉，一旦如此，其生还的概率就很小了。

令人揪心地是，这次搜救还是没有找到甘宇，大家都在为失联中的甘宇担心不已，焦急地等待甘宇获救的消息。

"英雄的人民"救了"人民的英雄"

在搜救的人群中，一位叫倪太高的雅安市石棉县王岗坪乡跃进村村民，自发地参与到搜救甘宇的队伍中。其实，倪太高也是这次地震的灾民，他的家几乎完全被震塌了，倪太高还被砖块砸中，腰部骨折，但他忍着疼痛奔波在救人路上。9月20日下午，倪太高带着几块月饼和牛奶上山了，由于地震的破坏，山路异常难走，找了一下午无果。

第二天天一亮，心有不甘的倪太高又上了山，向着山里高声呼喊，隐约听到一些声音，爬了几个小时后，突然听到了一个微弱的呼救声，他赶忙循着声音找过去，发现了躺在地上的甘宇。倪太高说，当时甘宇身上的鞋子、裤子都烂了，身体多处受伤流血，脸色苍白，饥饿不堪。甘宇吃了一点倪太高带的饼干。由于山上没信号，无法与外界联系，倪太高自身又有伤，只能半背半搀着甘宇一步一步往山下挪，一直走到猛虎岗才与救援人员会合。

失联17天的甘宇在石棉县王岗坪乡猛虎岗被老乡倪太高营救。在这17天的时间里，甘宇靠苔藓、野果充饥，浑身多处骨折，靠着顽强的生命意志坚持下来，创造了一个生命的奇迹，这是一个现实版的"孤勇者"。

这个故事承载了为了别人牺牲自己的崇高境界，以及不抛弃不放弃的生命誓约，处处闪耀着人性的光辉，充满人间大爱。罗永回忆起当时放弃逃生、回去拉闸的想法："以我一个人的命换几百条命，值了"！

当灾难来袭，甘宇、罗永首要考虑的不是个人安危，而是几百口下游村民的生命安全；在自救、互救的过程中，甘宇首先考虑的是罗永的安全，怕自己拖累了他；在救人面前，倪太高首先考虑的不是自己的伤痛，而是坚信"只要人还活着，就能找到"，他一直不放弃，终于救了甘宇。即使面临绝境，甘宇自己也没有放弃，他向死而生，想方设法自救与求救……

在这次地震中，让人感动的何止这一个故事，何止一个甘宇、罗永、倪太高！灾难袭来，一段段奋不顾身的视频、一段段充满大爱的对话音频在平台上无数次的循环播放，让人感动、让人流泪……

"你好，这里是大冈山徐博海，我们这里刚刚发生了地震，刚刚电站重合闸动作正常，目前设备运行正常……"

"好的，后面还有余震，请问你们这边需要先撤离吗？"

"不需要，只要我还在，就一定能接起电话，如果后续电话无人接听，说明那个应急指挥中心和我已经不在了。"

这又是一个罗永、甘宇式的"英雄"！危难时刻现忠诚，大灾面前见人心，寥寥几句朴实话语，道出了一个"英雄"的平凡心声。

正如一位西方的前政要所说的，中国总是被他们当中最勇敢的人保护得很好。而这些中国人之所以危难之时挺身而出，是因为他们生活在伟大的中国，是伟大的中华民族的一分子，是经过中华民族精神锻造的铁骨铮铮的硬汉。有网友评论甘宇的故事本质就是"英雄的人民"救了"人民的英雄"，他们共同书写了好人与好人的"最美相遇"。

身处动荡变革的世界局势中，任何人的岁月静好都不是从天上掉下来的，而是有人为其负重前行。每一个普通人都发尽微光，则群星闪耀，照亮国家和民族前行之路；每一个平凡人面对危难都挺身而出，则气贯长虹，整个社会浩然之气充盈。

"逆行者"的身影

这几年，国际环境日趋复杂，不确定、不稳定因素明显增加，自然界、社会频繁出现各种灾难事故、紧急状态等，这既威胁着国家和社会的安全稳定，又严重损害了人民群众的生命财产安全。但同时，灾难的经历也使人民群众对党更加信赖，自身的斗争精神、斗争本领不断增强。

"逆行者"就是这样一群拥有英雄的无畏勇气，面对灾难能够果断地挺身而出，主动逆着人群逃离的方向，迎着危险而去的人。从人的本性看，当危险来临时，选择趋利避害，跟着人群逃离危险奔向安全，往往是正常的选择。但总有一些人，他们不怕流血牺牲，选择向着灾难与危险逆流而上，把救助别人的责任扛在肩上，用血肉之躯把危险堵在门外、顶在身后，保护着别人的安全。他们就是新时代中国的"逆行者"，在危难之时带来驱散恐惧阴霾、稳定人心的可靠力量。正因有了他们，灾难才没有打散我们这个民族。

面对动荡不安的外部世界，我们每一个人都应庆幸能够生活在这样一个英雄辈出的伟大国家、伟大时代。让我们一起来历数"逆行者"的足迹，感受他们的力量与伟大。

英勇无畏的"超人"

2022年9月5日，四川甘孜藏族自治州泸定县发生6.8级地震，一段段晃动的视频清晰地记述了一些幼儿园地震发生的真实场景：地震袭来的那一刻，伴随着大地抖动，物品不断滚落。此时，老师们不是向着门外逃生，而是奋不顾身地冲向自己的学生，迅速地把学生转移到安全的地方。她们一趟又一趟地往返于宿舍楼与操场，跌倒了爬起来，继续奔跑，用手拖拽着孩子，而那些叫不醒的孩子，直接连被子一块抱走，两只胳膊一边夹起一个。地震来临时，这些年纪不过20来岁的小姑娘，弱小的身躯迸发出惊人力量，一个个都变成了"超人"。

在监控视频中，老师们一个个毫不犹豫，以冲刺的速度逆向奔跑的身影，让人泪目。这是人民教师临危不惧的气魄与生死担当。事后有人采访这些老师，她们说当时根本顾不上害怕，脑海中首要考虑的是孩子的安全。

一位幼儿园的园长说，幼儿园35名教职工都经历过汶川大地震，很多老师还经历过雅安大地震，"年轻的老师以前是被保护的学生，现在是保护学生的老师"。经历过生死，懂得面临生死的恐惧，显得她们更伟大，当地震再次袭，又一次面临生死抉择时，她们毫不退缩，以本能反应，像当年老师保护她们一样，用生命守护自己的学生。

与她们英勇无畏的行为、无私奉献的品格相比，任何语言的描述与刻画都是苍白无力的,幸好一段段视频录像记录下这些真实的情节,让真实定格于历史之中。

为人民赴汤蹈火的红军战士

泸定县发生6.8级地震后,人民解放军又一次出动了,他们向着地震中心一路逆行,救人民于危难之间!其实,这样的镜头与电视画面,中国人再熟悉不过了,并无意外的感觉,就如同自己的兄弟姐妹前来施救一样。在人民心里,军队是人民的军队,人民是军队的"父母"、亲人,当自己的"父母"、亲人遭了灾难,人民军队焉能不动?

1935年,正是在这次地震的震中泸定县,长征中的红军面临前有重兵围堵、后有追兵紧追不舍的生存危险。一路披荆斩棘地赶到了泸定桥,18位勇士冒着枪林弹雨,用血肉之躯抢夺泸定桥,杀开一条血路,开辟了一条红军长征的希望之路。当年红军先烈流血牺牲是为了人民的解放事业。而今天,人民解放军又一次穿行在临时搭起的简易木桥上,下面还是那湍急汹涌的河水,他们完全不顾个人生死地向着震区急速前进,为了人民即使承受再大的牺牲也心甘情愿、毫无所惜。

抚今追昔,几十年过去了,人民军队两次奋战在泸定,跨越的是岁月,穿行的是历史空间,但不变的是"为了人民"这个主题,当年的那支红军又回来了,飞夺泸定桥精神又回来了!

新时代的烈火骑士

2022年的重庆，从春季开始降水就大幅减少，到了夏季又遭遇连续的高温少雨，自8月17日以来，重庆市下辖的涪陵区、南川区、江津区、巴南区、北碚区、奉节县和长寿区等地相继爆发山火。灾情就是命令，为了扑灭山火，重庆市各地迅速集结组建了规模庞大的灭火队伍。在灭火的人群中，除了专业的消防力量外，还有大量的志愿者挺身而出，担当"逆行者"，他们或加入一线灭火，或往前线帮着运送物资，或在后方做好各种保障。

有人形象地讲，这次重庆扑灭山火的斗争就是一场新时代的"淮海战役"。在这些来自各个地区、各种行业，在灭火现场承担各种不同任务的志愿者队伍中，有一支特殊的"山城骑士"队伍，让人印象深刻。

凡到过重庆的人大都体验过重庆的地形，这里山多路陡，尤其是这次火灾发生在山区，树木丛生，地形崎岖不平，有的甚至连正常的道路都没有，一般车辆根本难以通行，只有摩托车可以骑行穿梭其中，这些"山城骑士"不顾个人危险，义无反顾地担负起了人员物资前输后送的重任。

在烈焰和高温的炙烤、包裹下，他们骑着摩托车，双肩背着装满各种灭火物资的大竹篓子，突突地轰着摩托车的油门，穿梭在火场和各补给点。在这个过程中，他们全然不顾危险，有的因为坡太陡，车子一下子滑了下来，便加大油门再冲上去。有的连人带车一下子摔倒了，爬起来甚至来不及拍拍身上的尘土，就跨上摩托车一脚油门冲了出去。

看到网上的视频，很多网友感动不已，纷纷留言：当年的小推车变成了摩托车，这是新时代人民的历史！

在这群骑行的志愿者队伍中，有一位叫李江林的年仅15岁的少年特别引人注目。实际上，李江林的家庭负担很重，父母亲都是癌症患者，需要他去照顾。但当得知北碚山灭火需要摩托车志愿者后，李江林二话没说主动报名，与同伴骑着摩托车火速赶往北碚山支援灭火。别看李江林岁数小，体格瘦弱，但在救援的过程中却非常努力，每天顶着40多摄氏度的高温在山上竭尽全力转运各种救援物资，连续坚持了几天几夜。

在骑行途中，李江林曾多次摔倒，头发和身上沾满了泥土，穿的鞋子也磨烂了，小腿也被山火多处烫伤，身体也处在极度疲劳状态，相继出现了中暑、伤口感染化脓等状况，但顽强的他却依然坚持着，一直忍着伤口的疼痛，"轻伤不下火线"，全力奋战在一线。最后，因为他的摩托车过度损耗导致发动机报废，他才被迫退出救援。

当医务保障人员在给他处理伤口时，看到这么小的年纪却如此勇敢坚强，感动地流下眼泪。李江林拖着疲惫的身体，退出救援队伍的时候，无奈地说了一句："北碚，我尽力了……对不起了，亲爱的北碚！"此时的李江林心里充满着无限的遗憾，就像一名正在前线打仗的战士一般，战斗还未结束，自己却被迫退出战场！

李江林是这次北碚山火救援骑行队伍中年纪最小的一位志愿

者，他用瘦小的身躯、坚强的意志，扛起了时代的脊梁，当祖国和人民需要的时候，他义无反顾，逆行而上，用稚嫩的肩膀扛起了守护家园的重任，以新时代烈火骑士的样子生动地诠释了中国好青年的模范形象。

最美的"逆行者"

还有一位来自我国台湾地区叫李柔的女孩子，当泸定地震发生时，李柔和妈妈正在海螺沟景区游玩，该景区在这次地震中受灾严重。

面对突如其来的灾难，母女俩不知所措，一下子蒙了，原本以为救援人员需要两三天之后到达。但仅仅4个小时之后，作为第一批救援力量的特警部队已经跋山涉水，通过攀绳索等到达了共和村，李柔坦言自己被大陆的救援速度"吓"到了。被安全转移后的李柔，在接受派发的救援物资时，发现很多志愿者都在帮着传递、分发物资，她随即加入其中，现场当起了志愿者。当李柔听说第二天救援队还要回共和村执行救援任务时，她当即决定与他们一起回去救助别人，这位美丽的姑娘在一天之内由受灾游客变成了救灾的志愿者！

在接下来的几天里，李柔先后3次跟着消防员穿梭在那一条余震不断、遍布滑坡的逃生路上，见证了"并肩作战"的消防员救人的许多瞬间，她深深地被消防员的勇敢、乐观所鼓舞、感动。她说："我看到救援队夜以继日奔赴灾区救援真的很感动，他们是我看到的最美风景，我们是生死之交。"

当救援任务结束后，李柔专程来到了成都市消防救援支队营地，与这群生死之交告别，并相约有空时会再来成都吃火锅。而且，因为有了这一次经历，李柔决定来年到大陆读研究生，并希望能亲身参与到震区的灾后重建。

李柔的这趟大陆之行，虽然遭遇了地震灾害，但危急时刻见真情，她在大陆真正见识到了什么是人民至上、什么是生命至上，亲身感受到了大陆同胞对台湾同胞的深厚情谊，第一次真正认识了大陆。受到感染的李柔也因此成了一名最美的"逆行者"，在突发的灾难面前与大陆同胞守望相助、共渡难关。

国台办发言人朱凤莲称赞李柔为"最美的人"，感谢她为大陆同胞所做的一切。李柔的故事，是一个人与人之间互帮互助的普通故事。同时，又是一个发生在隔阂已久的两岸同胞之间的典型故事，典型之处在于它昭示着任何分裂势力处心积虑地分割两岸的企图都是徒劳的。因为两岸一胞、血浓于水的感情与文化深深嵌入两岸同胞的骨子里，一遇到合适的时机，就会生根发芽，它将冲垮一切所谓的设限阻挡、一切违背人心的政治操弄。

今天的中国，百姓安居，人民幸福，在危难面前有"逆行者"的身影。因为每一个人都知道国家的事就是自己的事，只有国家好、民族好，自己才能好！无论身在内地还是港澳台地区，只要心中有家国、肩上扛着责任，不断地为社会播撒着正能量、为奋进的中国积攒着前行力量，就一定能汇聚成驱散黑暗、照亮未来的时代之光。这光芒激励更多的华夏儿女投身于民族复兴的历史伟业，让每一个人都共享奋斗之幸福、复兴之荣光。

留"遗言"的故事

2022年3月24日，河南省周口市小伙儿跳河救人却因体力不支留下遗言的故事引发网友热议，许多新闻媒体给予了高度关注。很多人乍看到这个标题，感到不解，见义勇为大多是在危险状态下不假思索地挺身而出，怎么这里出现的见义勇为者还有时间留下"遗言"，这究竟是一个什么样的故事？

故事发生在河南省周口市沈丘县，27岁的周口市小伙儿房玉翔路过该县刘庄店镇的一座大桥时，恰巧遇到一辆车坠入河中，由此引发了这个英勇救人的故事。这座大桥被当地人称为崔大桥，是建在当地泥河上的一座桥梁，而这条泥河是流经沈丘县的一条常年有水的河流，汛期最宽水面达100米，水深达13米。事发地虽正值枯水期，但水深也有二三米，小汽车掉下去很快就会被淹没。

突如其来的意外，挺身而出的救援

当天，房玉翔路过崔大桥时，恰巧停下来接听一个电话。这时候，突然听到了呼救声，"救命啊，快来人啊！"循着呼救声，房玉翔扭头看到了惊险的一幕，他发现一辆白色轿车径直掉入河中，车头引擎盖已经倾斜下沉，车尾还暂时漂在水面上，被河水不断冲着向河中央位置走。

人命关天，房玉翔立刻挂断电话，骑上电动车向车辆落水的岸边飞奔而去。房玉翔事后回忆说："我当时正打电话哩，不经意间一扭脸，看见河里漂着一辆汽车。我就跟朋友说，先挂了，有人掉河里了。"

电动车还没停稳，房玉翔就甩掉身上的棉衣，一下子冲进水中。3月的周口温度还很低，河水更是冰凉刺骨，房玉翔全然顾不上身体的冷，一口气在水里游了大约20多米，他游到轿车旁边，首先拍打车门大声地问里面几个人。这时候，坐在副驾驶的女子急促地回答他，说只有俩人。

房玉翔迅速转到车门一侧，试图拉开车门，把人从里面救出来。但由于车门浸在里，水的压力太大，根本就打不开副驾驶一侧的车门。于是，他又绕到驾驶座一侧，先把困在里面的男子从车窗口拽了出来。由于刚才突然落水，加上手忙脚乱的自救，这名男子惊魂未定、筋疲力尽。房玉翔让他暂时扒着浮出水面的车尾避险，该男子喘息几下后，径直朝河边游去。事后，该男子自责地说自己当时大脑一片空白，没管还在水里的其他两人，自己就稀里糊涂地先游到岸边了。

车辆在水里沉得很快，正当房玉翔准备去救副驾驶座上的女子时，车前身已经完全没入水中。他来不及权衡，只想着"救人第一"，便猛吸一口气，一个猛子扎进水中，但由于河水浑浊，根本看不清落水的女子在哪儿。房玉翔只能靠摸索辨方位。但摸索了半天也没摸到车把手和窗口，更看不到落水女子。他只能先浮出水面，第一次救人没有成功。可考虑到被困女子沉在水中，命悬一线，房玉翔立刻第二次潜入河中。他的双脚突然触碰到了落水女子，透过水面也看到了其漂着的头发。于是，他一把将女子拽出了水面，随即，托起女子往岸边游去。

互相打气，演绎不抛弃、不放弃

女子因呛了水加缺氧，出现了暂时性昏迷。房玉翔想着要尽快把女子救上岸，此时，他身上的衣服已完全浸透，刚才一连串的救人动作消耗了大量的体力。为了省劲，他在水中推着落水女子往岸边游去，但距岸边还有大约5米远时，房玉翔实在体力不支，游不动了。这时候的房玉翔感到自己今天可能游不回去了，于是对渐渐苏醒的女子说："你自己划拉着上岸吧，别管我了，要不然咱俩都走不了。俺家是郜庄的，我家里还有俩孩子……"

幸好，获救的女子已缓过神，听到自己的救命恩人说出这样的话，连忙说："不中，这都是因为我们，我不能丢下你，你不要放弃。你赶快躺着仰泳，可以省点力气，我也会游泳，我拖着你，咱俩一起上岸。"

就这样，救人者和获救者在水中互相打气、互相救援，艰难地往岸边游去。这时候，岸上陆续有热心人跳到河里帮忙，围观的群众也找来了绳子和竹竿，先前获救的男子也跳回河里施救。经过大家七手八脚的共同努力，房玉翔和女子最终成功获救。

事后，获救女子罗女士回忆说，事发当天，她与丈夫刘先生开着一辆自动挡车出来踏青，两人原本想把车停在泥河边上下车游玩。但由于刘先生平时习惯开手动挡车，一着急错把自动挡车的油门当刹车，导致车子一下子失控，冲进河里。在千钧一发的时刻，多亏了房玉翔挺身而出，把他们夫妻救上岸，否则后果不堪设想。

夫妻两人对房玉翔的见义勇为行为十分感激。一时间，房玉翔英勇救人的事迹迅速传开，在阿里巴巴天天正能量评选活动中，房玉翔被授予"天天正能量特别奖"，奖金为1万元。同时，他曾就读的周口职业技术学院团委也授予其"见义勇为先进个人"荣誉称号。

关键时刻的英雄壮举，诉说着平凡人的伟大

故事的大概经过讲完了，很多人心里还有一个结没有打开，就是房玉翔为啥在当时留下了"遗言"？房玉翔自己回答了这个疑问，他说："当时整个身体向水下沉，感到绝望了。"

人在生死面前，房玉翔压根儿就没想着救人前先保证自己安全。他跳下河去救人那一刻的英雄行为，让人称赞；他见义勇为后，预感到自己可能反过来拖累被救者，在生死面前，果断地让被救者放弃自己，让人更加感动其行为之伟大。

在生死选择面前，房玉翔将生的希望留给别人，这是何等的伟大！被救的罗女士也没有放弃房玉翔，他们这种互不放弃的精神，反映了中华优秀传统文化中扶危解困、舍己救人的价值取向和

社会主义大家庭互帮互助的和谐关系。

我们这个民族是崇尚英雄的民族。当别人处于危难之时，总有英雄挺身而出，中华民族从来不缺这样的英雄。战争、地震、洪涝灾害、疫情来的时候，军人顶上去，公安民警顶上去，白衣天使顶上去，全国人民都顶上去！这就是团结的力量，这就是伟大的中国精神！

这些年，总有"遇到跌倒的老人到底扶不扶"的争论，房玉翔在这个问题上用行动给出了自己的答案：当危机来临，千钧一发之时，没有考虑那么多，救人要紧，救人为先。做人就得这么朴实无华，他将救人看成尽自己的本分，这就是我们身边的英雄，因为平凡而真实，因为真实而可敬。

2022年5月6日，央视新闻公众号发了一组见义勇为主题的文章，题目叫"看，'超人'"，这其中有勇救落水儿童的小伙子，有紧急救治车辆事故的出租车司机，有徒手爬上三楼营救困在空调外挂机上的男孩儿的防疫值班员……许多网友留下了滚烫的文字留言：这些挺身而出的"超人"，每一次不假思索的"举手之劳"，都化为照亮社会前进的一束光，推动社会以正能量前行。

现实的生活中，从来没有从天而降、生来就是的英雄，只有危难时刻挺身而出的平凡人，因为挺身而出的那一刻，他们变成了令人敬仰的英雄！今天，我们生活在一个伟大的时代、伟大的国家，这是一个英雄辈出的国家，我们很幸运生活在这样的时代，我们每一个人都有机会成为这样的英雄，只要祖国和人民需要！

文化的力量

"钉子户"的文化坚守

　　中华优秀传统文化是中华民族的根与魂，是中国人共有的精神家园。文化的重要性告诉我们，在创造物质文明的同时，不应该忽视文化的繁荣与创造，文化是一个民族成为伟大民族的强有力的精神支撑。

　　但现实中，地方经济的发展、城市的推进与文化的传承、文化遗迹保护之间出现矛盾的情况也屡见不鲜。不少有识之士深刻反思：我们经过努力，创造了高大林立、风格单调的"水泥森林"，但千百年之后，除了这些坚硬的钢筋混凝土之外，又能剩下什么呢？

　　今天这个故事，就是一个有着文化自觉意识的个体，对拆除文化遗迹而实现一夜暴富的坚定拒绝，既表现了其高度的文化自觉、文化自信，也展示了对未来负责的长远目光。可以毫不夸张地说，故事主人公不仅仅是为自己家族文化的传承负责，也是为中华优秀传统文化的传承与弘扬负责。

面对天价拆迁款不为所动为哪般

2007年的郑州市，由于城市建设规划安排，"城中村"东史马村的改造工作正式启动。按照规划，整个村子将全部拆除，村民将统一被安置在回迁小区。这一拆迁安排对绝大多数村民来说无疑是天大的好事。原来的老房子各方面条件都不如楼房，拆迁后，他们不仅能住上宽敞明亮的新房子，还可以得到一笔不菲的补偿款，老房子面积大的，甚至能通过拆迁一夜暴富。

但该村一位名叫任金岭的村民却做出了一个出人意料的决定，他拒绝住新房子，宁愿继续留在家族的古宅里，也不同意拆迁。为什么？答案就在这座古宅里。

这座古宅被称为"任家大院"，是任金岭祖上传下来的。任家大院始建于清朝乾隆年间，距今已有200多年历史。建成时，占地面积达30多亩，后经过任家4代人不间断地建造、修缮，于1838年正式完工，形成了七进大院的规模，在当时有着"大门楼"之誉，属于当地颇有名望的官府门第。但到任金岭这一辈时，任家大院只剩下了两进院落，占地面积不足4亩，房屋仅剩48间。

2007年，东史马村在郑州市城市规划中有着优越的地理位置，任家大院又位于东史马村的中心位置，属于标准的黄金地段，占地面积又大，一下子成了不少开发商眼中的"香饽饽"。面对开发商承诺的优厚动迁条件，任金岭的态度也非常坚决，就两个字：不拆！有些开发商认为可能是开价太低了，他不满意，便不断加价，试图用金钱打动他。

据任金岭透露，有开发商提出最高补偿价格高达1亿元人民币。面对重金诱惑，任金岭仍不为所动。于是，有开发商来劝说任金岭，胃口不要太大！也有不少人在背后笑任金岭傻，天上掉这么大的馅饼都不要，更多人对他拒绝拆迁的举动感到疑惑不解。任金岭的犟劲也上来了，对外放话宣称，就是给10亿、100亿也不拆！

守家就是守文化、守家风

有媒体记者来采访任金岭，他终于吐露了心声，解释道："古宅是祖上的东西，不是我的东西，它只是传承到我这一辈，我有责任保留下去。如果在我这一辈把古宅卖了，那就是断了家根，我愧对祖上。"看来，任金岭从来没动过卖这块古宅的念头。200多年来，任家几代人一直生活在这里，因此，这古宅不仅是世代的居所，更是家的象征，这方面的价值是无法用金钱衡量的。

任金岭表示，守好古宅是任家的祖训，也是自己的责任。其实，除了任家大院，任家在别处有新房子，但为了保护好任家大院，任金岭一年四季都住在这里，这里冬冷夏热，他遭了不少罪。此外，因年久失修，任家大院经常这里坏那里坏，为了做好修缮工作，任金岭还自学了木工、雕刻等技能，哪个地方坏了，他一般都是自己修，这座任家大院凝聚了任金岭大半辈子的心血。

在任金岭心里，相较于任家大院的陈旧外表，他更看重的是文化根脉的延续，在任家大院的横梁上刻着任家"诗礼传家""布德施恩"等家训，任家的子孙后代都是背着这些家训长大的。

任金岭的儿子任原野说："无论自己走到哪里，工作有多辛苦，一想到古宅里的家训，便能调整心态，踏踏实实工作，认认真真做人"。对于任家大院的拆迁或者保留，任原野也有一套自己的看法：不少人通过拆迁补偿而过上富足的生活，坐拥七八套房产，可是有多少钱才算有钱呢？在他看来，这些浸润着文化的东西一旦拆了，就再也没有了，因此后辈们不应该盯着祖上好不容易传下来的那点东西，更不应拿祖上的东西来换取钱财，想要幸福应靠自己的双手去努力奋斗。

从任家的家风可以看出，任家大院就是任家子孙心中的信仰。任金岭坚持不肯拆迁，不是为了谋更大的利，而是为了"家"文化的保护与传承。

古宅列为历史文物

随着周边老百姓的房子一座座拆除，任家大院孤零零地立在那里，任金岭的心里也忐忑不安，万一遇到强拆怎么办？思前想后，他想到了一个办法，就是向有关部门申请文化遗迹鉴定，通过这种办法把任家大院保护起来。

不久后，考古专家到任家大院考察，他们惊讶地发现，这座古宅完整地保留了清代的民居风貌，对研究清代中晚期中原地区的建筑风格具有重要的意义。

宅子里的砖雕、木雕等物件也都非常精美，具有很高的科研和艺术鉴赏价值。像大门口的两尊石麒麟，门上挂着的"望重干城""辅翼国政"黑底金字牌匾，门檐上刻的"皇恩浩荡""天子万年""福禄永崇"等字样，都是实打实的历史真迹。大院里随处可见精致的木雕、砖雕，有"仙鹤云海""双鹿食草""麒麟送子"等多种图案，屋子里有雕梁彩画，还有传下来的古瓷器、红铜茶具、清朝袍服等文物。此外，古宅里还有一些反映生产生活的老物件，如囤粮食用的囤子，取粮食的斗、簸箕、织布机等。

最后，考古专家一致认为，这座古宅是具有重要价值的历史文物。

2009年，任家大院被列为郑州市市级文物保护单位，得以继续保留。有了这个身份后，任家大院的"牛劲"一下子上来了，即使如"孤岛"一样，也傲然挺立，古韵十足，与四处如火如荼的施工建筑形成鲜明的对比。

然而，由于任家大院旁边到处是拆迁工地，环境污染大，加之工地人来人往，任家大院丢失了不少珍贵的老物件，让任金岭心疼不已。

古宅改为博物馆

如何在周围大拆大建的情况下，保护好相对脆弱的古宅，任金岭费尽心思，想了不少点子，比如用玻璃将雕花门窗罩起来。他还考虑在古宅外面砌上墙，将古宅与外界隔开。结果，任金岭的积蓄全部用来修缮古宅，一家人的生活只靠着女儿经营的面包店。

思虑再三，为更好地进行宣传和保护古宅，任金岭决定将古宅改造为博物馆，夫妻俩将家里近千件老物件，包括家具、瓷器、牌匾、朝服等，一一整理出来，向郑州市文物局递交了改造申请。

2017年，河南省文物局综合考虑任金岭及其家人保护文化的热情，以及任家大院所具有的独特文化传承价值，批复同意将任家大院命名为"郑州天祥博物馆"，并任命任金岭为馆长兼讲解员，任金岭与老伴儿崔丽丽一起，为游客讲述任家大院的故事。

为了让更多人感受中国古代能工巧匠的高超技艺，宣传任家一脉相承的家风，任金岭夫妻俩又决定将老宅免费对市民开放，大家可以自由参观，发挥公益文化宣教的功能。正如任金岭所说："其实我们老百姓也不知道什么叫文物，我们只知道它是一种文化传承、一种精神纽带。"

任家大院有了博物馆的身份后，任金岭夫妻俩的生活比之前更忙碌、更充实了，平时除了为游客讲解之外，两人还承担了保洁、修缮等工作，虽然辛苦，但心里高兴，乐在其中。

现在，郑州天祥博物馆每年都接受不少学生预约前来参观，还有一些学校直接把这里作为向学生讲解中国传统家风文化的课堂。看到古宅所具有的这些传统文化价值，任金岭打算在博物馆内再打造一个教育基地，让学生切身体验传统文化之魅力，接受传统文化教育。此外，任金岭还计划与新闻媒体合作，邀请专家、学者录制节目，讲解宣传，让郑州天祥博物馆成为郑州市的一张旅游名片，发挥出更大的文化宣传作用。

守住文化的"根"和"脉"

割不断的是乡愁，作家余光中在《乡愁》中借邮票、船票、坟墓、海峡这些实物，把抽象的乡愁具体化，以深沉的历史感表达对祖国的绵绵怀念，深深地感动了亿万国人，感动海峡两岸无数有着中华魂、民族根的同胞，这就是魂牵梦绕、割舍不断的文化之根、精神之脉，乡愁是一个人永远无法丢弃的精神"脐带"。中国人是恋家的，无论走到天涯海角，心里都住着乡愁。

现实的家是精神之家的物质载体，叶落归根的乡土观念激励着人们回家。但随着城镇化的快速发展，在某些人眼中，追求现代文明与传承优秀中华传统文化是一对尖锐的矛盾，很多老祖宗留下的珍贵文化古迹在现代化高楼大厦面前不仅黯然失色，甚至被取而代之，古色古香的民居退出了人们的脑海，清一色的现代化建筑填入现代人的脑海。

任家大院是当地唯一一座未被拆除的古宅，在一众高楼大厦中显得尤为引人注目，这要归功于具有文化"慧根"的任金岭一家人的执着与坚持，当然也要感谢当地专业部门的鼎力支持。正如冯骥才所言："城镇化是必须走的一个道路，但不能在城镇化的过程中把自己的文化'化'掉了。"

让城市留住记忆，让人们记住乡愁，注重人性的关怀与人文环境的塑造，给人灵魂安放、心里舒缓之处，是我们今天面对传统与现代、经济与文化等众多矛盾时应具有的视野、眼界与格局。任金岭，一个扎在人堆里显不出来的人，以其高贵的文化品格和有趣的文化灵魂，向我们展示了其超越金钱的人生坚守，他的坚守或许就是我们破解多重矛盾的密码。

蓝天野的双重人生

2022年6月8日13时,中国共产党优秀党员,"七一勋章"获得者,北京人民艺术剧院表演、导演艺术家蓝天野同志因病在北京逝世,享年95岁。

一提到蓝天野,多数人映入脑海的是仙风道骨的姜子牙形象,耳畔荡起一段优美的旋律:花开花落,花开花落,悠悠岁月,长长的歌……

蓝天野是一位获得终身成就奖、德艺双馨的艺术家,是一位为党和人民在文艺事业做出重要贡献的优秀共产党员。他从艺70多年,皓首丹心,初衷不改,塑造了大批经典戏剧和电视剧中的经典人物形象。比如,《北京人》中的曾文清,《茶馆》中的秦仲义,《蔡文姬》中的董祀,《王昭君》中的呼韩邪单于,《渴望》中王沪生温文尔雅的老父亲,还有《封神榜》中的姜子牙等。这些鲜明的人物形象是观众心中不朽的经典,也是蓝天野倾心演绎、奉献给观众的优秀作品。

蓝天野凭着杰出的成就和文艺表现,先后获得"从事新中国文艺工作六十周年表彰""中国话剧金狮奖""中国戏剧奖·终身成就奖""全国德艺双馨奖·终身成就奖""全国优秀共产党员""最美奋斗者"等荣誉。

2021年，蓝天野作为戏剧界唯一的代表，被授予"七一勋章"，他是一位真正的党领导下的人民艺术家。

"蓝天野"这一名字的由来

蓝天野（1927年5月4日—2022年6月8日），本名王润森，生于河北省饶阳县，他出生的年代及特殊日期，注定了其一生与革命相连。儿时记忆中的家国苦难以及革命经历，锻造了蓝天野赤诚的爱国情怀、坚强的战斗意志和不屈不挠的奋斗精神，这些恰恰也是他从事革命文艺工作的生动写照。

1944年，从小就喜欢画画的蓝天野，考入了国立北平艺术专科学校（今中央美术学院）油画系，怀揣着艺术梦想的蓝天野希望在那里实现自己的画家梦。入校不久，身材高大俊朗的他就被邀请参演进步话剧，从此蓝天野开始了长达大半生的话剧艺术表演。

1945年，抗日战争结束前夕，蓝天野光荣加入中国共产党。之后，根据党的指派和对敌斗争的需要，他加入北平话剧社。这时，蓝天野的对外身份是国民党军方主管的文宣人员。19岁时，他成了国民党的少校军官，但他其实是共产党领导下的"地下交通员"，担负着为共产党传递信息、掩护人员、运送物资的重任，开启了革命与文艺的双重人生。

1948年，到了解放战争的后期，国民党反动派愈发疯狂，不断对进步学生剧团进行清剿。安全起见，蓝天野所在的话剧团要撤回解放区。撤回解放区的当天晚上，蓝天野化名王皇住进了一个接待站，等着接头人员。后来，蓝老回忆起接头时的场景，就像演的电影一样，半夜里，接待站的人把他叫醒，接头人员告诉自己："现在进了解放区，考虑到你在国统区还有亲戚朋友和很多的社会关系，为了安全，现在必须改名字！"

蓝老后来说，当时既没字典查，也没时间思考，脑海中临时蹦出一个名字"蓝天野"。从此以后，蓝天野就成了这位老艺术家的名字，而且越叫越响亮，成了他革命和文艺生涯中的一个响当当的符号。

一辈子奉献给表演的艺术家

革命胜利后，蓝天野进入北京人民艺术剧院（简称北京人艺）工作，成为北京人艺成立后的第一批主要演员。从1952年进入北京人艺，到1987年退休，蓝天野把一辈子都奉献给了表演艺术，创作出了许多经典作品。

人虽然从岗位退下来了，但蓝天野仍心系话剧事业，提携培养年轻人，多年来他一直在教学一线，坚持为青年演职人员讲授剧院传统、戏剧表演的理论和技巧，林连昆、宋丹丹、濮存昕等众多知名演员都曾接受过其指导。

2022年3月，一段濮存昕为蓝天野理发的视频开启网上热议，温暖了全国网友。此外，一些重大活动都少不了蓝天野的身影。

2011年，庆祝中国共产党成立90周年时，蓝天野已84岁高龄，阔别话剧舞台也有19年之久，但因为对党的深厚感情，他仍然加盟剧组，重排向党献礼剧目《家》。2012年，北京人艺为庆祝党的十八大召开暨纪念建院60周年，创排现实题材大戏《甲子园》，蓝天野担任该剧艺术总监。2018年，北京人艺开展"戏剧进校园"公益活动，蓝天野为北京人艺名家讲坛第一讲主讲人，与清华大学学子畅谈他的戏剧与人生体验。2020年，蓝天野携北京人艺"老中青少"四代演员登台演出经典名剧《家》。

……

退休后的蓝天野，已记不清他有多少次与年轻人一起演戏、交流了。他经常叮嘱年轻演员，"搞艺术不要将就，要讲究""作为一个艺术家要德艺双馨，永远是德在第一位，希望你们成为一个好演员之前先成为一个好人"。他精湛的演技和高尚的个人修为有着良好的口碑，大家评价其演戏"令人拍案叫绝""在舞台上流露着独特的艺术魅力"，称赞他是"真正有艺术品质和高级趣味追求的艺术家"。

一辈子钟情绘画艺术

蓝天野在表演方面获得了无数荣耀，而对绘画他始终怀有难以割舍的情缘，因为当年绘画是他的专业，而表演只是一次偶然机会。"阴错阳差啊！我演戏是极偶然的，最早学的其实是画画。"每当回忆往事，蓝天野都扼腕嗟叹不已。

1944年，从小就喜欢绘画的蓝天野考入了国立北平艺术专科学校油画系，希望在那里实现他的艺术理想。那时的他对绘画已经达到痴迷的程度，水彩画、铅笔画、版画、漫画等各种绘画形式他都练习过。讲起绘画往事，蓝天野说："那时我们都是用炭笔画，要修改时就用馒头擦掉。有时到中午了，才发现馒头也用得差不多了。"

一直执着于绘画的蓝天野，因为机缘巧合，与李苦禅、许麟庐两位国画大师结识，这让他的绘画梦想向着专业水准"狂飙突进"。从此，蓝天野风雨无阻，每周都拿出大块的固定时间，从用笔、用墨等基础开始，向两位国画大师学习绘画，接受大师的悉心指导和帮助。蓝天野在夜以继日的刻苦练习中，绘画技法得到了突飞猛进的提高，并在中国美术馆成功举办个人画展。

讲到自己绘画特色，蓝天野提到了一件事：1986年，他准备办个人画展，请许麟庐老师题字鼓励，许老提笔写了"勤于笔墨，独辟蹊径"八个大字。国画大师的题字，既是对蓝天野绘画技艺高度肯定，又寄予期望，希望蓝天野勤加练习，开创出自己的绘画风格，这极大鼓舞了蓝天野。

蓝天野没有辜负恩师的培养，在深得大师真传的同时，他以齐白石的"学我者生，似我者死"为艺术信条，形成了自己独特的绘画风格，他的山水画泼墨淋漓、简约古朴，蕴涵着淡薄世俗的心境；他的花鸟写意，均栩栩如生、神韵灵动，有着独特的审美视角和艺术追求；他的人物画以观音、姜太公等神话人物为主，构图饱满、造型传神。每当谈起画界对他作品的肯定时，他总是谦虚地说："我现在功力还不够，有很多题材还表达不了。"这种不骄不躁、谦虚谨慎的高尚艺德，就如同他的为人一样，令人肃然起敬！

一生投身于党领导的事业

一个人思想政治上的觉醒，往往与其遭受的苦难有极大关联。蓝天野出身于山河破碎、贫困落后、民不聊生的旧中国，读中学时，正是日本侵略者肆虐、中国社会局势剧烈动荡的时期，那时的年轻人普遍关心时事。青年时期的蓝天野胸怀国家、思想进步，而戏剧又是一门与社会实践紧密相连、反映社会现实、鞭挞社会黑暗的艺术，所以当进步的学生剧团拉着他一起演戏时，青年蓝天野响应时代的召唤，义无反顾地走出画室，投入革命文艺的斗争实践中，从此走上了话剧表演之路。他加入中国共产党后，担当起了党的地下交通员，往来于白区和解放区之间。

蓝天野回忆起自己的革命往事：我骑着自行车到北京西郊，靠近西山的脚下，跟解放区来的人在那里会合，往解放区送一些东西，有时候是文件、物资、书，解放区也把一些东西交给我带回来。当时就是很简单的想法，党需要做什么就做什么。当时我在两个团体，一个是"祖国剧团"，那是我们中共地下党在北平的一个据点，还有一个"演剧二队"，是国民党的军队编制，但是实际上由中共地下党领导。

新中国成立后，蓝天野与众多老一代表演艺术家不遗余力地为我国戏剧艺术的起步艰难摸索着。在长达半个多世纪的舞台艺术生涯里,蓝天野主演了70余部话剧,特别是《茶馆》,这部中国现实主义话剧的巅峰之作,从1958年首演至今,赢得了戏剧界和广大观众的高度赞誉,蓝天野所饰演的秦仲义也成为人们心中永恒的经典。他为时代而歌,为人民创造了经典艺术形象。

84岁时,蓝天野选择重返舞台,在阔别话剧舞台近20年后,受邀参演北京人艺话剧《家》,挑战的是几乎从未演过的反派角色。尽管这对蓝天野来说,在体力、脑力上都是不小的考验,但他认为自己应该在舞台上。自从这次重返舞台,蓝天野就再也没有停下来。

从革命工作到艺术舞台,无论角色怎样变换,对有着70多年党龄的蓝天野来说,有一点始终不变,那就是:"只要党需要我,观众需要我,我就要发好光和热,一直用到今天,而且成为舞台上的常青树。"

文艺是时代前进的号角,最能代表一个时代的风貌,最能引领一个时代的风气。共产党人的文艺,从本质上讲,就是人民的文艺。毛泽东在《在延安文艺座谈会上的讲话》中提出,有出息的文学家、艺术家,必须到群众中去,必须长期地、无条件地、全心全意地到工农兵群众中去,到火热的斗争中去。蓝天野的一生就是在践行文艺"二为"(即文艺为人民服务、为社会主义服务)方向,践行"一辈子听党的话"的承诺,深入群众,积极投入火热的斗争一线,以革命的文艺奉献于党和人民的事业,为新时代的文艺工作者树立了学习的榜样。

敦煌女儿

中华优秀传统文化是中华民族的"根"与"魂"。习近平总书记历来高度重视中华优秀传统文化的传承与保护，2019年8月19日，他到甘肃省考察调研，专程来到全国重点文物保护单位敦煌莫高窟，实地考察文物保护和研究、弘扬优秀历史文化等情况，并在敦煌研究院同专家、学者和文化单位代表进行座谈。座谈会现场有一位白发苍苍、面容慈祥的女专家，非常专业、理性、冷静地向总书记介绍情况、汇报研究成果，她就是被誉为"敦煌女儿"的樊锦诗——一位潜心于敦煌石窟的考古研究，为敦煌莫高窟这一人类宝贵的文化资源保护与利用做出重要贡献的杰出女性。

大家都知道，敦煌地处偏远、荒凉的西北大漠，研究环境很艰苦，一位文弱的女同志怎么会与之结缘，并潜心研究了一辈子呢？

一次敦煌行，一世敦煌情

樊锦诗，1938年7月出生于北京，在上海长大。1958年，她考入北京大学考古系。1962年，经学校安排，樊锦诗和3名同学到敦煌文物研究所实习，与敦煌结缘，从此开启了与敦煌长达一甲子年的情缘。

如何评价第一次敦煌行呢？用樊锦诗自己的话讲，那就是"充满着矛盾"。一方面，从文化艺术的角度看，敦煌洞窟里面的壁画美轮美奂，具有极大的研究价值，敦煌石窟艺术的博大精深给年轻的樊锦诗留下了深刻的印象。但另一方面，从研究的环境看，敦煌环境却极为艰苦，尤其是连基本的硬件设施都缺少，上下洞窟时，由于没有栈道和楼梯，只能靠在一根长木头的两侧插入短木条的"蜈蚣梯"，战战兢兢地爬上爬下，一不小心就会脚踩空摔下去。

在敦煌的居住条件也极其简陋，住的房子是用泥块搭建的，既不通电，也没有自来水。另外，敦煌地理位置比较偏僻，往来交通极不方便，导致与外界的信息沟通速度非常慢，收到的报纸日期都是7至10天前的。

虽然存在种种的不足和困难，但敦煌石窟的艺术还是深深地感染、打动了樊锦诗。她说："对莫高窟，是高山仰止。它的材料无比广阔，内容无限丰富。越研究越觉得老祖宗留下来了世界上独有的、多么了不起的东西！"

就这样，1963年大学毕业后，在上海长大的樊锦诗，响应"祖国的需要就是我的志愿"的号召，也因为艺术的魅力来到了大漠深处的敦煌。虽然她害怕那里的艰辛生活，可心里对那些彩塑、壁画充满了好奇和喜爱。

不断唤醒、挖掘敦煌艺术宝库价值

大漠孤烟直，长河落日圆。带着黄沙之美的敦煌，自古就是一个令人神往的地方，是古代中西经济文化交流的一个重要交通枢纽。16世纪中叶，随着"陆上丝绸之路"衰落，中国同阿拉伯以及欧洲国家之间的陆路交流交往逐渐减少，后来嘉峪关封关，敦煌莫高窟因长期无人管理而荒废，室藏的各种有价值的物品也被人偷盗破坏，神圣的艺术殿堂遭到破坏，几成废墟。这种废弛、无人管理的状态一直持续到1944年国立敦煌艺术研究所（1950年，国立敦煌艺术研究所更名为敦煌文物研究所，1984年，扩建为敦煌研究院）成立，敦煌历史文化的艺术价值才重新被审视和重视，相应的保护和管理也随之展开。

改革开放让敦煌的价值真正显现出来，从此也开启了中国敦煌学研究的春天。在党和国家的关注下，改革开放初期的敦煌文物研究所虽然总体规模不大，但承担的各项任务却很重。尤其是1987年敦煌莫高窟"申遗"成功，成为世界文化遗产之一，更是翻开了研究敦煌新的一页。随后，敦煌文物的保护、敦煌文化的研究工作也全面展开，不仅研究内容、研究成果越来越丰富，与外部的文化交流也日益频繁。

党的十八大以来，以习近平同志为核心的党中央高度重视历史文化遗产和自然遗产的保护与传承，敦煌的艺术价值越发得到凸显。2019年8月，习近平总书记亲自到敦煌研究院调研，进一步凸显了莫高窟作为中国乃至世界珍贵遗产的重要性。2020年，《求是》杂志刊登总书记的重要文章《在敦煌研究院座谈时的讲话》，文章指出，要推动敦煌文化研究服务共建"一带一路"，积极传播中华文化，加强同沿线国家的文化交流，增进民心相通。要加强敦煌学研究，开展多种形式的国际性展陈活动和文化交流对话，展示我国敦煌文物保护和敦煌学研究的成果，努力掌握敦煌学研究的话语权。

今天的敦煌研究犹如一篇越做越大、越做越深的文章，跨越历史、艺术、经济、宗教、文学等各个领域，呼唤着更多更深入的研究。

她是母亲，更是"敦煌女儿"

1998年，樊锦诗被任命为敦煌研究院院长。谈到个人的成长，樊锦诗将其归因于改革开放的好政策。她深情地说，自己从敦煌文物研究所副所长一直到敦煌研究院院长，前后干了近40年，是改革开放给了她人生成长的巨大际遇。如果没有这些好政策，没有前辈的栽培和帮助，没有大家的支持，一个人纵有天大的本事也无能为力。

当然，为了敦煌，樊锦诗个人和家庭也付出许多。当年初到敦煌时，樊锦诗就跟敦煌文物研究所的主管领导说，自己的丈夫彭金章在武汉大学里任教，她来敦煌最多工作5年就调回去和丈夫团聚，希望领导体谅和支持。那会儿的樊锦诗刚刚25岁，不仅年轻有干劲，而且是北京大学历史系考古专业的高才生，专业素质过硬，是正儿八经的科班出身，这样的人才放到哪里都是搞研究的"宝贝疙瘩"，敦煌研究院的领导哪里会舍得轻易放她走呢！不过领导心里也充满着纠结：一边是敦煌研究院急需的人才要保留，另一边是樊锦诗的现实困难，如果把她留在敦煌研究院，肯定会造成人家夫妻两地分居。究竟该怎么办呢？

就在工作调动的矛盾纠结中，时间一晃过去了好几年，樊锦诗的儿子出生了。这时候，樊锦诗一边要工作，一边还要自己带孩子，经常出现一边是工作，一边是家庭的矛盾状态。让樊锦诗记忆犹新的一次是，当时孩子还小，只能躺在床上，一天上班前，她用被子和枕头把孩子围在床上，以为这样孩子就不会从床上跌落。可谁知等她下班回来，一推门发现孩子躺在地上，小脸已经哭花了。看到这一幕，樊锦诗心酸不已。她打电话给丈夫，可话到嘴边，泪水已经止不住了。此时，彭金章的心里也很不是滋味，由于两人都有放不下的工作，根本无暇顾及孩子。彭金章的心里充满愧疚，但对妻子的工作，他不仅毫无怨言，而且全力支持。他深知这项工作的重大意义，因为抢救敦煌石窟文物的时间越来越紧迫，樊锦诗责无旁贷！

面对着这两难的矛盾，工作调动的事一拖又是几年过去了，其间，他们顶着孩子的不满和埋怨，分别战斗在各自的工作岗位上。当彭金章看到樊锦诗的调动不仅遥遥无期，还不断有新工作等着樊锦诗带队去完成时，他终于改变了想法，既然敦煌离不开樊锦诗，那自己就去她在的地方。彭金章不再催樊锦诗办工作调动了，反过来，他开始忙活将自己的工作调动到敦煌。这时候他们的儿子已经长大，也能理解父母心中对祖国和敦煌的大爱。

时光荏苒，为了各自的工作，樊锦诗与丈夫彭金章两地分居了整整19年。一个身在城市，一个远在大漠，他们人生最宝贵的青春年华都奉献给了心爱的事业。

把一颗心毫无保留地奉献给敦煌研究事业

樊锦诗谈起当初选择坚守敦煌时，经历了一个漫长的过程，但是在敦煌待得越久，就越发感叹敦煌艺术的博大精深；对敦煌的了解越深，就对它越发热爱，越发依恋，这分明就是女儿对敦煌"母亲"的眷恋！为了敦煌"母亲"，樊锦诗坚守了多年，她把时间和精力都给了敦煌的文物，给了数字化保存文物档案的浩大工程。

敦煌的壁画必须尽快保护起来，这是初到敦煌的樊锦诗的心声。为了保护好这些绝美壁画，樊锦诗几乎是争分夺秒地抢时间、拼速度，因为她知道，如果有些事不尽快去做，敦煌文化今天所呈现出的盛况百年后将不复存在，湮没在历史的烟尘之中，留给后人的将只是一个传说。

多年来，樊锦诗潜心石窟的考古研究与保护利用，提出"莫高窟治沙工程"等13项文物保护与利用工程，使莫高窟文物保护环境和文物保护质量都得到了明显改善，文物的本体病害和损害得到了基本遏制。樊锦诗还在全国文物单位中率先运用数字技术开展敦煌文物的大规模存储，实现石窟的永久保存和永续利用。敦煌研究院现已建立起一整套文物数字化采集、加工、存储、展示等关键技术体系，形成海量数字化资源。

这些年，樊锦诗的研究工作结出了累累硕果，由她主导的新世纪敦煌文物保护与利用的蓝图，进一步促进了文物保护领域的国际合作；由她牵头起草的《敦煌莫高窟保护条例》，成为甘肃省为保护一处文化遗址而专门制定的第一部专项法规；她创造性地运用考古类型学的方法，对北朝、隋及唐代前期的敦煌莫高窟进行分期断代，成为学术界公认的敦煌石窟分期排年成果；她首次提出对敦煌壁画、彩塑艺术进行数字化永久保护与展陈利用的构想，并付诸实施；由她编写的集中展示敦煌石窟百年研究成果的大型丛书《敦煌石窟全集》于2001年出版……这些具有开创性意义的重大成果，全面展示了敦煌研究的重要进展，凝结着樊锦诗的心血。

2019年国庆前夕，樊锦诗获颁国家荣誉勋章，并当选为"感动中国十大人物"之一。正如"感动中国2019年度人物颁奖盛典"上的颁奖词所说：舍半生，给茫茫大漠。从未名湖到莫高窟，守住前辈的火，开辟明天的路。半个世纪的风沙，不是谁都经得起吹打。一腔爱，一洞画，一场文化苦旅，从青春到白发。心归处，是敦煌。

这些优美的颁奖词背后是樊锦诗几十年如一日的艰辛付出，沉甸甸的功勋章里写满她大半辈子的奉献与牺牲。樊锦诗，这位

"敦煌女儿"，扎根大漠50余年，把最宝贵的青春年华、大半辈子的光阴都奉献给了大漠上的敦煌石窟，从青春年少到银丝满头，始终坚守初心。她虽自觉有愧于家庭、有愧于孩子，但她无愧于敦煌、无愧于中华优秀传统文化的传承与弘扬。她用无悔的青春守望这一瑰宝艺术，为敦煌莫高窟的永久保存与永续利用做出了重要贡献。

樊锦诗的故事具有极大的教育意义，她以纯粹的热爱、执着的精神和磊落的行为为青春作答，告诉新时代的年轻人应该树立一种什么样人生观、价值观，如何把祖国需要与个人成长统一在一起，以青春"小我"书写强国"大我"。

青年作为祖国的未来、民族的希望，青年强则中国强。在实现中华民族伟大复兴的漫漫征程中，我们正在经历百年未有之大变局，正面临着许多具有新的历史特点的伟大斗争。前方还有数不清的"雪山""草地""腊子口"在等着我们去闯，还有许多大仗、硬仗、恶仗等着我们去拼。新时代青年应当志存高远，以舍我其谁的勇敢和担当，自觉奔向祖国和人民最需要的地方，不怕苦累，不怕牺牲，将个人的人生抱负与国家和人民的需要统一起来。征途漫漫，唯有勤劳奋进，方能不断为党和人民创立新功！

三大英雄史诗的故事

文化是一个国家和民族的灵魂。不同的民族在各自的历史长河中，都创造了属于本民族不朽的文化经典。对西方文化来说，最负盛名的当推《荷马史诗》，马克思曾评价《荷马史诗》为伟大的古典巨作。同样，在中国浩如烟海的文化宝库中，也矗立着代表东方文明的英雄史诗。最具代表性的东方英雄史诗当推蒙古、藏、汉民族的英雄史诗《格萨尔》，新疆柯尔克孜族英雄史诗《玛纳斯》及蒙古族英雄史诗《江格尔》。这三部作品被誉为中国少数民族三大英雄史诗，是中华民族多元一体格局的生动体现，也是中华大家庭的宝贵精神财富。它们均被列入第一批国家级非物质文化遗产代表性项目名录，并入选联合国教科文组织人类非物质文化遗产名录。

"东方的荷马史诗"——《格萨尔》

《格萨尔》是由蒙、藏、汉民族共同创作的英雄史诗，具有2000多年历史，被誉为"东方的荷马史诗"。史诗讲述了格萨尔为救护生灵而投身下界，成为蒙古草原上的可汗，率领岭国人民降伏妖魔、抑强扶弱，使各民族和谐相处，并建设美好家园的英雄故事。故事的主人公格萨尔是古代藏族人民的一位英雄，他出生于岭国一个贫苦家庭，出身低微，靠放牧为生，但为人勇敢。16岁时，格萨尔参加赛马，力战群雄，得胜称王，尊号为格萨尔。英雄的格萨尔，一生能征善战、降妖伏魔、除暴安良，驱逐了掳掠百姓的侵略者，同叛国投敌的奸贼展开毫不妥协的斗争，先后统一了大小150多个部落，岭国领土终于实现了大一统，为同胞创造了自由、和平与幸福。

格萨尔降魔驱害造福藏族人民的故事在民间广为流传，至今人民依然怀念并歌颂这位民族英雄。格萨尔去世后，岭葱家族将都城森周达泽宗改为家庙，以彰显其赫赫功绩，激励后人。1790年，岭葱土司翁青曲加在今阿须的熊坝协苏雅给康多修建了"格萨尔王庙"。

习近平总书记曾在不同场合多次提及《格萨尔》这部伟大的英雄史诗，并强调要重视少数民族文化遗产的保护和传承，支持和扶持《格萨尔》等非物质文化遗产，培养好传承人，一代一代接下来、传下去。

说唱韵文史诗——《玛纳斯》

《玛纳斯》是新疆柯尔克孜族英雄史诗，也是我国少数民族三大英雄史诗之一。玛纳斯是柯尔克孜族传说中的著名英雄，集力量、勇气和智慧于一身。史诗《玛纳斯》有广义和狭义之别，广义的《玛纳斯》包括玛纳斯及其七代子孙的故事，共分为八部，每一部都以主人公的名字命名，各部独立成章，叙述一代英雄的故事，同时故事又互相衔接，全诗结构完整、故事曲折、内容丰富，构成一个完整的故事体系，主要描写了玛纳斯带领子孙和柯尔克孜族人民前赴后继抗击外来侵略者和各种邪恶势力，为争取自由和幸福进行斗争的英雄事迹。在八部史诗中，就故事篇幅、精彩度和艺术表现程度来说，首推《玛纳斯》，其篇幅占到整部史诗的四分之一，主要由"神奇的诞生""少年时代的显赫战功""英雄的婚姻""部落联盟的首领""伟大的远征""壮烈的牺牲"几个章节组成，讲述了玛纳斯非凡的一生，展示了其顽强不屈的民族性格和团结一致、奋发进取的民族精神。

《玛纳斯》具有历史的真实性，又包含戏剧的矛盾冲突，并且糅合了民间诗歌说、诵、唱的形式，兼有民间文学和民间曲艺的双重特点。主人公玛纳斯是充满原始激情与新鲜活力的英雄，个性非常鲜明。全诗的语言优美生动，常以比喻来刻画英雄人物形象。该诗通过民间艺人的演唱形式流传下来，从头至尾全部采用韵文的形式，节奏感极强，韵律和谐，演唱时呈现多种曲调，有的高亢豪放，如万马奔腾的战歌；有的则沉稳缓慢，如行云流水般的抒情诗。

2022年7月，习近平总书记考察新疆期间，现场观看了柯尔克孜族英雄史诗《玛纳斯》的说唱展示，并同《玛纳斯》非物质文化遗产传承人亲切交谈，称赞他们的表演非常有感染力，勉励他们做好保护、传承、整理工作，使之发扬光大。

神话故事史诗——《江格尔》

《江格尔》主要讲述了江格尔率部征战四方，打败邪恶势力，终于建立一个没有战争、灾难、疾病，牛羊遍野、人们安宁生活的理想乐园的故事。《江格尔》作为一个整体，包含的故事类型很多，最主要的是结义故事、婚姻故事和征战故事。史诗中，江格尔和众勇士代表了正义，故事具有浪漫主义的神话特色，表现了蒙古族人民对美好生活的向往，充满了英雄主义和理想主义色彩。

《江格尔》中的主要人物就像是神话人物，都能施展神通，在大大小小的战斗中立于不败之地，而主人公江格尔作为群英之首，是全诗的中心和"太阳"。《江格尔》以神话故事的方式，讲述了江格尔和众英雄们战胜恶魔、保卫家乡的事迹，表现了英雄们热爱家乡、热爱和平的民族精神。《江格尔》所用的语言是活的土尔扈特蒙古语，其中也夹杂着维吾尔、哈萨克、布鲁特等西域族群的词汇。《江格尔》的篇幅极长，主要以口传方式流传，在蒙古族人民中间代代口耳相传，千百年来家传户诵，直到今天一直保持着较原始的状态，没有人知道它到底有多长。过去民间流传着谁要将《江格尔》唱完，谁就会立刻死掉的说法。据说没有一个人能把全部《江格尔》学会，也没有一个人能将《江格尔》全部唱完。据记载，能演唱70回《江格尔》的艺人就已经被称为"史诗的口袋"了。

传承传统文化，守护"民族根""中华魂"

中国共产党是中华优秀传统文化的继承者、弘扬者。学习、保护、传播中国少数民族三大英雄史诗，体现了中国共产党人高度的历史自信、文化自信，同时更具有深层的意义。

一是保护民族"根"与"脉"的现实表现。从有形的历史文物到无形的非物质文化遗产，加强历史文化保护与传承，就是保护好中华民族精神生生不息的"根"与"脉"。一段时间以来，由于缺乏保护意识，我国的一些非物质文化遗产流失严重。作为宝贵的精神文化资源，我们不能等到失去才懂得珍惜。我国近年来不断加大对中华优秀传统文化载体，特别是各种非物质文化遗产的保护力度，使一度面临失传危机的《玛纳斯》《江格尔》等千年经典又焕发生机，使英雄史诗走入更广阔的文化田野。2006年，中国新疆《江格尔》国际学术讨论会在乌鲁木齐召开。为了更好地挖掘、研究江格尔文化，中国社科院在新疆建立了田野调查基地。非物质文化遗产是中华民族智慧与文明的结晶，是中华文化的瑰宝。中国这些倾力保护少数民族文化瑰宝的生动实践，驳斥了西方污蔑我们在少数民族地区搞所谓的"种族灭绝"的谎言。

二是构建中华民族共同体的必然要求。中华文化是各民族文化的集大成者。以三大英雄史诗为代表的文化经典，既是我国少数民族的宝贵财富，也是中华民族大家庭共有的宝贵财富。我国是由56个民族组成的统一的多民族国家，各民族都创造了属于本民族的灿烂文化，中华文化之所以形成了多元一体的格局，就在于它有着兼收并蓄的包容性特质，形成了各民族文化在中华文化统一体之下独立存在的格局。历史充分证明，正是植根于和而不同的多民族文化沃土，中华文化才获得了永不枯竭的"源头活水"，为多元一体的中华民族铸造了一条割不断、永相连的文化根脉，也使得中华文明成为世界上唯一没有中断、发展至今的伟大文明。今天，我们强调"多元一体"的民族文化格局，对挫败分裂势力、促进中华民族大团结具有现实意义

三是推动不同文明之间的交流互鉴、增进互信的现实需要。文化是不同国家和民族沟通心灵和情感的桥梁纽带，讲好中华文化故事，能够推动中华文化走出去，并使中华文化在国际文化传播中确立中国可亲、可敬、可爱的形象。长期以来，以三大英雄史诗为代表的中国少数民族文化，以特有的交流、融通、黏合方式，在与周边国家和地区的交流中发挥了重要作用。以新疆为例，在丝绸之路经济带的建设中，新疆具有不可替代的地位和作用，既是开展经济合作的支点，又是以文化润民心、"通达四海"的文化枢纽。从这个意义上看，新疆不再是边远地带，而是一个经济文化意义上的"核心区"，承担至关重要的文化交流功能。作为"一带一路"沿线上传唱千年的文化瑰宝，《玛纳斯》成为"一带一路"沿线国家文化交流的重要内容，成为"一带一路"民心相通的重要文化典范。比如，吉尔吉斯斯坦的最高荣誉勋章就以"玛纳斯"命名。

中国少数民族三大英雄史诗以其宝贵的文化价值、崇高的历

史地位，已经"事实性"地超越其作为少数民族地域文化的特殊性，成为传播交流中华文化的重要内容，这是中华文明走向繁荣之重要体现。可以预见，在迈向现代化强国、实现中华民族伟大复兴的历史征程中，以中国少数民族三大英雄史诗为代表的一大批中华优秀传统文化必将大放异彩，实现"双创"发展，为党和人民的事业发展提供强大精神动力。

北京冬奥会里的文化故事

自新冠肺炎疫情发生以来，世界大型的文化体育赛事大都推迟或缩减规模，甚至取消。这对不同国家和民族之间的文化交流、交融产生了巨大的阻隔。作为首次如期举办的一次全球综合性体育盛会，北京冬奥会提出"以运动员为中心、可持续发展和节俭办赛"三大理念，向世界奉献了一场高水平的奥运盛会，也向世界讲述了一个个精彩的中华文化故事，为推进不同文明之间的交流与互鉴做出了重要贡献，获得了众多参与国的如潮好评。

弘扬奥运精神

人类生活在同一个地球上，各国人民相互联系、相互依存、相互合作，构成了一个利益、命运共同体。新冠肺炎疫情给全球带来了前所未有的严峻挑战，中国在新冠肺炎疫情防控期间如期举办全球综合性体育盛会，就是在为全球提供公共文化产品，通过文化交流来增进国与国之间的感情，释放善意，化解敌意，舒缓紧张关系，不断强化大家同舟共济、共同应对风险挑战的合作精神，在寒冬中为全球注入积极向上的活力。

然而，与绝大多数国家"不合拍"的是，美欧部分西方国家出于遏制、抹黑中国的图谋，企图"外交抵制"北京冬奥会，硬是将奥运盛会政治化。作为东道主的中国胸怀大局，坦坦荡荡，始终坚持弘扬奥运精神，坚决驳斥了他们的谎言和谬论，挫败了将北京冬奥会政治化的企图，向世界发出了各国应携手"一起向未来"的时代呼声。经中方倡议，2021年12月2日，第七十六届联合国大会协商一致通过由中国和国际奥委会起草的奥林匹克休战决议，173个会员国共提该决议，体现了联合国会员国对北京冬奥会和国际奥林匹克运动的支持，也体现了国际社会同舟共济、战胜疫情、实现和平、一起向未来的坚定决心。

此前，在2021年7月20日，国际奥委会第一百三十八次全会表决通过，同意在奥林匹克格言"更快、更高、更强"之后再加入"更团结"。这进一步丰富了奥运精神的时代性，也迎合、映衬了当下所面临的全球性挑战，展示了中国的外交理念和中华优秀传统文化"和衷共济""合作共赢"的内在价值追求，生动体现了习近平总书记提出的"构建人类命运共同体"理念。这次北京冬奥会，就是要让奥运会回归奥林匹克的基本精神，以文化之盛会推动各国家、各民族之间放下彼此成见与敌意，共同迈向更好的明天。

展示中华优秀传统文化

北京冬奥会演绎了一场"细节之处见真章"的中华优秀传统文化盛宴。北京冬奥会的两个吉祥物"冰墩墩""雪容融"，原型分别取自国宝大熊猫和寓意红红火火的中国传统的红灯笼，经艺术加工成具有极大亲和力、人见人爱的吉祥物。北京冬奥会的会徽、体育图标也极具中华文化特色，比如会徽以汉字"冬"为创作灵感，体育图标也以汉字结构作为灵感来源，别开生面地将篆刻的艺术与汉字的灵动巧妙融进了滑道、冰雪等现实运动造型中，散发着文化生命力。灵动飘逸的北京冬奥会会徽和体育图标跃然纸上，为30个比赛项目盖下特别的"印章"。

此外，北京冬奥会的火种灯、奥运奖牌、颁奖花束等奥运独特的物件，也将中华优秀传统文化元素植入设计之中。比如，火种灯的设计灵感来源于西汉的长信宫灯；奥运奖牌的五环设计灵感来源于距今5000多年的凌家滩文化中具有"同心圆"造型的双联玉璧，寓意五环同心、同心归圆；还有北京冬奥会上所使用的颁奖花束，充分考虑到生态、绿色等因素，没有使用鲜花，而是采用了来自上海市非物质文化遗产代表性项目"海派绒线编结技艺"，既有祝福的喜庆，更有文化表达的张力与厚重，达到了鲜花所不具有的效果。

北京冬奥会的奥运场馆也是中华文化的展示窗口。在奥运场馆的设计和建设中，将寓意吉祥的"如意"与敦煌壁画中的"飞天"形象，融入位于张家口赛区的国家跳台滑雪中心和首钢滑雪大跳台设计中，用中国古韵的水墨山水画描绘出北京冬奥的"国风"韵味，一笔一画、一静一动勾勒出中国式的审美与志趣。

北京冬奥会的开幕式，像是中华文化之河的精美流淌，让人大开眼界。天时更替，节气流转，始自"雨水"，行至"立春"，开幕式上倒计时表演尽显中国传统历法的时光轮转与四时交替。开幕式上，倾泻而下、从"天上而来"的黄河之水，破冰而出、缓缓流淌的奥运五环，晶莹剔透、大如席片的燕山之雪，"飞扬"的火炬幻化为灵动绚丽的火焰……这些动静结合的元素，行云流水般地将文化与体育赛事完美结合，向世界展示了中华文化的灵动、浪漫和唯美，从而将自然之美、人文之美、简约之美与科技之美在这场盛会中尽情展示。

虽然没有精美的古诗词宣泄，也没有华丽的语言，但千年文明、文化之匠心却不断诉说着"我们一起为了什么，我们一起能做什么"，这就是中华文化的独特魅力！

北京冬奥会所展示的中华文化的灵动性、厚重性与丰富性，之所以给世界留下深刻印象，关键在于我们拥有5000年生生不息的华夏文明和有益于人类未来发展的价值观，这是中华文化深厚的底蕴，是我们向世界讲述中华文化故事的历史源头和宝贵财富。

以文化自信引领文明交流

在北京冬奥会的舞台上，精彩的中国故事频频出现，中华文化元素随处可见。比如，北京冬奥会期间，作为东道主的中国在后勤保障上费尽心思，既要让各国运动员吃饱、吃好，还要吃出文化、吃出美感。来自中国各地的各种特色美食琳琅满目、应有尽有，不少外国运动员对中国的饮食文化推崇备至，非常享受饺子、馅饼等中国的传统美食。

北京冬奥会是一次全方位的文化盛宴，是多种文化交流、交融的平台，是体现中华文化博大精深、中华民族高度文化自信的重要载体。在迈向中华民族伟大复兴的征途中，北京冬奥会与北京夏季奥运会一样，是新时代中国置身于世界大变局之中，展示中华文化独特价值和魅力，确立高度文化自信的一个标志性事件。中华优秀传统文化具有"和""合"特质，其中所蕴含的思想观念、人文精神、道德规范等，对解决当下世界面临的各种突出问题，化解国家和民族之间的敌意，消弭对抗情绪，增进彼此之间理解与信任，推动"构建人类命运共同体"等都具有独特的价值意义。

奥运口号是奥林匹克精神和理念的集中体现，不管时空怎么转换，奥林匹克精神将永远存在。从"永远的朋友"到"让世界凝聚成一朵花"，从"分享奥林匹克精神"到"永不熄灭的火焰"，从"同一个世界，同一个梦想"到"一起向未来"，奥运口号的发展史就是一部国与国之间的人文交往史，一部不同文明之间的交融互鉴史，一部不同民族之间的相知相通史。

北京冬奥会以奥运为媒，以文化为线，给世界讲述了一个精美绝伦的文化交融的故事。"万物并育而不相害，道并行而不相悖"，面对世界局势的变化和新冠肺炎疫情的冲击，世界因体育而聚首，运动健儿因北京冬奥会而相拥。这一刻，不分国度、不分种族、不分肤色，世界各国人民只有"一起向未来"，通过合作应对挑战，实现共赢。

北京冬奥会的结束是"终点",更是"起点",北京冬奥会不仅是"唯美东方韵,质朴人民情"的演绎,更是"构建人类命运共同体"理念在奥林匹克领域内的生动阐释。在冰与雪的浪漫故事中,"一起向未来"的执着与愿景,必将映照出人类共同的梦想与希望,不断书写人类团结合作、命运与共的珍贵一页。

一只掉队的"小鸽子"

2022年2月4日，是中国农历正月初四，恰逢中国传统节气立春。这一天，第二十四届冬季奥林匹克运动会（北京冬奥会）开幕式在国家体育场"鸟巢"举行。北京冬奥会是新冠肺炎疫情发生以来首次如期举办的全球综合性体育盛会。90多个国家和地区，约3000名选手，超过30多位外国政要、王室成员和国际组织负责人来到开幕式现场，向世界展示"我们在一起"的大家庭温暖。

北京冬奥会开幕式由著名导演张艺谋担任总导演。2008年，在北京举行的第二十九届夏季奥林匹克运动会的开幕式，曾给全世界留下了惊艳的印象，这一次北京冬奥会的开幕式也让世界人民充满无限的期待。

北京冬奥会开幕式聚焦"构建人类命运共同体"这一代表人类未来的核心理念，提出"绿色、共享、开放、廉洁"的办奥理念和"简约、安全、精彩"的办赛要求，立足于全球化时代所面临的矛盾挑战，以中华文化的智慧与力量为全世界构想了一个美好的未来，彰显出中国政府和人民担承的国际责任感。

文化与科技的精美结合

北京冬奥会开幕式一如人们所期待的那样精彩，像一幕大戏徐徐拉开帷幕。依二十四节气所对应的大自然的精美画面编排出的精彩节目，在时间的流淌下一一呈现在舞台上，生动展示了中华文化的博大精深，以及其与体育精神的深度融合，同时这样的结合也透着满满的科技感。

其中，在演唱主题歌《闪亮的雪花》并配"放飞和平鸽"的舞美表演中，有160名来自北京爱乐合唱团的小演员用空灵清澈的童声唱响了"一起向未来"的共同心愿。这个节目展示了中国人特有的浪漫感，呈现了AI科技与舞美的完美融合。那些看似不经意的走位，处处透着科技感，又与小朋友活泼欢乐的个性相结合。原来，这个节目使用了实时交互智能技术：借助摄像头的实时捕捉功能，并根据现场演员的动作不断变化地屏的图案，从而让演员与地屏图案呈现出更加自由空灵的舞美效果。这样，现场小演员的动作不再需要整齐划一，而可以根据他们自己对音乐的理解，随性地自由发挥，以此来表达节目的意境。一群小朋友在雪地上开心地互相追逐、奔跑，无拘无束的童真无邪得到彻底的释放，让观众从这个节目中充分地体会到那种沉浸于自然状态下自由洒脱的童趣。

掉队"小鸽子"的寓意

在表演中,数百名小朋友手举和平鸽模型的灯笼奔跑在雪地上,欢呼雀跃地玩耍着,用孩子天真烂漫的笑容和灵动的舞姿,将人们带入一个充满曼妙奇缘的冰雪世界中。当这些"小鸽子"一起奔向舞台中央,聚合成一个大大心形图案时,充满艺术感的一幕出现了:一只"小鸽子"竟然"不和谐"地掉了队,孤零零地游离于正在流动的"鸽群"之外。这时,另一只"小鸽子"从队伍里跑了出来,把这只掉队的"小鸽子"重新拉回到队伍当中,让"鸽群"汇成了一个完整的心形。

开幕式后,"一鸽都不能少""迷路的孩子早点回家"迅速登上热搜。很多人心里对这段"掉队"环节充满疑惑,这究竟是节目的精心设计,还是小演员在表演环节出现了差错?

导演方透露,原来开幕式上的"掉队"环节最开始并不是导演组的刻意安排,而是源于一次彩排中发生的表演失误。不过,这次真实的排练却很好地呈现出了让人感动的一幕,导演组觉得非常有意义,遂对原表演方案进行了修改,将其保留下来作为节目收尾,也成就了触动观众的暖心一幕。所以,开幕式上"小鸽子"掉队的画面是故意这样设计的,是彩排时的一次失误成就了这一"神来之笔"。

扮演这只掉队"小鸽子"的小演员叫徐书元,是北京海淀区实验小学四年级学生。她说,在节目中她要找的位置处在心形图案的顶端，排练时因自己走位速度较慢，一下子就被落在了外面，幸好有一个姐姐看到了掉队的她，把她拉到了队伍中，让自己找到了"回家的路"。

很多网友纷纷表示感动于"一鸽都不能少"的深刻寓意。比如，有的网友认为那只掉队的"小鸽子"，很像我国的台湾地区，并相信迷路的"小鸽子"一定会回来。有的网友联系国际形势，呼吁弘扬"更快、更高、更强"的奥运精神。还有网友联系新冠肺炎疫情以来整个世界所陷入的封闭孤立状态，期盼开放性的国际环境，希望大家共同战胜疫情。这些都从一定程度上诠释了北京冬奥会"一起向未来"的主题。

共青团中央在其微博平台上，借这个节目中掉队的"小鸽子"发文喊话：迷路的孩子，早点回家。

新冠肺炎疫情发生后，全球性重大赛事或停办，或延期，或缩小规模，而北京冬奥会是如期举办的第一个全球综合性体育盛会，为人类战胜疫情注入了强劲动力和巨大希望。中国为此进行了精心的准备，高标准地做好了各项工作，为世界奉献了精彩纷呈的体育盛会。

中国人以热情友好和高度自信向世界传递出和谐、团结、合作的时代呼声，极大地促进了不同文明之间的交流互鉴，以踔厉奋发、笃行不怠的态度，彰显了"构建人类命运共同体"理念，展示了唤起人类团结、合作与进步的勇气与担当。

"诚信奶奶"陈金英

在浙江省丽水市,一位名叫陈金英的高龄老人还债的事迹被《人民日报》、新华社、《浙江日报》等多家主流媒体报道,网络媒体上阅读量超过2亿,广大网友感动于陈金英的诚信行为,称她为"诚信奶奶"。2018年,陈金英被评为"全国十大守信人物",立起了新时代做人的诚信丰碑。

2021年春节前夕,陈金英将7万元钱交给自己的侄子,她终于还完了2077万元债务的最后一笔欠款,心里如释重负,她感慨道,今年终于能过一个安稳年了。为了这一天,这位老人在耄耋之年,整整付出了10年的艰辛努力。

退休之年,燃起了创业路

跟大多数创业者趁年轻想"折腾一把"不一样,陈金英在最该享受的退休之年有了创业的计划。陈金英退休前是浙江省丽水市莲都区老竹畲族镇卫生院的负责人,是一位有着快30年行医资历的老中医。在镇卫生院工作的她,大量接触到农民兄弟因长年劳作而患的肩周炎、颈椎病、腰痛病、关节炎等疾病,这些病虽然"要不了命",但让患者极度疼痛,严重影响日常的工作生活,而且治疗这些病很难彻底去根。于是，她用祖传的中药秘方为患者治病，为大量的患者解除了痛苦，她还不断摸索总结更有效的治疗方法。应该说，陈金英在自己的专业领域辛苦耕耘，获得了好口碑。

1983年，已经52岁的陈金英放弃了悠闲的退休生活，开始创业。有着无穷干劲的陈金英仿佛一下子回到自己的年轻时候，她亲自考察市场、调研客户，经过比较充分的调研后，她瞄准了市场上中老年羽绒服生产这一领域。于是，陈金英投入3000元创办了专门为中老年人做羽绒服的服装厂——兴华羽绒制品有限公司。由于陈金英的服装定位很明确，主打的客户群也比较小众，加之生产的羽绒服质优价廉，一二百元就能买到一件质量称心的羽绒服，因此很受中老年消费者的青睐。一时间，陈金英的生意风生水起，越做越好，尝到甜头的她又投资1600余万元建了新厂，服装厂也由开始的几名工人，一下子增加到了100多名工人，她的服装厂生意最好的时候，一年销售额超千万元，利润达上百万元。

商场如战场，一招不慎欠下巨款

2011年，正当陈金英铆足干劲，扩大再生产时，公司内部却出现了重大危机，一位合伙的股东提出退股，一下子分走服装厂不少资金，使资金流出现了很大的缺口，资金流转发生了重大问题。与此同时，不少大牌企业也看到了中老年羽绒服生产带来的商机，纷纷转产，导致市场竞争不断加剧，陈金英的服装厂失去了竞争优势，虽然陈金英拼尽全力，但公司的颓势没有得到扭转。

2011年9月，苦苦支撑几个月后，陈金英的公司资金链断裂，80岁高龄的陈金英身上压上了2077万元的巨额债务。身边有的人给陈金英出主意，干脆宣告企业破产，这样可以最大限度减少损失。然而，没有退路的陈金英并没有因为自己高龄就选择逃避责任，反而咬紧牙关，开启了10年的漫漫还债路。

陈金英没有选择破产清偿，而是走上了靠自己辛苦赚钱还债的路，这正是陈金英多少年来做人本分、善良的一贯体现。

当医生的那些年，陈金英总想靠着自己的医术为更多患者解除病痛。退休后，她没有忘记自己的老本行，只要有时间，她就会为老百姓免费开方子抓中药。她曾经无偿送出1500多件药垫背心，合计人民币100多万元，受到患者的高度评价。

创业后，陈金英也一直坚持做慈善，一个黑色的小本子记录了陈金英这些年来的捐款，即便欠下债务后，她依然尽己所能做慈善。比如，1998年长江洪灾，她捐衣服被子达8.54万元，福利院、革命老区、特困户都是她经常捐助的对象。在30多年的时间里，陈金英的捐款总额达到了116万元。这是一笔不折不扣的巨款，记录了陈金英多年来的善举。

耄耋之年，无惧风雨，走好诚信路

为了偿还巨额债务，陈金英将原先1600万元买的厂房，折价900万元抛售，又卖掉了位于杭州的两套房子，多年来公司收益的

600多万元,陈金英也全部用于还债。即便如此,还有300余万元的欠款,这些欠款大多是陈金英与一些亲戚和朋友的私人债务。许多人看陈金英事已高,提出"还不上就算了",但陈金英深知每一份借款都代表着人家一份沉甸甸的信任,这些钱都是人家的血汗钱。她暗暗发誓,绝不干"人走账销"的事,要好好活着,想方设法把欠的钱都还清。

要还钱就要有门路,于是,陈金英又租了个小厂房,带几个老工人继续生产。但因羽绒服销路不畅,产品积压。到年底,她甚至无法支付员工的工资,陈金英不得不自己到大街上摆摊,低价抛售厂里生产的羽绒服。寒来暑往,一年间终于卖了12万元,她将钱悉数交给员工当工资。

那两年,人们在丽水市街头经常看到一位头发花白的老奶奶在售卖羽绒服。80多岁的陈金英,身体哪能承受这长期的劳累,她多次病倒。

2015年,陈金英在家里划出了一块10余平方米的面积开了一个店铺,靠卖库存还债。那一年的除夕夜,有债主上门催债,陈金英就把所有的钱全给了债主,自己度过了一个身无分文的除夕。

陈金英坚持还债的事迹被媒体报道后,更多的人为她的诚信事迹所感动,主动帮她卖衣还债。2017年年底,阿里巴巴集团曾把她的羽绒服库存搬上货架。

经过艰辛的付出,2018年,陈金英还清了55万元银行贷款。2021年的春节前夕,90岁的陈金英终于还完了2077万元债务的最后一笔欠款。

10年，90岁，2077万元，这些数字演绎出当代中国"一诺千金"的动人故事。只不过这个故事具有特殊性，它的主人公陈金英在耄耋之年，面对着令人望而生畏的巨额债务，没有选择破产，而是用10年尝尽艰辛，即使穷困潦倒，依然不改诚信之本。

10年间，陈金英的背越来越弯，但腰杆子却越来越直；她脸上皱纹越来越多，但笑容却越来越灿烂。她吃尽苦头，却捍卫了"诚信向善"的做人准则，立起了"诚信奶奶"的高大形象。

回家的路

被拐少年孙卓回家的故事牵动了亿万国人的心,这件事之所以有如此高的关注度,就在于这个"回家"具有特殊的意义。它不是故事主人公自己离家一段时间后回家,而是小小年纪就被犯罪分子拐卖,多年后被解救,才回到自己的原生家庭。同时,这件事具有一定的代表性,社会上直到现在还有不少"孙卓"正面临着如何回家的难题。

电影演绎着真实的故事,但现实远比电影更熬心

2014年,一部"打拐"题材的电影《亲爱的》上映,看哭了许多人,观众们的内心无不被那种骨肉分离的情感所撕裂,无不感同身受地希望世上再无人贩子,再无孩子被拐卖,再无失去孩子的父母。

很多人不知道的是,这部电影的人物原型之一就是少年孙卓的父亲孙海洋。央视《法治在线》节目曾详细报道了孙海洋与儿子孙卓见面时的情形:2021年12月6日下午,在深圳市公安局,孙海洋终于见到了丢失14年57天的儿子孙卓。当穿着一身黑衣、戴着眼镜的大男孩儿推开门走出来的时候,孙海洋夫妇快步上前抱住这

个比自己还要高的儿子。隔了14年，孙海洋夫妇又抱到了自己朝思暮想的儿子，痛哭声随之而来。

这一声声痛哭，哭得人肝肠寸断，令在场的人无不动容，这是孙海洋把积攒了14年的愤怒、痛苦、心酸、焦虑、失望等情绪，连同那失而复得、喜极而泣的高兴劲儿一下子全部发泄出来了。14年，对于一直身处失子之痛的人来说，用度日如年形容毫不为过，现在这样的痛苦、煎熬、梦魇般的日子终于结束了，一家人终于可以团聚了。孙海洋找到儿子的消息迅速在网络上发酵，网民为之雀跃，大家在高兴之余，纷纷谴责让本该幸福的一家人承受了14年分离与痛苦的犯罪分子。

为了找到儿子，孙海洋一家人锲而不舍地找了14年，这条回家的路既漫长又煎熬。如今孙卓回家了，拐卖孙卓的犯罪嫌疑人也已归案，这个案子看似可以了了。

孩子被拐击碎了一家人对美好生活的憧憬

人们常讲往事如烟，不堪回首，但对于已找到儿子的孙海洋来说，人生又重新明媚了起来。

一张张泛黄的老照片将时光拉回到2007年，那是孙海洋一家人一辈子刻骨铭心的一年，那一年，他们经历了家庭的巨变。为了让家人过上更好的生活，敢闯敢干的孙海洋带着妻儿举家南下，到改革开放的前沿阵地深圳闯荡。虽初来乍到，面对一个陌生的城市，孙海洋却踌躇满志，坚信靠着自己的辛勤努力，一定能闯出一片天地。

当年深圳的商机的确很多，只要肯吃苦就行。刚到深圳不久，孙海洋一家人就租房子开了一家包子铺，隔壁就是一所幼儿园，孙海洋夫妇把儿子孙卓送进这所幼儿园上学。一切都很顺利地安顿好了，就在一家人想努力经营好包子铺，并憧憬着美好未来时，一个晴天霹雳打蒙了这个家庭。

2007年10月9日，大约傍晚7点30分，孙卓做完作业像往常一样独自在门口玩耍，孙海洋因每天凌晨2点要起来做包子，这时已经早早地躺在床上睡着了。突然，妻子彭四英喊醒了熟睡中的孙海洋，告诉他孩子不见了，孙海洋一下子睡意全无。惊慌失措的夫妻俩发疯似的在包子铺附近寻找，但遍寻各个角落仍不见孙卓的身影。孙海洋意识到，孩子被拐走了。

于是，孙海洋和妻子立即报警。接警后，深圳警方迅速成立专案组，在包子铺附近的公共场所监控视频中，警方发现了一名可疑男子诱拐孙卓的过程：可疑男子先是在孙海洋开的包子铺门口晃了两圈，瞄上正在门口玩耍的孙卓，顺手丢了几块糖果在地上，故意让孙卓看到，引诱他过去捡——孩子年龄太小，根本没有警惕意识。可疑男子见小孩儿捡了糖果后，又拿出糖果继续引诱他，之后，该可疑男子带着孙卓走出了镜头监控的范围。

令人遗憾的是，这个视频虽然能够大体还原事发经过，但由于镜头没有高清拍摄能力，从视频中只能看到可疑男子的模糊身影。深圳市公安局对此案件高度重视，将其列为重点督办案件，发布悬赏金额20万元，抽调多警种展开大规模搜寻。警方在深圳市发布协查通报后，在广东全省也发了协查通报。可是，虽然做了大量的努力，但始终没有获得有效线索，没有人知道孙卓被人贩子带到了哪里。

从丢失孩子那天起，孙海洋就把原本生意红火的包子铺改成了寻子点，招牌也换成了巨大的悬赏公告，他一直期望寻找孙卓的事能峰回路转，有奇迹降临。但令人失望的是，时间一天天过去，孙海洋一家始终没有等来儿子的消息。

家里的亲戚看到孙海洋一家人的痛苦状态，纷纷劝孙海洋，生活还要继续，再生一个孩子吧。但倔强的孙海洋拒绝了亲戚的建议，他说："但是你再生一个孩子，不可能说这个孩子就不找了。他不是一个东西，丢失了之后，过两年就会忘记，我们一辈子都想着要找到这个孩子，不知道他在哪里，不知道他过得好不好，时刻担心他。"

自从孙卓被拐后，这个原本幸福美满的家庭备受打击，家里没有了欢声笑语，年迈的父母整日唉声叹气，妻子整日以泪洗面。后来接受采访时，孙海洋讲到自己的妻子："我是后来发现她头发的根都是白的，才知道她一直用着染发剂在染头发，一头白头发，孩子丢了之后，她就是要自杀……"

不停地奔波寻找，他们足足坚持了14年

孩子成了孙海洋一家永远无法释怀的痛。在警方展开调查的

同时，孙海洋也在用自己的方式寻找线索，他想方设法把带有儿子孙卓照片的寻人信息发出去，希望看到的好心人能为他提供线索。

在孩子丢失的14年里，孙海洋从青年熬到中年，中间经历很多挫折，但他从未放弃寻找孩子。为了不遗漏任何线索，哪怕只有一丝一毫的可能性，孙海洋都亲自去核实。

从最初在包子铺的招牌上贴出寻子启事，到后来利用社交媒体发布寻子信息，各种各样的线索也纷至沓来，从开始时每天几个电话和几条信息，到后来平均每天几十个电话和上百条信息。孙海洋说："我的这电话号码一直不会换的，不会变的，我总是想，就一百个里面没有，一千个里面没有，那一万个里面总有吧，我总会接到那么一个电话的。"

正是这样的坚定信念支撑着孙海洋的寻子路，他揣着线索去核实，先后走遍了全国26个省市，可是每次得到线索，他都是抱着希望去，揣着失望归。由于这样的情况发生了太多次，孙海洋都不敢回去见父母和妻子，害怕看到他们可怜、失望的眼神。

在漫漫寻子路上，孙海洋结识了很多像他一样的寻子家庭，他们相互扶持、相互鼓劲打气、相互交流信息，就像电影《亲爱的》里那样，寻子家庭自发成立了组织。2008年，孙海洋认识了同样在深圳市丢失孩子的老乡彭某，他的儿子也是在外面独自玩耍时被人拐走的。幸运的是，彭某的儿子于2011年在江苏省找到了，这件事给了孙海洋很大的鼓舞，他觉得自己也一定能找到儿子孙卓，只要不放弃希望。

"团圆行动"强力推进，孩子终于回家

在艰难的寻子路上，同样没有放弃希望的是深圳市警方。2009年，公安部建立全国公安机关查找被拐卖/失踪儿童DNA数据库（简称全国DNA打拐数据库），深圳市警方立刻将孙海洋夫妇的DNA数据录入数据库。一直负责此案的卢警官说："因为这个案件，我跑了有几十万公里，跑了山东、河南、河北、四川、重庆、云南、贵州，我们广东省的每个城市基本上我都去过，就是因为这个案件。"只要有线索，警方就派人去进行DNA核验，然而每次都是失望而归。孙卓被拐案成为压在办案民警们心头一块沉甸甸的石头，大家都憋着一股劲。每当专案组人员发生变动时，专案组立马开会向新侦查员介绍情况，分析研判下一步侦查动向，制定新的侦查方案，每一次开会都是一次鞭策、一次鼓劲，激励着大伙争取早日破案。

随着公安部"团圆行动"的展开，各种最新的技术手段被运用到拐卖案件的侦破当中，一大批久侦未破的案件一下子柳暗花明，找到了突破口。随着另外一起拐卖儿童案件的破获，孙卓被拐案终于找到突破口。警方通过比对，发现山东省聊城市有一个和孙海洋儿子高度相似的对象，最终确认这个孩子就是孙海洋被拐的儿子孙卓。

警方还原了孙卓被拐的整个经过。2007年，犯罪嫌疑人吴某

龙在孙海洋开的包子铺附近的一家超市当保安。吴某龙发现，年仅4岁的孙卓经常独自一人在路边玩耍，就产生了拐卖孙卓的罪恶念头。2007年10月9日傍晚，吴某龙又一次来到包子铺附近，看四下无人，便将独自玩耍的孙卓拐走。他先是把孩子藏在自己租住的宿舍里，几天后联系家人将孙卓送走。10月中旬，另一名犯罪嫌疑人李某从山东省赶到广东省东莞市，吴某龙把孙卓送到东莞市火车站与李某交接，李某就把孙卓带回了山东省。把孙卓拐走后，吴某龙仍继续在那家超市当保安，之后又一次拐骗儿童，并将拐骗的孩子送到自己的哥哥家。

孙卓被拐案的告破，让破散的家庭终于得到了团聚，犯罪分子受到了应有的惩罚，同时也给警方侦破涉及拐卖儿童的陈年积案树立了信心。让世间再也没有这样的失散与分离，让所有的家庭都能得到圆满和团聚，是每一名"打拐人"的心愿。

孙卓终于被找到了，孙海洋夫妇及时向亲朋好友分享了这一天大的喜事。对发生在自己身上的这件事，孙卓感觉就像开了个玩笑，他从来没想过自己是被拐来的。孙卓说："我姐和我妈长得很像，但是我和我养母长得就不像，我大姐小时候经常跟我说我是捡来的，我当时还不信，后来才知道这居然是真的。太诡异了，那时候就是开玩笑，居然是真的，但是其实对我来说，就像一个玩笑而已。"

处在旋涡中的孩子由于年幼不记事，感觉好像一个玩笑，可是他哪里知道，自己的亲父母经历的是长达14年炼狱般的痛苦煎熬。面对回到身边的儿子，孙海洋夫妻的心情无比激动，对未来充满无限期待。孙海洋向深圳市公安部门表达了最真诚的谢意，并以自身的经历告诉那些还没有找到孩子的家长："一定要坚强，相信公安，相信政府，一定会找到孩子！"

孙卓的母亲彭四英谈到今后的生活时说："在这14年当中，我没有参与孩子的成长，没有陪伴他成长，我真的感觉到很遗憾、很内疚。剩下的日子，我很想陪伴他成长，不管教育得好不好，我都想参与，把孩子教育得更好，让他健康成长！"这是一位坚强而伟大的母亲！

愿天下不再有拐

为什么社会大众对拐卖妇女儿童的案件高度关注，对犯罪分子咬牙切齿地痛恨？因为这种侵犯妇女儿童的人身自由权利与人格尊严的犯罪，不仅给妇女儿童和被拐家庭造成了严重的伤害，还不断挑战法律红线和道德底线。而且，拐卖所造成的伤害往往不是案件破获后就能很快得到补救的。

我国政府对拐卖妇女儿童的案件十分重视，自1991年以来，公安部开展了多次打拐专项行动。2021年，公安部开展查找被拐失踪儿童"团圆行动"；2022年，开展打击拐卖妇女儿童犯罪专项行动。随着科学技术的发展，人工智能、大数据等现代技术手段也逐渐应用在寻找比对拐卖人口的案件上。通过运用先进的信息技术，压实属地责任，不断加强全方位打击力度，给予买卖双方严惩，这几年，拐卖妇女儿童的案件明显下降，存量案件不断消化，更多被拐的妇女儿童被解救出来，回到亲人身边。

从数据上看，到2021年，全国拐卖儿童案件的数量与2013年相比，下降88.3%，其中社会高度关注的盗抢儿童案件立案不到20起，基本实现快侦快破。公安部"团圆行动"自实施以来，侦破拐卖儿童积案400起，找回历年失踪被拐儿童11198名。这是巨大的案件侦破成绩，体现了社会主义法治建设的巨大进步，也使人民群众的安全感不断得到提升，但同时，这也是一个让人无比心酸的数据！

防止拐卖妇女儿童的案件持续发生，不仅需要公安部门的倾力行动，也需要民政、卫健、妇联等部门、团体乃至媒体和社会各界人士的协同努力，以各自擅长的方式壮大打拐力量，凝聚起"拐卖，要严打，更要严防"的社会共识。

此外，针对被拐妇女儿童与家人团圆后所面临的身体和精神问题、感情和伦理的困境，社会的相关部门及大众应积极伸出援助之手，帮助被拐的妇女儿童顺利回归家庭、融入社会，重新感受家庭和社会的美好。

愿天下不再有拐，愿每个家庭都团圆，愿整个社会永和睦！

后 记

得知《温暖人心的力量：新时代故事集》将付梓，个人忐忑的心情得到少许舒缓。

本书作为教育部2021年度高校思想政治理论课教师研究专项的配套成果，主要以讲好新时代故事为研究主题，选取先进人物及其典型事迹，以讲故事的方式传递、弘扬社会真善美的主旋律和正能量，凝聚起奋进新时代新征程的强大思想共识。本书的写作初衷是希望能全方位地展现新时代广大人民群众在以习近平同志为核心的党中央的坚强领导下艰苦奋斗、奋发有为、开创伟业的精神风貌和雄心壮志，彰显习近平新时代中国特色社会主义思想作为当代中国马克思主义、21世纪马克思主义的崇高地位和指导实践的巨大威力。

本书以故事为主题，看似写起来很简单，无非是以党的十八大以来发生的一些感人故事为基本素材，然后从网络、报刊等渠道查阅一些材料，稍加修改。实则不然，无论是故事的选择，还是个性化的书写，无论是语言的雕饰，还是蕴含价值的凸显，本书都做了精心的设计。

首先，本书在故事的选择上就颇费心思。本书所讲的故事为"新时代故事"，这就规定着故事筛选的时空范围。新时代以来发生的故事，毫无疑问本书是符合这一要求的，还有一些故事，其中的人物成名时间已久，但在新时代仍有感人故事，我将这样的故事也纳入新时代故事的范畴，在讲述时，既重视讲出人物的背景，又突出新时代发生的新故事，重在以发展的眼光讲故事，讲出故事的发展性、开放性。

其次，本书在具体故事的写作上，坚持以审慎、负责的态度来书写故事。任何一个故事都具有多种审视角度，不同的讲述者面对同一个故事也会有不同的主体感受，呈现出不同的讲述风格和阐释味道。面对故事本身与讲述者之间客观存在的认知弹性，本书在写作中注重故事的考证，力求做到真实和客观，同时，注重不同来源的故事素材之间的相互印证与支撑，使之形成基于客观真实之上的多维信息，切实增强故事的真实性和准确性，不断提升故事的丰满度和生动性。

再次，本书在运笔、着墨上，重视故事语言的生动性，使故事通俗易懂，使讲述者的思想表述顺畅通达，毫无阻隔地走入读者心里，从而使故事的讲述水到渠成、润物无声。

最后，本书在故事整体架构的搭建上，力求主题鲜明突出，既呈现正确的价值导向，又沉到实践和生活中，沾泥土、接地气，使故事如同发生在读者身边，使故事中的人物如同读者身边的"你我他"，读之，既感受到正能量的"前拉力""推背感"，又觉得先进典型就在身边，可信可学，自己也能成为先进典型。

当然，本书的撰写也存在不少缺憾和不足，有继续深化研究的空间。

一是，书中选取的故事与新时代所孕育的丰富故事资源相比仍是管中窥豹。虽然在书稿的撰写中，我力求选取的故事能更多一些，涉及的面能更广一些，关涉的主题能更有代表性一些，因此对待每一个独立的故事都精心地进行阐释研究，希望为读者提供更多以故事视界来读懂新时代中国的机会。但不可否认的是，在当下的中国，最不缺的就是感人的故事、动人的事迹、先进的典型。相比之下，一本书所纳入的故事仅仅是沧海一粟，面对故事的"富矿"，在对故事的筛选上一定会存在一些偏颇与疏漏。

二是，故事本身具有生长性。新时代的开放发展性使得实践中各种新的故事不断涌现，原有的故事虽然从发生学上看已成为过去，但历史本身就是"活"的，故事有重新生长的可能性。对于故事的开放发展，仅一本书自然难以完全覆盖，唯有跟进时代不断地深化研究。

三是，故事阐释中面临着面对海量信息却不知该如何有效掘取的尴尬。这种信息拥堵的窘境，成为当下人文社科研究的一种现状。一方面，讲故事需要多视角、立体化，需要更多、更丰富的资源为故事的讲述提供支撑，网络、报刊、书籍等介质中的海量信息资源为研究提供了厚实的基础；另一方面，信息供给过量，算法数据的"定向推送"又堵塞了有效信息的获取通道，使得有用信息淹没于"信息大海"，无用信息却纷至沓来，大大加剧了信息获取的难度，也造成了信息选择上的困难。在写作过程中，我常常为一个故事费尽思量，陷入一种手里握有大量信息，却又不知该如何提取信息，不断对自己怀疑、否定的困境，这过程既熬心又费力。这些困顿挣扎，大大延缓了故事的写作、推敲与定稿的进程。

以上的问题与不足就是不断努力改进的方向。下一步，我将针对上述不足之处，继续深化研究，努力让讲好中国故事、讲好新时代故事成为自己守正创新高校思想政治理论课的特色做法，不断为推动思想政治理论课教学方面的创新积极建言献策。

此外，因为本书出版时间紧，出版的质量要求高，加之故事类型多，需求证、推敲的工作量极为艰巨，虽撰写过程小心翼翼，力求谨慎，但书中错误在所难免，敬请专家、学者给予批评指正。

在本书成稿过程中，课题组的成员臧玉梅、李刚、张雪芹、王丽丽、殷彩艳、许美丽等老师从素材收集、初稿推敲、材料求证、文字校正等各方面给予了我很大帮助，刘福金、张守慧、刘云、张树诚、季暑光、李颜雯等老师做了许多文字校对工作，在此向他们表示感谢！本书在撰写过程中查阅了大量的资料，纸媒和新媒体为我的撰写工作提供了全面、丰富的资源，因其原作者众多无法罗列，在此一并致谢。

出版著作是出版社的辛苦活，本书在故事选题方向、撰写体例规范以及相关修改意见方面，编辑给予了悉心而又具体的指导，在此一并感谢！

2023年1月30日